U0053203

程寶林鄉情散文選

父母的歌謠

我偶爾會在一張白紙上，
試圖將我小時候村莊的格局，完整地畫出來。
一間間屋子，如此清晰地留在我的記憶裡，
我畫在紙上的，卻完全是另外的樣子。

故土蒼茫，完整的一生，
走不出那小小的村莊。

程寶林　著

我終將為他們作傳（自序）

1

一九八〇年七月七日至九日的高考，是中國恢復高考後的第四屆。這三天，決定我這輩子，將永遠離開歇張村。我拿著大隊開具的介紹信，到公社所在地煙垢糧管所，辦理了糧食戶口遷出手續。這就意味著，我跳出了「農門」，即將成為吃「商品糧」的人。

「狗日的吃商品糧的！」

記得在村裡的稻田裡，在烈日下戴著斗笠勞動時，村道上過來一個騎著飛鴿車，穿著「的確良」、帶著上海錶、腳蹬黑皮鞋的幹部模樣的人時，田裡的婦女們，就會抬起斗笠下汗水濕透的臉，無限羨慕地望著那個人，漸漸駛近、又漸漸滾遠。如果那個騎車者，不識相地、誇耀地故意將自行車的鈴鐺搖響，他就會得到這樣的一句咒罵。

在村子的東邊斜坡上，有幾間當地唯一的磚瓦房，帶有一個頗為寬敞的院子，是我們那裡唯一的單位，全稱應該是：「漳河水庫管理局大碑灣三幹渠管理處歇張管理段」，簡稱「管理段」，但在村民們口中，卻成了「管你蛋」，因為在湖北鄉間口音中，「段」（duan）和「蛋」（dan）同音。在我童年發生的事件中，包括這樣一件：某個夏天的傍晚，五里路外的吳集放電影，我們一群孩子在去看電影的路上，管理段的段長李胖子，騎著一輛自行車，神氣地從後面追了上來，地點正好是一座已經乾涸的堰塘。那是大旱之年的一九七二年，我讀小學二年級。幾個調皮搗蛋的孩子一湧而上，有的拉自行車的後架，有的乾脆朝上面跳。車頭東扭西歪，終於，李胖子連人帶車，跌進了泥塘裡。

而最要命的是，在李胖子跌入泥塘之前，最後一個抓住他自行車的人，就是我。他咒罵著爬起來，將自行車拽上堰堤時，其他的孩子早就一轟而散，跑得遠遠的了，只有我一個人，還傻傻地楞著，等待他揚起滿是污泥的大手，給我一巴掌。這一巴掌拍在我的後背上，並不很疼，卻將後背糊上了一大塊污泥。李胖子掉轉車頭，在月光下，朝他的小小王國——那幾間磚瓦屋騎去，來時的白色身影，此刻變成了黑色。

管理段的段長，自李胖子開始，後來換了好幾茬。李胖子是吃「商品糧」的，每月的伙食，來自一個神聖的、神奇的糧本。憑著那個本子，他每月騎自行車，或是差手下人，到幾裡路外的糧站，稱來幾十斤大米。後來的段長，卻得自己每個月，從家裡用自行車將大米馱來。村民們就說：「這個段長是『款』米袋子的。」「款」是當地土話，動詞，「背」的意思。很多年之後，我的父親，也曾到這個管理段當過幫工，負責巡視渠道，並在菜地裡幹點雜活，每月「薪水」八十元。在一次中暑昏倒後，我堅決逼迫父親，辭去了這份還算體面的「工作」。

當年的李胖子，如今尚在人世否？他給我的一巴掌，恰到好處地教訓了我的惡作劇。記得他從泥塘裡爬上來，見到是我時，氣呼呼地罵道：「好小子，妄圖謀害革命幹部！」我知道，他指的是我糟糕的家庭成份。胖子通常善良，他並無意於真正害我。他的話，只是那個荒誕扭曲時代的流行語，一種類似於今日的時髦而已。果然，第二天，老師也只是在班上，嚴肅地點名批評了我，卻並沒有將它上綱上線到「謀害革命幹部」這樣的嚴峻程度。

2

將中國人，劃分成吃「商品糧」和不吃「商品糧」的兩類。種糧食的人口，占全國人口的百分之九十，人多理應勢眾，卻在中國社會中，處於低人幾等的地位。這是我的童年少年時代，在中國農村生活最深刻，也最難忘的體驗。在舊中國，從農村進入城市的道路，有許多條，比如，到城裡的商舖，當學徒，進工廠，當徒工，慢慢熬成老闆或師傅，在城裡安家立業。一九四九年之後，尤其是公社化的一九五八年之後，這條路被徹底堵死。一個農家女孩，無論如何聰明，貌如天仙，也沒有一個城裡人肯將她娶回，因為，她在城市裡沒有，也不能，獲得戶口。沒有戶口就沒有工作，沒有工作就沒有收入。在那個近乎赤貧的時代，一般的工薪家庭，絕對養不起一個吃白飯的人。她只能留在農村，白汗黑流。更要命的是，人民政府將所生子女的身份，跟母親一方掛鈎，也就是說，新生兒出生後，是吃「商品糧」，還是「『款』米袋子」，視乎母親的身份而定。母親是農民，子女就是農民，哪怕父親是城裡的幹部。

這樣的歧視，不勝枚舉，幾十年不廢。

孔子曾呼籲「仁政」，譴責苛政。在我看來，一九四九年之後，尤其是一九五八年到一九七六年之間的許多施政措施，不僅是「苛政」，有的簡直就是「獸政」。

在李世華的大饑荒家庭悲劇紀實著作《共同的墓碑》一書中，他實錄了當年，當地（安徽）為了防止饑餓的村民外出逃荒要飯，竟然規定：買火車票要證明。沒有證明，就只能守在家裡等死；在慘絕人寰的河南「信陽事件」中，當地政府也是組織民兵，強行攔阻外出討活命的人群。連討飯逃命的自由都被剝奪的社會，在媒體上卻被吹成了人間天堂。四川的封疆大吏李井泉，一夜之間，宣布老百姓手裡積攢的糧票作廢，發行新糧票，卻不允許新舊兌換。這種從饑民口中，強權奪食，導致四川餓死一千萬農民的惡行、暴行，迄今很少受到公開的聲討。這種讓財富歸零，重新洗牌的做法，執政者已不是第一次施行。如果哪一天，民怨沸騰，如同地火，噴薄欲出，富人惶惶不可終日，四散而逃，是不是可以一夜之間，發行新版的人民幣，而舊幣不予兌換，或者，不等額兌換？讓窮人山呼萬歲，讓那些富人，在保命和保財之間，二者擇一？沒有誰敢拍著胸脯說：「光天化日，朗朗乾坤，斷無可能！」

一九七五年夏天，公社組織了現場批判會：我家附近的小廟大隊，一位大號熊傳飛的回鄉知青，在田邊地角的小塊荒地上，種上了自己的莊稼：水稻或小麥。當時的口號是：「斗笠大、扁擔長，塊塊種上革命糧」。熊的罪狀是：種下這些糧食，落入自己口袋。結果，數以萬計的公社社員，以及全公社十幾所中小學的全體學生，分期分批來這個村裡，觀看「資本主義復辟」的活樣板。我小學班上的女同學彭金娥，在「割資本主義尾巴」的運動中，將瞎眼爺爺種在路邊荒地上的煙葉，扯得乾乾淨淨，換來了一張大紅的喜報：「鬥私批修扯煙葉」。我在自己菜地旁，挖了一塊大約兩平方米的荒地，作為我的「小菜園」，種了幾顆菜瓜和西紅柿，也被舉報到學校，遭到老師的批評。班主任還親自到我家的菜地踏勘，看那兩平方米的「小菜園」，是否確實屬於非法開荒，是「資本主義尾巴」。「舉報」我的，可能是村裡最喜歡到我這裡借書但後來打過架的一位夥伴；我一報還一報，「舉報」他在自己院子裡種西紅柿，結果被班主任當堂駁回。熱愛大自然，熱愛植物與種植的童心童趣，就這樣被荒唐而嚴酷的政治踐踏，而「舉報」之毒，這樣早，就普遍植入了無知少年的心靈深處。在中國的歷次政治運動中，夫妻互相「舉報」，父子彼此「揭發」，反倫常被歌頌為「立場鮮明」，反人道被標榜為「鬥志堅強」，這樣的悲劇可以說無處無有，其來有自。

從一九五八年的不准搭火車外出逃荒，到一九七五年不准在荒地上私種莊稼，「寧長社會主義的草，不長資本主義的苗」，一脈相承的，是對人民利益，尤其是農民利益的輕賤和漠視。

前些天，給我家鄉的少年夥伴打電話。他時常關注我的博客，對我批判那個時代及其主要領導人的文章，既不以為然，也隱隱擔心。他說：「你那樣評論，是不對的。哪個國家沒有經歷曲折呢？就像我們自己，哪個人的路走得很順？」

在越洋電話中，我無言以對。這是我小時候，常常睡一個被窩的夥伴，在村裡，門與門相對。因為閱歷、視野與審視的角度不同，他將那些年的那些事，看作是「無心之過」，而我，覺得是「制度之惡」。如果中國不進行制度性的改革，徹底拋棄極權制度，增加區域性自治；如果執政者，不牢記「治大國如亨小鮮」的古訓，隔三年五年，就來一番「一刀切」、「全國一盤棋」、「一風吹」之類的折騰，那樣的荒誕、荒唐、悲慘，還會重演。近年來，「半夜偷加印花稅」、「人民幣一夜『勃起』」之類的事情，不是一再發生，跌破了國人與世界的眼鏡嗎？

3

當我第一次，在美國的中文報紙上，讀到一位讀者對我的評論，稱我為「農民作家」時，我忍不住笑了。我的笑，帶有點自嘲的味道，但更多的，還是自豪：畢竟，從一九九一年，寫下第一篇關注「農民、農村、農業」的「三農」散文〈水稻〉以來，我這一題材的散文作品，已經多達近百篇，許多都被收入全國性選集中。二〇〇四年由上海文化出版社出版的《一個農民兒子的村莊實錄》，更獲得中美兩國約六十家報刊載文評論，並入選「網絡信息杯上海市民最喜愛的二十本書書目」，我從網絡檢索得知，鄭州市第十一中學，更將該書列為當年高中生十大課外必讀書。在網友的博客中，提及、摘錄這本書的文章，據我偶爾檢索，竟然有五十多篇。這令我甚感欣慰。

我笑的原因，還在於我，不僅遠離了農村，甚至遠離了中國。如今，我在被稱為「人間天堂」的美國夏威夷任教，靠漢語，更靠英語，掙一碗洋飯吃。然而，在村民大多搬離那個村子，村莊一天比一天破敗冷清的情形下，我於二〇〇七年年底，以我微薄的財力，資助父母了卻了多年的心願，將幾間早已廢棄，東倒西歪的土屋拆除，新建成了三間瓦房。父母故土難離，田園難捨，又從一百多里外的城裡，搬回村中，成了村裡唯一沒有責任田的「編外」村民。

我的內心，既略感安慰，也甚覺淒涼。那三間瓦房，耗資不過二萬元人民幣，竟然成了村裡近十多年來，唯一修起的新房子，而且，千真萬確，成了村裡最「漂亮」，最「氣派」的房子，與周圍老舊、衰敗，毫無生氣的土屋，形成了刺眼的對照。

越來越多的人家搬走了，土屋被拆掉，只剩下斷牆殘壁。連以前熱鬧喧嘩，孩子們打來打去的「大街」上，母親也種上了蔬菜。南宋詞人曾有「故宮離黍」的悲嘆。昔日的宮殿，如今長滿了「黍」這種古老的莊稼，這種滄海桑田的變遷感，令人悲不自禁。我祖屋前的街道上，母親種植的這一片蔬菜，其「農村凋敝」

的象徵意義，實在不必明言了。令我困惑與深思的，卻是這樣一個命題：為什麼中國的城市日新月異，現代化的程度，甚至超過了美國，農村卻人去村空、房倒屋塌，只剩下老弱病殘，獨守著孫兒孫女？中國經濟三十年奇蹟般增長，為什麼沒有惠及我老家，那個江漢平原邊緣，東距沙洋縣城不過三十分鐘車程、北距荊門市不過一小時車程、到處是肥沃黑土、畝產稻米千斤的村莊？

4

我記憶裡的村莊，有四十多戶人家，近二百口人。村子位於一處高崗上，村北曾有一座古廟，稱為「歇張廟」，據說道教祖師張天師，曾在此留駐，稍事休息，因而得名。廟中佛殿，想必是用鐵所鑄（距離我家數百里的武當山頂峰的佛殿，就是鐵鑄），所以，也被稱為「鐵廟子」。廟在村北半里許的一處高崗上，是全村的制高點，風水應該很好，周圍一圈，挖有深深的壕溝。那裡曾被開闢成生產隊的禾場，修有一間土屋，當作倉庫。我曾在那裡，將曬乾的稻穀扛進倉庫裡。後來，禾場被廢，成為麥地，土地深處，時常還有殘存的瓦片被耕出來，令人回想清末民初，寺廟裡香客如雲，香火鼎盛的情景。

閑來無事的時候，我偶爾會在一張白紙上，試圖將我小時候村莊的格局，完整地畫出來。我的努力總歸於失敗，因為我並無任何繪畫才能。那一間間屋子，如此清晰地留在我的記憶裡，我畫在紙上的，卻完全是另外的樣子。有時候我想，要是當年有照相機，能為我的村莊，留下一些照片，該有多好。

在我六、七歲之前，我家的房子，並非我們家獨居，而是和後來擔任過多年大隊長的范維志家合住，隔著天井，他們家住一側，我們家住另一側。這一點，怕是我的弟弟妹妹們，都未必知道。他們家後來搬出去，在村子南街的那棵大樹下，另建新屋，這座土屋才歸我們獨居。當時兩家是如何協商的，有哪些補償條件？我至今對此一無所知。好在父母健在，我可以瞭解清楚。

我家隔壁，就是全大隊的最高領導，村支書程應海家。他家晚飯吃得最晚，「夜深猶喚兒吃飯」，那個細節已被我寫進散文〈回家吃飯〉中。而〈回家吃飯〉中寫及的那個當鎮長的本家兄弟，又成了散文〈探監記〉中的主角。所謂世事如雲，命運弄人，大概就是如此吧？程書記的隔壁，是隊長曾祥生家。這個當權時凶巴巴的精瘦老頭子，我對他頗有好感，因為他曾幾次弄電影到村裡，在大白天，將倉庫關起門來當電影院，使四鄰八村對我們村，羨慕得要死。他還曾請了一個河南的梆子戲班，在村裡連唱三天大戲，轟動四鄉，出夠了風頭。我尤其記得，他將一個河南討飯的老頭，收留下來，安頓在村外的養豬場居住，提供口糧，讓這個異鄉人，在我們村過了好幾年安生日子，直到他的家人找來，將他接回河南。老人離開的時候，家家戶戶都送了些大米。這個討飯的異鄉人和他的兒子，是背著滿滿兩大袋大米離開村子的。這是小小的德政，如果擴大，成為中南海的政策，中國何至於三年餓死三千萬？有一年，我回家探親，他光著上身，走到我家門前。我敬了一根煙給他，他感傷地說：「寶林，你下次回來，怕是見不到我這個老頭子了！」與我非親非故，當權時曾多次欺負我家成份不好的這位前隊長，對我說出的這句感嘆，令我感動和感傷。他的善，出自本性；他的「惡」，歸於時代。

曾祥生家的隔壁，就是劉汝謙家了。一個農民，竟然有如此儒雅的名字，這是我兒時，常常思索的問題。他會所有的農活，但他卻能在牆上，用石灰水刷白一塊地方，將那裡變成語錄欄，寫上

「領導我們事業的核心力量是中國共產黨」之類的語錄。劉汝謙是個任何時候都笑哈哈的農民，他腦子運轉得越快，眼睛眨動的頻率就越快。他原本是正牌的武漢師範學院的大學生，武漢某中學的語文老師，莫名其妙，沒有任何文件和手續，他就當了右派，先是送去伐木，後來被趕出武漢，回鄉來當了農民。有好幾年，他在隊裡的窯上燒瓦，將黃泥作成「瓦圈」，曬到半乾後，一拍成四瓦，手藝屬一流。他後來成為我的地理老師，我高考的地理成績是八十一分，這其中就有他的教誨。

5

這樣一家家地想下去，我有了一個堅定的念頭：為什麼我不能為這個村莊，寫一本《村莊史》？在這本只涉及一個中國小村的「斷代史」中，我要發揚太史公秉筆直書的精神，讓那些默默無聞死去的人，其姓名和生平傳略能借我的文字，留存下去。這些如螻如蟻的生命，曾經承載了中國的一個時代。那個時代，無情地奪走了他們的勞動成果，留給他們的是兩代人的赤貧，是如今的斷牆殘壁、冷清無人的街道，是街道上，我母親種下的蔬菜。

有許多史實，需要核定，比如，一九七四年二月的那場大火，燒毀了半個村莊，成為我們村子的一大劫難。它究竟是怎樣引起的？比如，一九七五年，大隊的民兵，用繩子牽著我家對面的曾姓富農的老婆，遊街示眾，甚至到小學裡敲鑼，在全校師生，包括其子女前面，自我辱罵。她的胸前，吊著一雙破鞋和一把稻穀。她真的偷過隊裡的稻穀嗎？遊街示眾的決定是誰作出的？

宋代儒者張載著名的「橫渠四句」是這樣的：「為天地立心，為生民立命，為往聖繼絕學，為萬世開太平。」中國古代知識分子的時代責任感和歷史使命感，在這幾句話裡彰顯無遺。時易，境遷，這些我都難以企及。只有「為生民立命」這句，也許勉強可以做一點嘗試。「生民」這個詞太大了，我所能替他們說幾句話的，只有那些村民。

比如，寫這樣的一部《村莊史》。

而這本《父母的歌謠》，或許可以算作是這個夢想的一種熱身或前奏吧？

是為序。

2009年2月17日，夏威夷無聞居

目次

第一輯
吾祖吾族

善良

回想起來，我們這代人受到的差不多是恨的教育。在我剛上小學的時候，我就被告知應該恨你——我的爺爺。你這個肺病患者，每天天未亮就吱呀一聲推開門，劇烈地咳嗽一陣，然後拿上釘鈀和糞筐，把村路上、林子裡的豬糞狗糞，撿得乾乾淨淨。你青筋鼓暴的腿上有一塊又黑又亮的疤，那是日本人的子彈留下來的。你後來的全部生活都打上了這個殘酷的印記。在八年抗戰中，你不幸隸屬於政府軍，而你退伍後，你的父親又給你留下了三十畝水田。我一上學就知道，我再也不能坐在你的腳上，摸那些十分可笑的、樹根一樣糾結的青筋，和那塊銅錢一樣的槍疤了。那雙踏在草鞋上的腳，是怎樣的一雙腳啊！從淞滬的戰事，到武漢的淪陷；從貴陽，到桂林，你這位某軍某師某營某連的伙夫班長，挑著大鍋走遍了南中國。我沒有想到要記住你部隊的番號。不管怎麼說，在這個國家最危急的年月，你曾經放下過高高揚起的牛鞭，到這個國家百孔千瘡的軍隊裡服役，把你新娶的媳婦留在家中。從鎮上娶來的這位媳婦，是全村最美麗、名聲最好、女紅最巧的女人。她後來成了我的奶奶，我一生中最熱愛的女性。

我不知道除了你，還有誰能給我姓名和血統。你，通過我父親，構成了我生命的源頭。我的兒子剛出生時，又黑又瘦，滿臉皺紋，看上去就像一個衰老的孩子。我驚異地發現，他幾乎是你垂暮之年的逼真縮影。生命真的會如此奇異嗎？朝陽和夕陽真的是同一顆太陽嗎？在我把孩子從醫院抱回家去的路上，我說不出話來。

一九二一年的太陽曾經照耀過一個嬰兒的出生，這個鄉下孩子後來在戰爭中成了一名伙夫班長。而此刻是一九九八年十一月，最後的秋天——如果這個月份還能被稱作秋天的話，早晨的陽光從雨後的樹葉上滴下來。從滴到我鼻尖的雨珠上，我聞到了太陽的香味，一種農家烤甜餅的氣息。

想起甜餅便不能不想起家鄉的禾場。我對於禾場的瞭解，比對我的手掌和整部中國現代史都要多得多。梅雨季節一過，禾場便布滿了豬、狗、牛和人的足跡，這對於秋天、對於即將登場的莊稼，是一種大大的不敬。你就要抓緊雨後初晴的好天氣，趁著地還沒有被曬硬，趕緊用牛拉起石磙，把禾場碾軋得平平整整。這是五月裡的輕活，村子裡主事的人都知道，你是一個最多只能活三年的肺氣腫病人。你浮腫的臉就像一隻紫色的茄子。那是一個多麼美好的早晨啊，我跨上了自家低矮的專門養豬的草房屋簷，看著太陽升起來，照著禾場的水窪，明晃晃的，鏡子般耀眼，遠處是一丘一嶺的稻田，高低起伏，你的父親傳給你，你耕種了一年就換了主人的那三十畝稻田，就在易於灌溉的堰塘下面。當我長大後作為一名青年農民和公社社員插足這些稻田時，我也許應該有異樣的感覺，可我當時完全忽略了對內心細膩的體驗。

雖然虛弱，但你步履穩健，一圈又一圈碾壓著禾場。你親手用細麻編織的草鞋，托著那雙走遍大江南北、踏過烽火硝煙的腳。而隨著太陽的升高，你脫下夾襖，把背上的斗笠戴在了頭上。斗笠的影子留在被碾壓過的禾場上，使你和太陽、大地建立了聯繫。我騎在屋脊上，起勁地向你呼喊，我覺得你就是在烙一張巨大的甜餅，就像你在軍旅生涯中所常常做的那樣。我的喊聲驚了你。你喝住牛，回過頭來，我從斗笠下看到了一張煞白的老臉。

你很鎮靜地答應我的呼喊，急急地朝屋簷下走來，一邊走，一邊叫我不要亂動，你說奶奶已烙好了甜餅，不一會兒就要端到禾場上來。說著這些話，你便走到屋簷下，仰起臉望我，要我抓緊屋頂的茅草。當我撲到你的懷裡時，你的大巴掌便也劈劈啪啪地落在了我的屁股上。你變成了一個憤怒的、凶神惡煞的人。太陽在我的淚眼裡閃爍著五彩的光環。我聞到了那頂年代久遠的草帽上，帽繩和細篾片因飽浸汗水而發散出的強烈的鹹味。這時，奶奶果真用一把篩子端來了烙好的甜麥餅。生了芽的小麥磨漿後烙的餅，有一種自然的麥芽甜味，更長的麥芽還可以熬糖。我看到她裹過的小腳，穿著一雙她親手綉的、在當時和今日的農村都早已絕跡的綉花棉緞布鞋，跟爺爺用青布和細麻混合編成的草鞋相映成趣。

我永遠也不能真正理解你的那些鄉親。他們似乎恨你，又似乎對你充滿敬意和同情。那些頭腦簡單、語言和衣著都土得掉渣的人，他們的行為自相矛盾、不可思議。他們會為了一捆乾稻草而高聲叫罵，女人們互揭隱私、互揪頭髮，但在暴雨降臨的時候，卻讓自己的穀子淋在禾場上，去幫那些缺乏壯勞力的家庭搶收稻穀；娘兒們習慣到隔壁去借兩個雞蛋來招待客人，借一小碗面烙餅——償還的時候卻用大碗；誰家從河汊裡捕了一籃小魚、半竹簍蝦米，挨著的幾家都會沾上些腥氣，飄出魚蝦湯的鮮味……，我知道，在這樣的鄉村裡，不會有真正意義上的仇恨萌生。置身於他們中間，你作為被規定的敵人，平安活過了一生。

每逢村裡放電影時，附近村子裡的鄉親便黑壓壓地聚集在你碾過的禾場上。你不大去看那些電影。那時候，除了戰爭影片，就是戰爭影片。從影片上，你從來不曾看到過你服役的軍隊和日本人作戰的鏡頭，這是你不愛看這些電影的主要原因。我對於中學歷史課是爛熟於心的。我少年時代從你口中聽來的、你親身經歷的那些故事，從來也沒有使我真正相信——你服役過的那支軍隊，是這場戰爭中傷亡最慘重的主力。偶爾看一場電影，你坐在不顯眼的角落，給我講銀幕上出現的那些武器的名稱，什麼馬克沁啦、捷克式啦，就跟你熟悉農具一樣。你用嘴模仿炮彈在空中飛行的聲音。你說在戰場上最容易送命的是那些新兵，他們還沒有來得及學會分辨炮彈的呼嘯聲，以便確定彈著點是自己的身後、身左或身右。對於挨槍的感覺，你說得很形象：起初只覺得像被扁擔猛撞了一下，彷彿要過很久，血才會慢慢流出來。我問你殺過人沒有。在戰場上，這不僅合法，而且受到獎勵。你笑了笑。你說你只是個燒飯的，拿的是吹火筒，不是槍。但有時情勢危急，你也會放下手中的大勺，操起身邊的傢夥。你不能確定是否打中過對方。硝煙瀰漫，誰有閑心關心自己的槍法！我寧願相信你從未射殺一個敵人，但你同樣參加、並且贏得了這場在自己國土上進行的、正義的戰爭。你的母親，也就是我的曾祖母，自從你踏上戰場，就開始吃齋念經，終了一生。她生怕你被「別人」打死，也生怕你打死了「別人」。

《血戰台兒莊》開始上映時，我已經大學快畢業了，你也差不多已準備回到泥土裡，進入你永遠的冬眠。時值寒秋，你堅持要拄著拐杖，由你最小的孫子牽著，到三里路外的鄰村去看這部電影。你的老淚渾濁地滴在黑布棉襖上，跟那些戰死者相比，你多麼幸運！醫生宣判你只能活三年，你卻掙扎著活過了一九七八年，親眼看著自己頭上戴了三十多年的「地主」帽子被摘下，成為這個國家的「公民」；又掙扎著活到了一九八〇年，看到我——你的長孫，作為全市文科「狀元」考入首都的著名大學；又掙扎著活到了一九八七年，看到另外三個孫子、孫女在村口向你泣別，背著行李一同去上省城的大學；你甚至靠不停地吐黑色的血，一日捱一日地活到了一九八八年十一月，金色的秋天，最後的秋天，你的第一個重孫在遙遠的成都出生，產房秤盤上的新生兒就跟老去的你一模一樣。你收到了這張嬰兒的照片。你知道你再也活不到讓這個小男孩也撫摸你腿上宛如銅錢的槍疤的那一天了，於是你閉上了眼睛。

彌留之際，你叮囑家人，不要把你的死訊告訴我。你怕耽誤我的工作，也怕費錢。你說人生一世，草木一秋，跟你一同從軍的夥伴都陣亡了，你是唯一一個死在床上，而不是野地裡的人。你驕傲地反覆嘮叨，我們家上溯七輩，沒有出過一個讀書人，而在你的孫輩，一下子出了四個大學生。你很高興將見到地下的祖宗，告訴他們祖墳上真的長出了歪脖子槐樹。你讓準備後事的人們，把我出版的兩本詩集放在棺木裡，然後草草掩埋。一年之後，我回家探親，坐在你的墳頭，你的重孫子在墳上採摘野花，我仍然在想，你把詩集帶到那個世界，除了你自己外，究竟還能找到幾個讀者，何況你認識的字，本也不多。

你幾乎沒有對我提起過你的父親，但我知道他叫程家安。這是我對於我們家族的全部知識。在我拿到錄取通知書、本村和周圍的村子一片轟動的那個下午，我看見你在村子西頭的一塊旱地坐著，那是一塊專門種植芝麻、棉花和黃豆的好地。你不僅氣色好，而且還穿了簇新的衣服——一套提早準備的黑綢壽衣。你把我喊過去，坐在你的身邊，告訴我這就是祖墳。你的父親就安臥在這裡。我留意這裡沒有歪脖子的槐樹，連什麼樹也沒有。你叫我對這一片茁長的芝麻磕頭，我不肯。我不想承認，一個早在一九四七年就去世了的人，和一個一九六二年才出生的人，會有一種割不斷的血肉聯繫。

現在，一切都已安排妥當。你躺在一片松林裡，在深深的泥土中。儘管我原則上贊成火葬，但我還是慶幸你是躺在棺材中，而不是骨灰盒裡。你為保衛這塊土地流過血，又為耕耘這塊土地流過汗，你有權擁有一小塊墓地。如果我在生活的道路上跋涉得疲倦了，或者厭倦了城市的紛爭，我會帶著兒子回到你的身邊，躺在你青草覆蓋的墳頭，慵懶地曬一曬春天的太陽，美美地睡一覺，然後，爬起來，拍拍身上的草屑，重新踏上人生的未竟之旅。

你叫程明道。你沒有墓碑。你的墓碑在我的心裡。

竈火

我出生的時候，祭竈的習俗已經消亡了。這種消亡是在所難免的，因為每家每戶的竈都早已拆除，連鍋也都砸碎煉了鐵疙瘩，代之而起的是一座碩大無朋、令人望而生畏的竈，有點像那個時代隨處可見的土高爐。起初，圍著那口宛如池塘的大鍋，人們大碗吃飯，後來大碗喝粥，最後，只有大碗喝水的份了。

幸好，這種不可思議的事情，在我記事的時候已經結束了。竈，作為農家溫暖的心臟和信仰的象徵物，又回到了廚房裡，占據了最神聖的一席之地，並且藉助一根順暢的煙囪，理直氣壯地吐出了裊裊炊煙。經過了喧囂和狂熱之後，鄉村復歸於往昔的寧靜。

祭竈的習俗，留在了老一輩懷舊的絮叨中。據說，每年的臘月二十三，是竈王爺上天，向玉皇大帝報一年農事的日子。在這一天，農民們都要揮動掃帚，把整個屋子，尤其是廚房的屋頂掃個乾乾淨淨。每逢這種時候，最開心的當然要算小孩子們，因為這表明新年快要到了，富裕些的家庭，可以給每個孩子添一件新衣裳；再貧寒的家庭，孩子們也可以飽飽地吃一頓蒸肥肉。至於大人們的心事，當然是祈望來年風調雨順、人畜兩旺、五穀豐登。人類懷著這種樸素的願望，幾乎是從農業誕生那一天開始的，跟古老的農耕文化一樣歷史悠久。可堪喟嘆的是，我們仍然必須捧著碗，一代又一代地仰望天空，這又豈是一個糧食或農業問題呢？

我們家是全村四十多戶裡最窮的一戶。但我們家的竈膛裡卻火光熊熊，使土磚砌成的屋子充滿了溫暖和天倫之樂。這自然首先要歸功於我的奶奶。奶奶三十多歲時，因不堪前夫的虐待，改嫁給了我的剛從解放軍部隊回來的地主爺爺。奶奶是個極會過日子的人，在飲餓的年代裡，雖然我的家鄉是著名的魚米之鄉，農民所能吃上的自己親手種出的大米，數量卻是極其有限的。很多的時候，人們必須吃紅薯、南瓜、青菜、蘿蔔，度過青黃不接的緊要關頭。這種時候，便顯出了奶奶的非凡之處來。她把這些粗糙的食物，烹調得精美可口，使我們這群餓狼瘦狗般的孩子們，吞嚥起來格外香甜。如果這些雜菜一時吃不完，奶奶便會動手將它們醃起來，或製成薯乾，還可用南瓜熬糖，使苦澀的鄉村生活，充滿了甜味。奶奶年輕時很漂亮，又是從城裡嫁到鄉間的，在竈前有如此的手藝，加上人緣好，搏得了村婦村姑的友情，即使在嚴酷的「以階級鬥爭為綱」的日子裡，我們家也仍然能夠感受到鄉鄰之間的溫暖。

我一生中最幸福的一段歲月，就是那時候度過的。冬天來臨，北風呼號，天井裡結了長長的冰柱子。如果恰逢星期天的話，我就可以賴在被窩裡，這時候，奶奶就會把我的小棉褲拿到竈前烤暖和了，捂在自己的對襟棉襖裡，顛著一雙裹過的小腳跑進來催我起床。我仍然不願起來，奶奶只好又去竈間忙活一陣，再顛著小腳跑過來，把變冷的棉褲再烘一遍。如是者三，我才穿上暖烘烘的棉褲，起床，推門一望，啊，滿地皆白，好大的雪啊！心裡的暖意便流遍了全身。奶奶嫁到我家時，我的父親已經五六歲了，但我仍然覺得我的血管中，漩流著奶奶那善良、慈愛的血液。

小時候，我是一個羸弱的少年，早熟而耽於愁思。每到冬天，可憎的哮喘病便折磨我的肺葉，有時我會咳嗽到半夜無法入眠。奶奶便會買來大粒的海鹽，放在鍋裡炒熱後，裝在一個小布袋裡，拿來放在床上，貼著我的後背，用熱鹽來吸除我體內的風寒。我立刻覺得全身舒坦多了，咳嗽也漸漸平緩，奶奶臉上便浮起了笑容。我小時候想，如果家裡沒有奶奶，沒有奶奶所操持的給家庭生氣的土灶，我們家一定會冷冷清清的。

以後我考上了大學，在一個不大的範圍內，還獲得了「詩人」的稱號，奶奶不識字，當然不明白「詩人」是幹什麼的。她認為我畢業回來，在鄉里當一個幹部，最好是當鄉長，才算榮耀，為她露了臉。到我家做客的幾位鄰村的大學生聽了，都哈哈大笑起來，我也感到很幽默，但幽默中卻飽含著辛酸。奶奶倒真是這樣盤算著為我設計人生的。吃飯的時候，奶奶端上煎乾魚、新鮮豆腐、粉條燉豬肉，和弟弟從稻田裡捉回的鱔魚。在一個貧困的家庭裡，這是奶奶所能拿出的最好的菜肴了。以後我有不少機會吃上數百元、上千元一桌的盛宴，但我總是覺得惶然，猶如芒刺在背。我希望我能有機會讓奶奶也品嚐一下這些她聞所未聞見所未見的東西，讓她善良的心裡明白，這世界的不公正與不公平。如果她知道和我碰杯的或應酬著、寒暄著、套著近乎的人，是一些比鄉長、區長甚至縣長都要顯赫的人時，她老人家大概是要受驚的。而我呢，置身席間，在觥籌交錯與喧聲笑語中，我感到我不屬於這個階層，和他們格格不入，似乎鄉村竈前的火光，映紅了我的臉，那是窘迫，更是羞愧。

奶奶在竈前竈後，忙活了一輩子，最大的心願是看到我的孩子出生，使她能夠抱上重孫，升級為當地最受人崇敬的祖奶奶。不幸的是，一九八八年十月七日，她老人家突然病逝，把無盡的哀思留給了我。一個多月後，她日思夜想的重孫在幾千里之外的四川出生。這一個多月的「時間差」，使我的一生留下了無法彌補的遺憾。

孩子的出生，給家庭帶來了尿布，在樓道上方拉起的鐵絲上，人生之初的旗幟飄揚風中——負重的年齡來到了。我們住在城市裡，管道天然氣帶來了做飯的諸多便利，童年時從竈膛裡掏出幾個香噴噴烤紅薯的樂趣卻沒有了。街上倒有賣烤紅薯的，但已賣到八毛錢一斤了，我一天的工資，可以折合成三四斤烤紅薯；更不方便的是冬天為孩子烤尿布。我還算聰明，在天然氣竈上倒扣一個鋁盆，湊合著還可以用一用，但鄉間廚房裡竈火熊熊、洋溢著一片親情的日子，畢竟一去不復返了。

終於熬到獲准探親的日子，我帶上兒子，懷揣著上漲了一倍多的火車票走進家門。爺爺奶奶都回到了土地，弟弟妹妹們都考上了大學或者中學；父親照例又到工地上做工去了。我們那裡的農民，每年冬天都要去義務修築漢江堤，或者是修汽車通不到自已村的公路，或是修水流不進自已田的水庫，奇怪的是，數月的勞動，非但沒有報酬，完不成土石方任務，反而要自己掏錢「認罰」。家時只剩下母親一人，十幾間房子空落落的，一片淒涼。母親見到我，尤其是因為第一次見到了她的孫子，自然是高興的。這個患了絕症的女人，如今站在奶奶從前的位置上。我坐在竈前的板凳上，一邊往竈裡添柴禾，一邊用生疏了的故鄉土話和母親交談。在村人看來，我們家是最令人羡慕的：六個孩子中，已有四個大學生，另外兩個也正準備考大學。但只有我知道，我失去了人生最珍貴的東西。竈前的火光，映照著母親蠟黃的臉。在短短的探親假裡，我跑到工地上看望父親，幫他挖了幾天的泥土，剩下的時間，用來陪伴母親，享受著她的絮叨和因病帶來的暴躁脾氣。我們祖孫三人，吃著村裡最簡單的飯菜，度過了我一生中寧靜的日子。我今年才二十八歲，母親生下我這個家中的長子時，還是一個十八歲的村姑。我沒有任何辦法留住只比我大十八歲的母親，給我血肉身軀和眼淚的母親。我也無法讓這竈前的火光，增加這世界的暖意與溫情，以抵抗不幸和厄運。

回到了吃商品糧和燒天然氣的城市，回到了穿西服、打官腔、吃幾百元一桌宴席的人們中間，我的心卻留在了鄉間。近日，接到父親來信，說是稻穀在灌漿時遭了雹災，糧食大幅度減產。坐在辦公室裡，我憂心忡忡：我什麼時候才能夠像我的同事們那樣，不再關心農業，不再關心年成呢？

秋天的絮語

1

鐘聲響了，曠遠、沉鬱、蒼涼。連最細小的草莖，也感受到了深秋的蕭瑟。樹葉無窮無盡，不可遏止地飄落下來。沒有什麼力量能留住枝頭上的最後一片綠葉。水變得消瘦，甚至連杯中之水，也透出秋意，漸漸地寒徹肌骨。隨後，冬天來臨，雪掩埋了世間一切。

鐘聲響了，註定的時辰已經到來。你收拾好行裝，走向冥冥之中，沒有什麼比土地更為博大與寬厚。它收容了你，還將收容我，以及別的任何人，無論顯赫，無論卑微。

在沉寂的鄉村裡，誰能夠說出這遙遠的鐘聲?不絕如縷的金屬的震顫，在靈魂深處激起共鳴。這裡不是西方，沒有鐘聲蕩漾的教堂，讓我們的靈魂得以沐浴，去平靜地面對上帝，或者死神。這完全歸因於心靈的感應，它超越了時間和空間，藉助神靈的力量，到達我的夢裡。我夢見了那無形的鐘。它高懸在天空，黑暗、深邃，充滿著神的威嚴。它的召喚無可抗拒。

我這樣真切地觸摸到了死亡之神的手。它甚至像人的手一樣布滿了掌紋，只不過我們無法改變它們所昭示與預兆的命運。

2

即使是最偉大的歷史學家，也無法說出人類歷史上最黑暗的一天：野蠻人入侵古希臘、十字軍東征、一戰、二戰、南京屠城、廣島與長崎、海灣危機……每個民族有每個民族的災難，每個國家有每個國家的不幸。沒有誰承認，真正受難的是整個人類。我似乎清楚地記得，維蘇威火山毀滅龐貝城的情景。那是公元前七十九年的舊事。我彷彿是從蔽天的黑煙和紅熾的熔岩中逃出來的幸存者。幾千年來，我用驚魂未定的眼睛觀望著世界，看著一代又一代的人死去，又以別的臉孔復活，把從前的災厄再重新忍受一次。我的眼睛因此為淚水所充盈，那是遠比愛琴海更為古老、更為湛藍、也更為鹹澀的液體。

但我確切地知道，我如此漫長而又如此短暫的一生中，最黑暗的那一天業已到來，就在秋天的鐘聲響過曠野的時候，收割後的大地顯示出少有的簡潔與疏朗。

3

一九九八年十月七日，向晚時分。我的岳父從大老遠的地方趕來，看望他臨近產期的女兒。岳父對我倆的婚事，曾經是不大贊成的，這使我們翁婿之間，多少存在著一點心照不宣的隔膜。這次岳父大駕光臨，還帶來了滋補的肉鴿，和一瓶據他稱很有名的酒，是他那個縣的名產。我上街買了一些下酒菜，和他對飲起來。妻腆著大肚子坐在沙發上，看著酒一點一點地消融著我和乃父之間的嫌隙，臉上露出滿意的笑容。

忽然，妻痛苦地驚叫起來，手中的筷子也掉落在地上，彷彿腹中的嬰兒，在拼命地咬她、踢她、用小刀刺她。她癱倒在沙發上，無法動彈，臉色如紙。我和岳父大驚失色，急忙把她扶到床上。我知道，離預產期還有一個多月，孩子在腹中狂暴地躁動，一定預兆著什麼。這時，暮色四合，窗外的銀杏樹，已經連枝杈也變得模糊不清了。

就在這個時候，在湖北荊門鄉下，從成都出發坐一天一夜火車再換乘汽車最後再步行一個多小時才能到達的地方，鐘不可避免地被一隻無法反抗的手敲響了。你合上了眼睛。

那一晚，散佈在四座城市裡的你的孫子和孫女，都不約而同地夢見了你，哭著醒來。

4

從小家庭僅有的五百元存款中，我取出了三百元，回家奔喪。刻骨銘心的一天。在這一天裡，我的眼淚，一個男人的眼淚，默默地淌下來，從早晨，到晚上。

這天早晨我去上班，我的上司已端坐在辦公室裡。看見我進來，他便拉開抽屜，把那份可怕的電報放在我的桌上。

在電信業務落後的中國，電報往往蘊藏著不祥。

我登上了從成都途經重慶開往武漢的火車。本來，我可以選擇另一條路，節省十個小時的旅程。可是這條捷徑在陽平關附近被泥石流切斷了。車上人很擠，根本找不到座位。我在兩節車廂的接頭處坐下，晚上就睡在隨身攜帶的舊大衣上，完全像個難民。我必須儘快趕回去，安葬世界上最愛我的人。

5

在忍無可忍、無法捱盡的旅途中，我有足夠的時間來回想我對幸福的理解。我知道，在這一點上，我和許多人的想法都截然不同。

從我十八歲離開故鄉，到遠方闖蕩人生開始，我就懷著一份樸素的、膚淺的願望：我要讓我的爺爺奶奶、尤其是奶奶，在晚年能過幾天舒心的日子。具體而言，我要儘快在社會上謀得一個體面的飯碗，儘快娶一個妻子，儘快生一個孩子，好把奶奶接到城裡來。讓她在冬天的屋簷下，晾起她醃製的鹹菜；讓她踮起裹過的小腳，從鐵絲上取下嬰兒的衣物；讓孩子的屎尿，肆無忌憚地玷污她剛剛穿上的、我為她添置的黑緞棉襖，而她責罵孩子的口吻中充滿了歡喜。我將選擇閑暇的日子陪她到街上閑逛，把那些混雜在人群裡的外國人指點給她看，使她回到鄉下時有足以誇耀的資本；出太陽的日子她還可以和別的老太婆圍桌搓牌，幾毛錢的損失比幾毛錢的進項更值得欣喜；只要高興就隨時可以邁進戲園子，聽不懂川劇高腔聽聽鑼鼓也不算冤枉花錢……在我眼看就要獲得這種至高無上的幸福的時候，幸福卻像一隻美麗的狐狸一樣，遠遠地從我的身邊逃遁，永遠也不再回頭。

妻子的產期日近，我已寫好了一封信，讓奶奶做好到城裡來的準備。在國慶節這一天，我把這封信扔進了單位的信箱裡。由於節日放假，它在那裡躺了四天。當我跪在一座新墳前時，這封信才送到家裡。

6

我所有的求學、寫作、奮鬥，似乎只為了一個如此簡單的目的：增加你的光彩與榮耀。你的突然逝去，使我的一切努力，頃刻之間變得白費力氣、毫無意義。

我常常毫無道理地羨慕那些過了你這個年齡而仍然健在的城裡人，默默活過了一生。在公共汽車上，我將謙卑地讓出我的座位，給那些年老的城裡人；對於那些乞討者，我也會攤出我掙來的乾乾淨淨的硬幣。對於世界和人類，我有許多話要訴說。我就像一個迷途的孩子，看著更多的孩子迷失道路，既不能加入，又無法指出。每當我在電視上，看到死於飛機失事、死於局部戰爭、死於暗殺的不幸者，我的心就為一種善良的願望所攫緊。你畢竟是在割草的時候，突然倒在田埂上的。秋後的太陽無言地照耀著你的靈魂升入天堂。鐘聲在頃刻間敲響，曠遠、沉鬱、蒼涼，連被你割下的最細小的草莖，也感受到了秋深的蕭瑟。

7

我在你的羽翼下，生活了二十六年。

你把我貢獻給了世界，但我無法用詩歌來報答你。在我的故鄉，詩歌並不比水稻更為重要；在村民們眼裡，最好的詩人，甚至抵得上一個鄉長。

給我最多愛的人，我卻知之甚少。我只知道你叫金蘭英，出生於一九一八年，三十多歲時，從城裡改嫁到鄉下，成為我父親的繼母。

千百年來，全世界的人都在用各種語言說繼母的壞話。你用你的一生，使他們啞口無言。

父親

我關於父親的最早記憶是從一輛木製小推車開始的。童年時代似乎有下不完的連陰雨。每逢下雨，父親就把自己關在一間小屋內，在木頭上丈量，刨啊、鋸啊，我守在他的身旁，眼巴巴地等待著。長大後我才發現，父親是個多麼笨手笨腳的人。他對於木工活簡直一竅不通。在他製作那輛小推車時，我親眼看到他好幾次被那些原始的、古怪的工具弄傷，血將木頭浸紅了一大片。可他終於將那輛小推車製作成功了。車有點類似今日城裡孩子們的嬰兒車，由四個小木輪組成，在後輪的轉軸上裝了一個機關，帶動兩個木槌，發出「梆梆」的響聲。父親給這輛車起了一個形象的名字：啄米雞公車。從此，當我推著這輛笨重的小推車在村子裡四處跑動時，「梆梆」有節奏的敲擊聲便傳得很遠，傳到在遠處地裡牛馬般勞作的父親的耳中。

後來，不知何故，盛怒的母親當著我的面，將這輛童車砸得粉碎。我的童年就在一堆散亂的木頭中間結束了。

上學後才知道，父親也是有文化的。農業中學畢業後，他被分配到一家農具廠，當了一個月的工人。當時的社會不能容忍一個地主的兒子成為工人階級的一員，所以，父親只好回到農村，四五十年再也沒有挪動過半步。

我相信父親是一個優秀的學生。他有一個小木箱，裡面收藏著他讀過的所有的教科書。我少年時代翻出來讀過，現在還有較深印象的，除了《語文》外，還有《基礎電學》、《農業機械》、《農作物栽培》等，書箱裡甚至還有一些俄語課本。父親還保存著那枚校徽，上面刻著「荊門縣李市農業中學」的紅字。那枚校徽被一小塊紅緞子包裹著，經歷了數十年的風雨而未曾有絲毫的鏽蝕。我知道，那是父親最珍貴的記憶。

第一次真正從本質上親近父親，是從他講述的一個小故事開始的：他放學的時候，有一次突降暴雨，一個老大娘被阻在了溪邊。父親見此情景，急忙跑到很遠的村子裡，借來一隻大木盆，自己脫了衣服跳進冰冷的春水裡，扶著木盆把這位大娘送到了對岸。這當然算不得是什麼英勇的行為，但我從中看到了父親心中的善良，閃爍著黃金的光芒。我們的村子位於一處高崗上，常常有這樣的情景：村裡的男人們端著飯碗，蹲在十字街口邊吃邊聊。這時有不相識的外村人，用板車拉著一車糧食，或是別的東西，沿長長的斜坡，吃力地躬腰拉上來。吃飯的男子們盯著那輛板車，和那個拼命用腳蹬地、身體呈蝦狀拉車的外鄉人。只有我的父親一個人，默默地將碗放在地上，將筷子擱在碗沿，然後幾大步跨過去，幫那個外鄉人將板車推上坡頂。身材矮小的父親就在那一瞬間變得高大起來，使我終身仰望，心懷敬愛和感恩之心。

我從小學五年級開始，放假後便參加生產隊的勞動，掙點工分幫襯家庭。我發現，村裡最重最累最髒的活，總是分派給我的父親，因為他老實、厚道、也因為他有知識——正正規規的初中畢業生。他的綽號叫「二迂子」，在我看來，這個綽號非但沒有損害他的尊嚴，相反，增加了他的榮耀。在我們村裡，「大迂子」是一個被打成右派、流放回鄉脫胎換骨的省城教師，而我的父親，其「迂」其「愚」，僅在這位先生之下。譬如清除窯場，人們都在窯頂上勞動，只有我的父親一人，被吩咐鑽進火爐一樣的窯內，清除淤灰，而窯頂，是隨時都可能塌下來的。從那時起，我幼小的心靈，對於人世的不平就有了直接的體驗，心中也開始繫上了父親的安危。

儘管如此，父親總是樂呵呵的，從無怨言，也從不皺眉嘆氣。村裡有一戶武漢下放的移民，生活很艱難，卻和我們家成了通家之好。有一天，他家的女人得了急病，半夜裡急需送到三十里外的鎮上搶救。父親和這女人的丈夫拉起板車，就往鎮裡奔。黑燈瞎火，路又不平，兩個人連鞋子都跑掉了。板車上，病人的呻吟漸漸減弱，最後完全消失了。女人的丈夫是城裡人，沒吃過什麼大的苦頭，哪裡還跑得動，見女人的呻吟聲已經停止，便勸我父親將板車拖回去算了。父親一邊跑一邊說：「只要人還有一口氣，就要把她拖到醫院去。」雞叫時分，父親獨自一人終於把這個苦命的異鄉女人拖到了醫院的急診室。醫生說：「再晚半小時就沒命了。」天亮後，這個女人的丈夫才趕到醫院，看見自己的老婆正在手術臺上急救，感激得不知說什麼好。

父親是一個笨人，連我也曾經說過，父親是一個「榆木疙瘩」，腦筋不開竅，幹什麼事都過於認真負責，從來不知道什麼叫「耍滑」、「取巧」。比如插秧，一株一株，插得整整齊齊、工工整整，一副「慢工出細活」的樣子，母親氣得罵他：「你是在綉花，還是在插秧？」父親手雖不巧，笛子和簫卻吹得好。在夏日的夜晚，我們圍坐在他的身邊，望著滿天星斗，聽他在竹管內吹出悠揚的曲調，真正感受到了鄉村生活的靜謐與安寧。

現在回想起來，這種靜謐與安寧當然只是生活的表像。一九七六年九月九日，父親一個人到離村幾里外的養豬場守夜，無事可幹便吹笛自娛，被不知懷何種目的轉悠到這裡的前生產隊長聽見了，便告發到大隊部。大隊派了兩個民兵，把我父親抓去關押了一天，又開了一場鬥爭會，狠批一通後才予以釋放。我也參加了我父親的鬥爭會，他的罪名是：幸災樂禍。

在既看不到報紙，也聽不到收音機的窮鄉村，消息閉塞的父親哪裡曉得，這一天，那個老人家離開了人世。

終身大事

二十多年前的某一天凌晨，從鎮上寄宿中學回家過星期天的我，正在酣睡中，忽然被搖醒了。睜開眼睛一看，床前站著母親和奶奶。她們的臉上，透露出一種極莊嚴極神聖的表情，夾雜著幾分神秘的喜悅。

我揉揉眼睛，掩著被子斜躺起來。對於天不亮就被叫醒，感到相當惱火。那是高考複習最玩命的階段，平時在學校裡，每天只能睡四五個小時，只有星期天回家，才可以多睡一會兒。

母親再次開口時，我就知道了她的意圖。原來，母親和奶奶反覆磋商，為我的「終身大事」（鄉下人用來替代「婚姻」一詞的同義語）提出了兩個候選人：一個是拐彎抹角的某個姨媽的女兒，長得人高馬大，比我整整高一個頭，她屬於智力低下的那類孩子，上了五年小學，一直都在讀一年級；另一個是我母親堂兄的女兒，算是我的表姐，和前者相比，要聰明得多——讀到小學三年級，就拼死拼活不讀書了。

我前天晚上臨睡前，就聽見母親和奶奶在隔壁低聲交談，煤油燈把她們的影子投在土牆上，我剛好能夠看見。原來她們「密謀」的，是這樣一件大事。

我感到屈辱，自尊心受到了極嚴重的傷害。我「呼」地一下坐起來，把腿上的被子一腳踢開，粗暴地吼道：「我的事情不要你們瞎操心！」在我母親看來，我能否考上大學倒還在其次，至關重要的是，我必須討一個能和我共同生兒育女的老婆。我理解母親的心病。我們家極其貧窮，勞力少，人口多，爺爺又曾是「地主」，我要找個好姑娘，真是難於上青天。家鄉是愚陋的地方，盛行早訂婚，母親生怕鄉村裡的姑娘都被人捷足先登，便早早地提出了兩戶親戚的女兒以備擇善而娶，頗有點「近水樓臺先得月」的精明，沒想到遭到了我的無情否決。

那年，我十七歲，已經漸明世事，心裡默默喜歡的，是村裡一個裁縫的女兒，只有她才心靈手巧，穿得也整齊。我如果考不上大學，陷在泥土裡當一個農民，她當然不見得肯嫁給我，但她心裡喜歡我卻是不容置疑的。幸運的是，我是鎮上那所中學裡成績最優秀的學生，全市範圍的統一考試，每次我都名列前茅。我的母親和奶奶，完全忽略了一個極大的可能性：最多再過兩個月，我就要徹底改變我的人生軌跡，遠遠地離開這荒僻的鄉村。

果然，兩個月後，我以全市文科總分第一名的成績，被北京的一所著名的大學錄取。直到二十多年後的今天，我仍然不明白，母親為什麼偏偏要在高考前夕，在那樣關鍵的時刻，迫不及待地給我提親，而候選人又是那樣絕對不會讓人產生愛意，而只能滋生同情？

我素來被鄉鄰們公認為孝順的兒子，但在終身大事上，我還是堅決地拂逆了母親的心願。在那個莫名其妙的夏日凌晨，我對母親宣稱：我要找一個漂漂亮亮、白白淨淨、知書識禮的城裡女孩做我的妻子，使小鎮上供銷社裡賣布匹的那幾個姑娘都要自愧弗如。

我此後在城裡的一切奮鬥，都多少跟這一偉大理想有關。母親的態度很曖昧，似乎頗為我的宏願高興，但同時又對此深為惱火。在我每次從大學回家探親時，母親總是懷著一種「走著瞧」的拭目以待的態度，旁敲側擊，問起我的女朋友的情形。我便從郊遊踏青時拍的合影中，隨便挑幾個容貌稍好些的女同學，胡亂指給她看。對於這些城裡的女孩子，她從未發表任何評論。

後來，我真的把一個漂漂亮亮、白白淨淨、知書識禮的城裡姑娘帶到鄉下，推到母親面前。姑娘學著我們家鄉的土話叫一聲「娘」，母親的眼淚立刻滴下來了，趕忙撩起圍裙揩眼角，轉過身就去殺雞、宰鴨、剖魚。做完了這些事情，全家人歡聚一堂時，母親卻無話可說了。她不相信坐在她身邊的這個城裡姑娘，就是她的兒媳。我們家祖祖輩輩都在鄉下生活，娶鄉下姑娘，嫁鄉下漢子，在泥土裡滾過一生。母親深深地為我在城裡的生活擔心，而尤其不能讓她放心的是，城裡的姑娘那樣白皙、那樣嬌嫩，不像是實實在在過日子的樣子。

一九九〇年十月，我當了父親後第一次回家探親，同行者除了妻子外，還添了一個兩歲的小男孩——我給母親帶回了她的長孫。母親在高興之餘，忽然告訴我，母親曾打算讓我與之訂親的那位表姐，不久前死了，因為糖尿病無錢醫治，留下兩個孩子，一個五歲，另一個兩歲，是罰了款後「超生」的「黑孩子」（沒有戶口）。我感到非常難過。我在四川凉山當特派記者時，得知她患了糖尿病，又聽說當地出產的蕎麥粉能治這種病，還專門給她寄去過一袋，想不到她還是死了。在城裡，在我們單位，僅我知道的公開的糖尿病患者就有上十個，一個比一個紅光滿面，從來不曾聽說有誰死於這種病。

我安慰母親：既然我能夠離開故土，在大城市裡扎下根，就一定能好好地愛我娶的城裡妻子，和她朝夕相伴，白頭偕老；我們的兒子將在城裡健康成長，受良好的教育，長大了成為一個正直的、有益於社會的人。看母親的表情，她似乎對我的話深深懷疑，又完全相信。

轉眼又過去十年。我們不僅在城裡扎下了根，而且，還將根扎在了美國的城裡。去年夏天，在舊金山定居三年後首度舉家返鄉，我為母親帶回的長孫，已經能講一口流利的英語了。在全家歡聚的宴席上，兒子當著眾多的叔叔、姑姑說：「Grandma, you are really so beautiful!」（「奶奶，你真的好漂亮！」）我一翻譯出來，立刻逗得母親哈哈大笑，眼淚都笑得掉下來，全家人更是笑成一團。母親一輩子，受窮、受氣、受苦，飽受疾病的折磨，而她用責罵和毆打養育成的六個兒女，不敢說人人成才，至少算得個個成器，晚年的母親，因此病痛也少了，笑容也多了，但被長孫美國式地恭維為「漂亮」，這恐怕還是平生第一次吧？

說真的，我的母親一點也不漂亮，她甚至不識字，但她，是我的母親。

父母的歌謠

有十多年沒有回鄉下過年了。前不久，約齊了眾多的弟妹，以及他們的配偶和孩子，老老少少聚了個熱熱鬧鬧。拍「全家福」那會兒，三個兒子，兩個兒媳，三個女兒，兩個女婿，將父母大人簇擁在長凳中央。四個孫輩，正好是兩對金童玉女，擠在爺爺奶奶旁邊，嘰嘰喳喳，將他們拉扯得東倒西歪，引得圍觀的村民們哈哈大笑。他們都羨慕地說：「瞧這兩口子的福氣！」

即使按城裡的標準，我的父母也算是有福氣的：六個兒女中，有五個上了大學，除了我在外省工作外，其他弟妹都在湖北荊門那座中等城市裡，有的當報社編輯，有的當銀行職員，有的當高中教師。在老家，地也退了，牛也賣了，漸入老年的父母，守著空空落落的十幾間土坯房，也守著村子東頭松林中老人們的墳塋，過起了「退休」生活。我與弟妹們相約：每人每月給父母提供一百元生活費，節餘的部分權充醫療保險金。可錢寄回去了，實指望父母能用這筆錢割肉稱魚，將日子過得像個樣子。可誰知春節回家，看見母親仍穿著那件連外套都沒有的男式舊棉襖，頭上包著條毛巾，數九寒天，連一頂帽子也沒有。

問她錢哪裡去了，回答是「趕了人情」。那些散佈在四鄰八鄉，隔了三、四代、轉了幾道彎的親戚們，孩子過周歲啦，娶媳婦嫁閨女啦、給老人祝壽或送老人入土啦，父母就將禮金送上，三十五十的，一百兩百的，視關係的親疏和走動的勤懶而定。我向村裡的老支書提起，說農民背著「趕人情」的重負，是農村宗法勢力的一種結果。支書批評我說：「城裡有城裡的規矩，農村有農村的風俗。住在村裡，連個鬼都不上門，哪還像個人家！」支書是我的長輩。他的話，三十年來在村裡一直算是「最高指示」。土地到戶後，他的權威性大大地減弱，背著手在村子裡轉悠，笑臉打招呼遞煙的人少得多了，十多年來，他心裡失落得很。

問起父母「退休」後的生活，父親說：「給別人打短工。」父親受雇給當地的水渠管理段當臨時的監水員，蹬著一輛連剎車都沒有的破自行車沿水渠巡查，還兼任這家「單位」菜地的雜工，一個月的工資是八十元人民幣。大夏天，毒日頭烤著，氣溫平均都在三十八度以上。有一天，他中了暑，一頭栽倒在田埂上，醒來時滿嘴都是泥土。比打「短工」更差的是當「義工」。知道我父母沒有了責任田，親戚們耕田、收稻子，都會差孩子走上好幾里路，來喊我父親去幫忙，一頓飯就是報酬。

母親也有事情幹。稻子收割後，她就到別人的田裡撿散落的稻穗。可嘆她是患過直腸癌作了手術的「殘缺人」，排泄大便的出口開在腰間，被撿穀的千百次彎腰磨得鮮血淋淋，三個月下來，也只撿到了二百斤稻子，大約相當於一百四十斤大米，按成都目前大米最低市價每斤一元三角計算，只值一百八十元。我這個小文人，只消寫一兩篇千字文，掙的稿費也不只這點。

我在家信中曾千叮嚀萬囑咐，勸他們用兒女們孝敬的錢，隔三差五到幾里外的集市上買回鮮肉活魚，好好補養一下虧了幾十年的身子骨。這次回家一問，說是一次也沒有去買過，理由是：「又不是逢年過節、請客辦事，割什麼肉！別人看見了，還不說閑話，罵我們老兩口好吃懶做！」母親將雞蛋攢了一百多個，裝了半罎子，說是留給城裡的孫子孫女回來吃。我告訴母親：我們夫妻所在的單位，有一個很好的工會，隔些日子就要發一筐子雞蛋，非但她的寶貝孫子不屑一顧，就是我，也早吃膩了。母親問：什麼是「工會」？我解釋了半天她也不懂，我只好告訴她：就是單位裡專門負責給職工發雞蛋、大米、油或電影票的部門，通常每年交三十元會費，一年能領回一百元的實物。母親驚嘆道：「要是村裡有工會就好啦！」

在鄉下無事可幹的時候，父母就到荊門城裡兒女家中住幾天。實在閑不住，有一天突然心血來潮，要去賣菜，於是，花八十元在批發市場買了兩筐黃瓜，馱到農貿市場上零售。老兩口一輩子也沒有做過買賣，守著黃瓜，想吆喝，可就是張不開嘴。兩天下來，瓜蔫了大半，只賣出了三五斤。最後，只好「出血大甩賣」，十元錢「批發」給了旁邊的專業菜販。拖著疲乏的身子往女兒家走，路上老兩口一人湊一句，竟編了一首題為〈賣菜〉的歌：

鄉巴佬，進城來，
學做生意賣小菜。
只好買來不好賣，
兩人發呆像臘台。
走個人來請他買，
回頭就將手兒擺。
本想搭車回農村，
兩個女兒不批准。

父母共同創作的這首順口溜，逗得女兒女婿、兒子媳婦們笑痛了肚。母親說，這樣的歌編的真不少呢！就說大前年二兒媳生孩子吧，按農村的風俗，孩子出生前，雙方的父母都要提著糯米、紅雞蛋去看孕婦的，這叫「催生」。父母因要去親戚家「趕人情」，耽誤了兩天才進城，結果孕婦已經變成了產婦——生了一個孫女。我家二小子落了個話柄在妻子手裡——女方的父母早就將糯米雞蛋提進了家門。父母剛進他屋，二小子劈頭蓋臉就是一頓批評。父母也顧不得生氣，急忙跑到臥室看兒媳和孫女。母親偷偷地又編了一首歌：

雞蛋糯米提進城，
一見兒子就挨訓。
挨了訓來也高興，
添了一個小女孫。
女孫生得實在乖，
不久就會喊奶奶。

看來，這是母親單獨創作的作品。她剛念完，屋子裡又是一陣大笑。我問父親，有沒有自己單獨創作的作品。父親呵呵一笑說：幾十年來，我編的歌少說也有幾百首，但都沒有抄下來，但有一些我還記得。他隨口念了一首〈分魚〉，講的是生產隊那會兒，隊裡堰塘裡養了魚，年終分魚時，隊長書記分鯉魚草魚，貧下中農分鯽魚鰱魚，其他社員分大頭魚等雜魚的不公平現象：

魚在水中游九洲，
寸水能養九百九。
哪家是你新主人，
你就往他鍋裡游。
大跟大來小跟小，
鯽魚跟著鯉魚跑。

剩下雜魚無處去，

隨著大頭把尾搖。

這回，大家都沒有笑。我打破沉悶，和父親開玩笑說：你這還是一首朦朧詩呢！他不知所云。我的父母，生了我們兄妹六人，給這個不堪人口重負的國家，添了六張嘴，使自己的一生，像牛，像馬；他們也向這個掃盲任務艱鉅的農業大國，貢獻了五個大學生，使自己晚年的臉上，有笑，有光。當我們和父母團聚時，註定了有多少驕傲，就有多少悲哀和無奈——為他們愛的偉大，生的愚昧。

那年夏天，當我閑坐在曼哈頓街頭的酒吧裡，捧讀一份《紐約時報》時，我不知怎地忽然想起了遠隔重洋的父母。他們就在那個村子裡過了一輩子。母親只認識兩個漢字——「男、女」，那是為了進城時別摸錯了廁所。

同座的美國人問我為什麼突然淚流滿面。

我說：「我的母親一輩子都不認識漢字，你這洋鬼子哪會明白！」

1997年3月，四川成都

母親二題

1

一九八〇年的秋天，我考上了北京的大學，第一次離開村子，去闖外面的世界。

在荊門上的火車，那時還叫縣城。儘管不只一次想像過火車的樣子，但看見它那樣長、那樣壯，抵得上一千頭牯牛的力氣，我還是嚇了一跳。那年我十八歲，經歷過不少新鮮事兒，包括看見了黑白電視機。第一次看的節目是電視片《哈爾濱的夏天》、《岷江行》。至今我也沒有去過哈爾濱，後來卻來到了岷江邊，成了川西人。

第一次出遠門的情景是終身難忘的：我背著大綠葉襯大紅花的被子，提著網兜，裡面裝著一個臉盆、幾件衣服。親戚們湊的一百二十元錢，被母親縫在內褲裡。我的一個叔叔在鐵路上工作，是我家唯一吃「商品糧」的親戚。他親自來接我上火車。在車上，他沒有買票。從荊門到襄樊三個小時的旅途，我一直忐忑不安，連窗外的景色也無法減輕我的擔憂——我生怕他被乘務員抓起來。

快到襄樊時，乘務員終於來查票了。我的叔叔摸出一個又舊又髒的本子，在那人面前晃了晃，說：「我是襄北機務段的，這是我姪子，到北京上大學去。」我叔叔挺自豪。

那時候，上大學還是一件值得羨慕的事情，尤其是去首都上大學。

襄北實際上是一個小站，但襄渝、焦枝線在這裡交彙，這是中學地理課上學的。叔叔帶我到了他工作的單位食堂。原來十多年來，讓我們家引以為豪、經常周濟我們家的這個叔叔，是一名炊事員。

怪不得農村的人都夢想吃上「商品糧」，原來國家單位的麵粉這樣白、饅頭這樣好吃，連鹹菜都跟農村的不同。單位裡還有澡堂子，人們赤條條地泡在一池熱水裡，說一些跟天氣、莊稼和收成無關的話。叔叔帶我去洗澡時我很不情願當眾脫衣服，其實我更擔心的是藏在內褲的錢被人偷走。

洗完澡，去叔叔的一個同事家吃飯。男主人是火車司機，姓李。女主人姓什麼，我不知道。叔叔每次回鄉下，都會幫他買些雞蛋、糯米之類的東西。她家的菜很豐富，但我卻說不出什麼名堂。

吃完飯，女主人看我穿的是「的確良」襯衣，誇獎說料子好。那是我媽媽用砍柴的錢給我縫的，鄉村裁縫的手藝。但五顆鈕扣卻是我媽媽親手縫的。兒子走得遠，她要縫得格外牢固才行。

在白色的襯衣上，縫著五顆黑色的鈕扣。那是我母親最後一次給我縫鈕扣。媽媽是文盲。她的審美觀只有一種：醒目。農民們都偏愛一眼就能看見的東西。

這個年約四十歲、胖胖的女主人，操著北方口音對我說：「孩子，白襯衣配黑鈕扣，不好看，我給你換成白鈕扣吧？」

由於沒有替換的襯衣，我又不好意思在陌生人面前光著上身，她就讓我穿著，用剪刀將黑鈕扣一粒粒剪下，又一粒粒地縫上白鈕扣。她埋頭用牙齒將線頭咬斷的姿勢，和我媽媽一模一樣。

我知道，大學畢業後，我要買衣服穿，而不是縫衣服。我也不會給我的兒子縫鈕扣。這個陌生的、與我母親年齡相仿的城裡女人，改正了我母親的一項小小的審美「錯誤」，在我即將進入城市的前夕。我相信，在初入京城的那個秋天，班上洋氣的女生們從來沒有訕笑過我鄉里鄉氣的襯衣，一定跟這五粒白色的鈕扣有關。

穿上襯衣我精神爽朗，到理髮店去剪長長的頭髮。從此，我將需要理髮師，而不是村裡那個瘸腿的剃頭匠了。我對理髮師說：「請將我的頭髮剪掉二分之一。」理髮師生氣地說：「你幹嗎不說剪掉一半？」我一臉尷尬。

八年後的一九八八年，也是秋天，悲傷的季節——我摯愛的奶奶去世了。回家奔喪後，途經襄樊返回四川，我順路去看望叔叔。他仍在起早熬夜地為鐵路工人做飯，他的收入，只是當記者的我的幾分之一。

他說：「你還記得小虎子的媽媽嗎？」

我當然記得，那個給我換鈕扣的中年婦女。

我買了點禮物去看望她。她已經略顯衰老了。當年那個叫「小虎子」的小孩，已長得像一座鐵塔，也當了火車司機。談話中說起我上大學時的樣子，又老實，又憨厚，怯生生的。現在，已經一點影子都沒有了。

我成了城裡人，至少看起來是這樣。

我說起鈕扣。她笑了笑，說：「你換下的鈕扣，我還保存著呢！」她走進臥室，翻出一個紙包，裡面果然裝著那些黑鈕扣。

我沒有將那個紙包帶走，而是留給了那個漸入老年的婦女。我知道，這對我是一種警策，更是一種激勵。

我只知道，那女人是「小虎子的媽媽」。

2

一九九七年春節，我帶著妻子和兒子回到湖北鄉下的老家，辭別雙親，踏上漫長的赴美之路。父親一臉喜氣，母親卻憂心忡忡地問我：「兒啊，到美國要坐幾天幾夜的火車吧？」我說：「媽，中國到美國，不通火車的，中間隔著太平洋。坐飛機都得十幾個小時呢！」母親的眼圈立刻紅了。她快六十歲了，見過的最大的水域就是村西的水庫，太平洋對她來說聞所未聞。

我不能笑母親。她不識字，但她養育的六個兒女中，卻有五個讀了大學，現在都在城裡體體面面地謀生，她也早已升級為祖母和外婆。現在，她的長子，馬上就要舉家到美國定居去了。在方圓百里的範圍內，祖祖輩輩還從來沒有聽說有誰去過外國呢！

大年初一，兒子兒媳、女兒女婿們帶著四個孫輩如歸巢燕子，擠滿了幾間土牆瓦房，一屋子人聲鼎沸，全家人喜氣洋洋。吃過飯後，母親悄悄將我和妻子叫到她的臥室，神色有點異常。她從一個陳舊不堪的箱子裡，取出一塊紅布。打開紅布，是一張紅紙，上面寫著我的名字和生辰八字。紙上是三四截烏色的金屬斷片。母親說：「這是你小時候戴過的項圈，銀子的。那一年『破四舊』時，被村幹部用石頭砸斷了，我一直給你留著。」

我塵封的記憶一下子被閃電照亮了。這是我童年時代唯一留存下來的東西，還有那張寫著生辰八字的紙，我的母親為我保存了三十多年！按算命先生的說法，那就是我的運，我的命。母親告訴我：我剛出生時，體弱多病，怕養不活，就聽算命先生的話，將娘家陪嫁的銀手鐲打成一根項圈，戴在我的脖子上，將我拴牢，不要讓閻王爺牽走。在「以階級鬥爭為綱」的那個年代，全村孩子中只有我這個「地主」的長孫戴著銀項圈，天知道父母承受了多大的壓力！

母親將這幾截銀項圈遞給我的妻子說：「姑娘（湖北人昵稱女兒、兒媳為「姑娘」），我沒有什麼稀罕東西送給你。你拿這根項圈打一對手鐲，帶到美國去，保你們全家平平安安，對娘也是一個念想（當地土話，意即可以睹物思人），立定了腳就早點回來，讓我看看長孫子。那時，怕是他的洋話聽不懂呢！」母親的眼淚流下來了。

曾戴在母親手上的銀鐲子，變成了我童年脖子上的項圈：曾戴在我脖子上的項圈，如今又重新變成了手鐲，戴在我妻子的手上。這是一種怎樣的輪迴？這又是一種怎樣的牽連？當我將一枚遲來的鑽戒戴在妻子的手指上時，看到那對銀手鐲，因長期佩戴，已恢復了往昔閃閃的銀色，與鑽戒交相輝映。

小金

1

那一幕情景我記得很清楚。

冷冷的冬天，舉目望起，是一片黃疸肝炎的大地。因為久未落雨，鄉間大道上的車轍更加堅硬，塵土也格外厚。在離村十里多的小鄉場上，聚集著數百名從附近村落被吆喝去湊人數的村民。男人女人都穿著同樣肥大而骯髒的棉襖棉褲，一律陳舊，所不同的是，男人們大多腰間扎一根草繩而女人們則不扎。他們是去歡迎來接受教育的知識青年的。據說農村是一個廣闊的天地，到那裡是可以大有作為的。村民們可一直懷疑：到這裡究竟能有什麼作為，除了摳泥巴之外。他們木然地三五成群，聚集在公路兩邊，帶著幾分敵意、幾分蔑視、幾分敬畏、幾分好奇，探頭朝公路的那一端眺望，心中暗自嘀咕：那些城裡人，給鄉村帶來的是災厄還是福氣？

橫跨著公路，有人用木頭和松枝扎了一個綠色的彩門，上面掛了一條很大的橫幅。當時我還不識字，不知道那橫幅上寫的是什麼，現在，當然可以推理出來。那時，我還沒有年代的概念，現在推算起來，應該是偉大的一九六八年，或者更偉大的一九六九年發生的事。

這是我少年時代最早參加過的鄉村盛典。有兩個鑼鼓班子分列在公路的兩旁，同時用兩種不同流派的曲調吹打演奏著，極不和諧卻十分熱鬧，像真正的田園交響樂。而這些鑼鼓班子，平時主要受雇於送葬或者娶親，此刻則被派上了政治用途。在我的記憶裡，吾鄉的人們雖然難得添置新衣服，肚皮也不大吃得飽，歡呼和慶祝的事兒卻真不少——畢竟日子還過得去，連我的地主爺爺也稱讚說：「比解放前好多了，沒有土匪，能睡個安穩覺。」

天快黑的時候，公路那頭塵土飛揚，一溜五輛大卡車披著紅綢、頭扎紅花，風風火火鳴笛而來。每一輛車上都裝著幾十個講話怪腔怪調的城裡人，看上去只有十七八歲的樣子。這時候，鞭炮炸響了，鑼鼓敲得更響、更猛，天也更黑了，把城裡人和鄉下人抹在了一起，難以分辨。我沒有看清楚，在那些城裡人中間，有一個年輕漂亮的姑娘會在日後成為我家的親戚——確切點說，成為我舅舅的妻子。

2

那已是幾年以後的事情，我已經是小學四年級的學生了。老師一時心血來潮，要在課餘時間教學生音樂（即使今日的農村小學，恐怕也難以奢望開設真正的音樂課），而農村的樂器只有兩種：笛子和二胡，老師的音樂才能也僅限於笛子和二胡，還有簡譜。這在鄉間，已被視為傳奇性的人物。我當然也要心血來潮，有一天放學後，冒雨跑到三里外的舅舅家，向他借那把二胡。可舅舅不肯，說我年齡太小，拉不好琴，會把弓弦折斷的。可我認為，他不肯借，是因為他不是我的親舅舅。

在鄉村裡，人們聚族而居，那個村子裡，相鄰的若干戶人家，幾乎每家的男主人都是我的舅舅——一種廣義的、寬泛的親戚關係，是我母親隔了一代乃至數代的堂兄弟。而我正宗的舅舅則在村子的另一端，而且家裡也沒有二胡。遭到拒絕心裡當然不痛快，這時從廂房裡出來一個漂亮的姑娘，比鄉下最標致女孩還漂亮的姑娘。她就是我曾參與歡迎的那群武漢知青中的一員，分配到這個村插隊落戶已經四年了。她勸舅舅，應該把二胡借給我。她說，早就聽說我很聰明、勤奮好學，長大了一定有出息。她用難以聽懂的武漢腔講出的這些話，聽起來十分悅耳，但舅舅還是不肯把二胡借給我。那時我不知道，舅舅正在戀愛，需要這把二胡來傾吐心曲，《詩經》上說：「琴瑟友之」，大概就是這層意思。

村民們都喊她小金。她就住在對面的坡上，幾間茅草泥巴屋，安置著十幾位男女知識青年。現在想起來，我的舅舅大約在夏日的夜晚，坐在禾場上拉起這把二胡，憂鬱的曲子飄到對面坡上，吸引了這位武漢知青。他們公開戀愛了，消息像在鄉村投下了一顆原子彈。這有點像天方夜譚，古怪、離奇、不可思議，讓人憤怒，或者不安。

舅舅眉清目秀，是當地一所至今不曾倒閉的中學（我也畢業於斯）的首屆畢業生，母死、父囚（國民黨軍隊的軍需官，因「歷史反革命罪」服刑），自己住著幾間瓦房，以勤快和善良而在鄉間有些好名聲。但那是一個講究家庭出身的年代。這樣的人膽敢和上山下鄉扎根農村鬧革命的女知識青年戀愛，無疑是一種挑戰和冒犯。所以，有一天，村裡來了幾個全副武裝的民兵（不過是鄰村的張三、李四、王五），五花大綁地捆走了我的舅舅。說真的，對這個不肯借給我二胡的小器的舅舅，我也沒有太多的同情——他把這個女知青的肚皮都弄大了。那個時候，避孕藥具可不像如今這樣，中學生都可以隨便購買。

有關村幹部的想法是，先在鄉場上初步鬥爭，再牽到公社去遊街，爭取領一塊「階級鬥爭先進典型」的鏡框回來。武裝押運人員前腳走，小金就披頭散髮，光著腳板追來了。鬥爭會的陣腳剛扎好，小金就掄起板凳，朝民兵和村幹部身上亂砸，用武漢話破口大罵，一幅拼命的樣子。她罵那些牽著她男人的，都是婊子養的。婊子者，妓女也。那時不要說鄉下，就連城裡也沒有妓女，這一點使我覺得很新鮮、很刺激。

鄉場上的鬥爭進行不下去了，有關人員便將我舅舅牽到公社，不想受到上司的一頓批評。「改造好了的地富反壞右子弟，還是可以結婚的嘛；和革命知識青年結婚，政策也允許嘛！」於是他們就扯了結婚證，住在了一起。不久，小金回武漢探親，向父母公開了這件終身大事，父母氣得幾乎休克，哥哥則氣得砸了她兩板凳。眼睜睜看著自己的妹妹將一輩子漚在泥巴裡，哥哥的心痛和憤怒是有道理的。

3

鄉村親戚關係猶如蛛網一般。這個網裡落進了另一隻遠方來的蜘蛛。小金很快就被接納了。她到我們家來正式「認親戚」時，我便受父母之命喊她「舅媽」。我為她感到驕傲，因為她有知識，她漂亮，她是城裡人。

有一個雨天，我和他們夫婦倆，還有一個年幼的舅舅，一起打撲克消磨時光。正是農閑時節，沒什麼事好幹。我發現墊在桌上的舊報紙上，有一個詞叫「紅十字會」，我弄不清楚是什麼意思，便問這位知識青年舅媽。她告訴我：紅十字會是一個國際性的人道主義衛生組織。這點知識便確切無疑是她告訴我的，儘管我當時對何謂「人道主義」不甚了然，那時乃至以後的一段時間內，「人道主義」似乎是一種禍國殃民的東西。

聽說《紅樓夢》是一部極好看的禁書，讀小學時我就找這位舅舅借過，他推說我還小，看不懂。我耐心等了幾年，初中二年級時又去借，舅舅還是遲疑著，不知是否該給這個嗜書如命的外甥看。他一直懷疑我的理解力，怕這部傳說中的「淫書」帶給我不良影響。還是小金為我說了好話。她說我應該看這部書，接著從書箱裡抱出一本帶評點的《石頭記》，只有上卷。這就是我全部的《紅樓夢》知識。正是這半部「紅樓」，喚起了我心中蟄伏的愛情的小蟲，而我對寫作萌發興趣，大概也是從這半部「紅樓」源起。

後來，我果然考上了大學，她為我感到高興，很為自己的眼力驕傲。她早就預言我會有出息，而我的父母卻渾然不覺。記得我生病休學那年，她還來看望過我，從武漢帶了幾瓶藥給我——沒有比這更好的禮物了。我真切地感受到了她的善良和富於同情心。

不久，她就「落實政策」，分配到附近公社辦的一家酒廠工作，比在田裡摳泥巴，稍微高了一篾片，可和她一同來插隊的知青，不是調回了武漢，就是招工進了縣城，當年的知青屋，已改成了豬圈，只有她還留在這裡，生了一個聰明的女孩和一個傻女孩。不知為什麼，我開始理性地回想他們的愛情和婚姻，感到這是一個悲劇，不是命運的悲劇，就是心靈激情的悲劇。

後來，她又調到更遠一點的一處鄉鎮上，在衛生院當護士，侍候那些鄉村病人，端屎倒尿、打針換藥。有一次，她和一個男人到我們家來了，那男的是那家鄉鎮醫院的醫生。母親熱情地款待了他倆，每人煮了一碗雞蛋。這是吾鄉待客的最高禮遇。當母親後來得知，我舅舅發生婚變的主要原因是那個「狗醫生」時，我母親便後悔不迭地罵：當初不如把三個大雞蛋「餵狗」。

小金要和我舅舅離婚了。這消息像當年戀愛一樣，又在鄉裡扔下了一顆原子彈。人們天經地義地認為，女人要離婚都是有了野男人；有野男人的女人當然不是好女人。一時間鄉村裡議論紛紛，親戚們，尤其是眾多的舅媽們，一起發出詛咒之聲。

我為小金感到不平。對方是一個有五個孩子、三度離婚的男子，拖家帶口，自己卻非要破釜沉舟，改嫁給他，帶著法院判給自己的傻女兒。究竟是什麼力量驅使她，作出如此不明智的決定？除了歸因於心靈的激情，還能有什麼其他解釋？我欽佩她的勇敢，她具有反抗世俗的非凡膽量，同時對她和我可憐的舅舅，都充滿了同情。我知道，無論他們怎樣折騰，都無法反抗命運。

她當然不再是我的舅媽，跟我們家斷絕了來往。她以後的生活，我便不太清楚了，只聽說她和那個男人又生了一個孩子，日子過得十分艱難。

舅舅老了許多，境況也不好，靠熟人幫忙，在城裡一家商店幫人煮飯，一個月才七十元錢，供自己的女兒上學。我曾勸他再娶一個妻子。舅舅苦笑一下，嘆口氣說：「算了！」

世上有很多事情，就這樣算了！

我卻不這樣認為。我相信他們還有破鏡重圓的可能性。如果這樣的話，對於兩個孩子，尤其是那個可憐的痴呆兒，要好得多。在一個完整的家庭裡，愛總要完整些。果然，小金托人來了，轉彎抹角地表示，要和那個男人離婚，和我舅舅重歸於好。舅舅當然不同意，閉門不見——他受到的傷害太深了。親戚們也是一片反對之聲。他們說：好馬不吃回頭草；他們說：覆水難收。

記得前些年，曾接到家裡的來信，說他們終於復婚了。小金又到我們家去，買了禮物，向我母親承認了「錯誤」。母親也不計前嫌，又打了一碗雞蛋給她吃。我猜，仍然是三個雞蛋，一個不少。

生活在轉了一個大彎後，又回到原處。我舅舅默默接受了一個並非自己骨肉的孩子，一家人總算又聚在了一起。可惜的是，去年我們從美國回老家探親，聽說舅舅還在幫別人燒飯，復婚後的小金，仍在那個鄉鎮醫院當護士，與我舅舅並不住在一起。所謂「復婚」，看來也是名存實亡了。

沒有見到小金，算起來該有二十年了。想必見面時，一定認不出來了。偶爾想起她，還真想去看望看望她，聽她吐一吐心中的苦水，只是見面時如何稱呼，這在我還是一個小小的尷尬問題。

堂叔

堂叔的死訊，是父親專程趕來成都告訴我的。他在襄樊換車，慌亂中上了武昌經重慶到成都的那一趟，冤枉繞道多走了十多個小時。由於沒有出過遠門，缺乏旅行經驗，他在車上只好喝廁所水龍頭裡的水，啃乾饃，總算趕來了。其實，他用不著在大熱天坐兩天一夜的火車趕來——花幾塊錢給我發封電報，要省事省時得多，也不必花費那麼多錢。在農村，一分錢都來之不易。

責怪父親又有什麼用呢？他是一個老實的農民，一生只知道泥土與莊稼。他還沒有達到熟練藉助現代化通信手段傳播信息那樣高的層次，儘管這條信息是噩耗，而非喜訊。我相信，即使我的工作單位更遠，遠在哈爾濱，或者烏魯木齊，他也會不舍晝夜趕去的。面對長途奔波、衣衫破舊，臉上倦容夾著悲憤的父親，我一句話也說不出來。

1

我們家族是那個地方的「地主」。我祖父那一輩，共有三兄弟，分別叫訓道、明道、義道，我的爺爺排行第二。他們的父親亡故後，老二老三或被抓壯丁或外出求學，先後成了國民黨的軍人，又先後被俘，成了解放軍裡的「解放戰士」，又先後在戰爭快結束時被遣返原籍，迎接暴風驟雨般的土地改革運動。八、九十畝剛剛購置、栽種未滿一年的稻田，各立門戶的三兄弟平分，每人剛好三十畝。這按當時的土改政策，據說不夠被劃成「地主」，何況老二老三還在解放軍裡幹過，老三甚至還有一張蓋著中國人民解放軍福建某部朱紅大印的三等功臣證明。儘管如此，他們三兄弟還是當了幾十年「地主」，直到一九七八年，被摘去「帽子」，成為公民。

叔叔便是訓道的次子，和我父親是堂兄弟，小時候同吃一鍋飯長大，倒也和親兄弟一樣。叔叔是上過初中的，除了做農活外，他最大的愛好是看書。可以這麼說，我今日能成為一個寫作者和愛書人，在很大程度上來自堂叔對我的良好影響。堂叔住在相隔兩、三里的鄰村裡，我上小學時，常悄悄跑到堂叔的家裡，翻他的舊櫃子，弄出「乒乒乓乓」的響聲。他的瞎眼母親就會在另一間黑暗的屋子裡問一聲：「是哪一個？」我就回答：「是我，大婆！」那一邊又問：「是寶兒啊？」我就「嗯」一聲，繼續翻箱倒櫃，直到找到滿意的書為止。我少年時候讀過的書，如小說《烈火金剛》、《紅旗譜》、《林海雪原》、《艷陽天》、《金光大道》等，都是從堂叔那裡搜來的。我甚至還在他那裡讀到了《中國思想發展史》、《蔣光慈文集》、《波拿巴．拿破崙傳》等與一個小學生身份很不相宜的書。這些書，激發了我日後成為一名作家，或是一個非凡人物的夢想。

從我記事起，堂叔就是一個快樂的青年。記得有一年春節，我跟堂叔去給他在鄰村當「倒插門」女婿的哥哥拜年，提著當地習俗所規定的、必不可少的兩封酥餅。太陽升起來，照著瑞雪後亮晃晃的、靜靜的田野和村落，冬天的枯枝雖有幾分蕭瑟，卻也顯得簡練而剛勁。堂叔心情很好，一邊走，一邊教我唱〈萬丈高樓平地起〉這支民歌。這支歌中，有「挖斷了窮根翻了身」這樣歡快的句子。那時我已經上小學，朦朦朧朧知道「家庭成份」是怎麼回事，也隱隱約約感覺到這支歌，由我的堂叔，這個「地主」的兒子口中唱出來，似乎有點不合適，因為那是貧下中農唱的。不過，我還是很快學會了這首歌，儘管我唱這支歌時，總有點「做賊」的感覺，並不那麼理直氣壯。而今，我仍然很喜歡這支陝北民歌的曲調，隨口就能唱出來，而這，正是堂叔那天在踏雪拜年的路上教給我的。

2

我上初中時，堂叔就該討老婆了，可沒有誰家的姑娘願意上門，因為家庭成份，因為窮，因為家中有瞎眼的老母親。我的奶奶到處求人為他介紹對象，邁著一雙裹過的小腳，走遍了四鄰八村。每次堂叔到我家來，奶奶都會坐在床沿上，和他談到半夜，一邊安慰他，一邊抹眼淚，臨了便從枕邊摸出家裡唯一的一支光線微弱的手電筒，「吱呀」一聲開門，送堂叔走夜路回家。奶奶只是我父親的繼母，卻用做針線活換來的米，幫助養活了我的堂叔，這是她為堂叔的婚事被耽誤而流淚的主要原因。這些少年生活的深刻記憶，使我過早相信了善良的力量。

堂叔三十多歲的時候，總算娶了一位妻子——一位痴呆女人，對什麼人都只會傻笑。我參加了堂叔的婚禮，甚至還作為晚輩，參與了「鬧洞房」。那天，還舉行了一次奇怪的驅鬼求福儀式：有人爬到屋脊上，分別向屋前和屋後扔一把斧頭。當斧頭扔向屋前時，騎在屋脊上的那個人（多是地方上有聲望者）就大聲問：「前面發不發？」眾賓客齊吼一聲：「發！」斧頭扔到屋後時，騎屋者又問：「後面發不發？」眾賓客又是一聲喊：「發！」，儀式即告結束，屋頂上的人爬下梯子，進屋喝「狀元席」（婚禮上新郎倌所坐的一席）的頭一杯喜酒。

無論人心多麼虔誠，祈望人丁興旺、發財、發家，堂叔的婚姻還是很快就完結了。那個娶來僅僅為了生兒育女、傳宗接代的痴呆女人，在生了一個羸弱的女嬰後不久便病死了，女嬰也終於沒有養活。叔叔抱著那小小的屍體，從公社衛生院回來時，路過一座水庫，他好幾次試圖跳進水庫，都被別人拉住了。人們勸他：「你還有老父老母，要靠你養老送終呢！」

堂叔的不幸，既在我的心裡投下了陰影，也大大激發了我反抗命運的決心。記得有一個雨夜，天很冷，我在煤油燈下寫作文，堂叔和父親在我身後聊天。叔叔經常摸黑走兩里路，專門來看我的作文，順便問我是否在同學中間借到了什麼新書，轉借給他看看。那晚，堂叔摸著我的頭，對我父親說：「哥哥，以後給我們程家爭光，就看寶兒的出息了！」說完嘆了一口氣。當時，冷雨打在屋瓦上的聲音，我至今記憶猶新。

過了幾年，堂叔又娶了一個妻子，是一個寡婦，帶著三個年齡從幾歲到十幾歲不等的女兒，其中的大女兒還是至今無法嫁出的低能兒。不管怎麼說，這畢竟是一件好事。妻子勤勞、健壯、賢惠，侍候公婆也盡心盡力；堂叔則對這三個女孩，視同已出，勒緊褲帶供其中的兩個孩子上學。更可喜的是，堂叔婚後不久便生了一個女孩，又聰明，又伶俐，長得也漂亮，堂叔視若掌上明珠，無論走到哪裡，都要帶在身邊，連放牛也不例外。這種和平寧睦的生活過了十年，直到一九九一年六月二日的半夜時分。

3

這天晚飯後，堂叔扛了一把鐵鍬，到自家的稻田裡巡視。這段時間正是水稻灌漿、揚花的時節，為了豐產，他的稻田裡剛剛催過一遍肥。有些村民會在半夜裡，將地勢高的水田裡的「肥水」，偷偷放入低窪處自己的田裡；還有些村民，不預先打招呼就通過別人的稻田「過水」（「過水」，即灌溉用水從水渠流經別人的稻田，然後再流入自己的稻田。需「過水」者一般以「補肥」作為補償），將別人田裡的肥料掠入自己的田裡。在水渠放水的季節，因爭水引起的糾紛，是村民之間主要的結怨原因，有時候甚至會激化成小規模的械鬥，釀出或死或傷的禍事來。

堂叔這天晚上出門後，就再也沒有活著邁進家門。

據事發後他的鄰居說，半夜轉鐘時分，曾聽到田野裡傳來一陣堂叔和別人吵架、打鬥的聲音，過了一會兒就平息下來了。原來，堂叔在巡視自己的稻田時，發現自己同村的兩個惡鄰（均只有二十多歲，其中一個曾盜賣堂叔的耕牛未遂），正在從自己的稻田裡「過水」。堂叔氣憤不過，揮鍬將他們挖開的流水口堵上了。這兩人哪肯罷休，又將流水口挖開，叔叔再次堵上。這時，這兩人一擁而上，將年已四十多歲的堂叔推倒在地。堂叔爬起來，和這兩人扭打起來，田野裡響起一片喧鬧之聲。在扭打中，堂叔突然癱倒在地、人事不省。

這兩個村民一見，心慌起來，急忙將我堂叔背到兩里路外的村醫務站，將正在睡覺的鄉村醫生叫醒。醫生打了一針強心劑，用針在人中穴上扎了扎，說：「沒救了」。這兩人才回到村裡，通知我的堂嬸。

一戶中國貧窮農家的天，就這樣，頃刻之間塌了下來。

村裡主事的人，派人騎自行車到二十多里外的鎮上，向派出所報了案。派出所打電話給區公安局。三四小時後，一輛吉普車駛到了村裡，下車來的公安局的法醫，吩咐已哭得死去活來的堂嬸，卸下一塊門板，將堂叔的屍體放在門板上，就在堂叔生前打麥子、碾稻穀的禾場上，對屍體進行了當場解剖。

對於村民們來說，將人開膛破肚，這是從未見過的事情，禾場上圍滿了看熱鬧的村民，同來的幾個公安，便將人們驅趕開去。我的父親，因為是死者的堂兄，被獲准留在解剖現場。父親說，他親眼看到自己堂弟的腦袋被用一把鋸子鋸開，那名法醫將取出的腦組織裝入一個罐頭瓶裡，放在門前稻田的水裡，在幾株秧苗的陰影下，說是為了保鮮。

父親講到這裡時，已經泣不成聲……

這兩名肇事的村民，被押進了鎮派出所，但第二天中午，就被放了回來。派出所給他們的處罰是：幫我堂嬸將已經收割的麥子挑回家，因為堂叔已無法完成這樁農活了。公安局的法醫，將取下的腦組織送到省公安廳進行化驗、鑑定，半個月後，正式結論送了回來——死亡原因：先天性腦血管瘤破裂，導致顱內出血死亡。

也就是說，這兩個年輕的村民，並無任何直接的刑事責任。

即使這個結論是正確的，先天性腦血管瘤破裂，也是外力引起的。父親說，堂叔死後，右耳太陽穴腫大、右耳裡有膿血流出來；穿著農用水靴的腳，在一隻腳的踝關節處，有傷口仍在流血。這是發生過搏鬥的明顯證據，連當事人都承認，與我堂叔發生過「拉扯」。

對於這個結論，親戚們不信，我也不服。作為具有「法學學士」學位的大學生，我覺得當事人至少應該承擔部分民事責任。父親大熱天千里迢迢趕來成都，目的就是指望我能回老家，幫堂叔伸冤。於是，我第二天就和父親坐火車趕回老家，加入了「上訪」與奔走的行列。這其中的悲憤、曲折和艱辛，非一言能盡。

一年後，我家鄉所在省的檢察院一名副檢察長，終於在我的申訴材料上作了批示：此案複查。由省公安廳、法醫研究所等單位組成的複查小組，驅車到我的家鄉，會同當地公安局，將我堂叔的土墳挖開，取下頭顱，帶回省城檢驗。

在此期間，我意外地收到了省公安廳一位處長寫給我的私信。信中寫道：我是複查小組的一員。你在申訴材料中所表達的對於堂叔的感情和同情，令我感動。作為一名老公安，我和你一樣，對於公安隊伍裡的害群之馬、不正之風，非常痛恨。但是，客觀地講，你的堂叔確實是病死的，而不是被毆致死。正式結論很快就會下達，希望你能理解。以後你有機會來省城，歡迎到我家裡作客。信末留下了他家的電話號碼。

應該說，這封信是相當誠懇的，因為，按照公事公辦的原則，這位處長原本是不必寫這封私信給我的，哪怕我是「黨報記者」。

果然，不久後，正式的複查結論出來了：顱骨無破損，係死於先天性腦血管瘤破裂。

願堂叔瞑目，姪子已經竭盡全力了。我小時候，堂叔曾寄望於我，長大了有出息，為程家爭光。我用這一點點「出息」，使得有關部門在事發一年後，對此案掘墳複查，這已是極為罕見的了。

叔叔，你入土為安！

至於被取走的堂叔的頭顱，下落如何，我怕問這個問題。這也是迄今為止，我從來不曾到堂叔墳頭祭奠的原因。在愚昧的農村，無頭屍體是民間所忌諱的，而造成堂叔不得全屍的，是我——一心想為他討回公道的姪子。

4

最後一次見到堂叔，是一九九〇年十月，我帶著妻子兒子回家探親。這是兒子出生以來，第一次回老家，本來應該到親戚家走動。按那地方的風俗習慣，晚輩初次踏入長輩的門檻，長輩必須拿出「見面錢」來，否則，別人會嘲笑，長輩自己也會覺得不體面。我體諒堂叔窮，對這種陋習更深惡痛絕，便決定把堂叔請到家裡來，讓他和自己的姪孫親切相見。那天，我們一家三口興致勃勃地到那座堂叔曾打算投水自盡的水庫裡釣魚，在路上正巧碰見了堂叔。他正在放牛，牛背上坐著他的寶貝女兒。見到我們，堂叔很驚喜，逗弄著我的兒子，「嘿嘿」笑著說：「你一生兒子，我就升級為爺爺了！」頗有幾分得意和驕傲。

附近正好有一座堰塘，裡面長著荷葉。儘管時令已是初秋，在荷塘裡居然還剩有幾枝荷花。我兩歲的兒子在大城市裡，哪裡見過荷花，新奇得很，便嚷著要採花。堂叔笑著說：「我馬上下去給你採，你這個小祖宗！」一邊「責罵」，一邊挽起褲腿，下到荷塘裡，撥開荷葉，採下幾朵。水漫過他捲起的褲管，一直漫到腰間。

只要一想到堂叔，我的耳邊就會響起他撥動荷葉的窸窸窣窣的聲音。

堂叔名叫程應杰，終年四十七歲。

堂姑

決計要為我的三姑寫下一點文字，已是上一個春節前的事情。如今，又到隆冬，「雪落在中國的大地上／寒冷在封鎖著中國」，我青年時代熟讀的艾青的句子，此刻不合時宜地湧上我的心頭。三姑，比我僅僅大兩、三歲的三姑，長眠地底已經一年了，死的時候，還不到五十歲，兒子的婚期，就在幾個月後。

三姑其實並不是我的親姑姑，而是堂姑。程家祖輩，有兄弟三人，長子訓道，在家務農奉親，育有二子三女；二子明道，出外當兵，僅有一子單傳，就是我的父親；三子義道，出外求學當兵，無嗣。一九四九年新政以後，各歸故里的兩個兄弟，各自從最後服役的中國人民解放軍中「退伍」（實為對被俘國軍士兵的清退），分享了我曾祖父「解放」前夕購進的八、九十畝土地，一茬莊稼未熟，而土改已暴風驟雨。

按舊時的鄉村習俗，家族中的兄弟姐妹，講究的是「大排行」，所以，在一九五〇年分家之前，在一口鍋裡舀飯吃的程家，子女輩中，我的父親算是老二。三姑是訓道的幼女，也就是我父親的么妹。

我的童年和少年時代，對三姑的印象不深。我只記得她是一個健康、開朗的女孩子，對我，輩份上雖說是姑姑，但更像是姐姐。只是，我不記得任何具體的細節和情節了。跟我很親的是她的二哥，我稱為「水叔叔」的。我那篇〈堂叔〉，寫的就是他的悲慘一生。誰能料到，堂叔一九九一年慘遭橫禍，在二〇〇九年的深秋，他的妹妹又死於非命，而在幾年前，他們的姐姐，我的「桃姑」，因為子宮頸癌無錢醫治，早已撒手西歸。

二〇〇九年十一月二十日，我和弟妹們，在村裡為父親的七十歲生日，舉行了一場倉促的鄉宴。雖然臨時起意，場面也還熱鬧，城裡來的十多輛小汽車，將破敗的村子街道擠得滿滿。院子裡擺著宴客的大桌，親戚和鄉鄰們散坐著聊天、打麻將。我見到了我的大伯父，也就是這幾個叔叔和姑姑的長兄，卻沒有見到三姑。因為，三姑雖然也是我們程家嫁出去的人，其血緣的親疏，與這位大伯並無二致，卻是已經不「走」的親戚。

在漢語中，再也沒有一個詞，比「走」字更能傳神地表達出親戚之間的來往和聯繫了。親戚是越走越親的，血緣的紐帶終究不是決定性的因素。但在赤貧的毛時代，以及八〇年代初期，不堪鄉村人情重負的家庭，多多少少是要「丟」一些親戚的。「丟」掉的親戚，就是兩家約定，逢年過節、娶妻嫁女、添丁進口、逢五逢十的壽慶，互相都不邀請對方家庭，以免增加經濟負擔。

只有一樣不能免，那就是喪禮。

三姑就是我們家「丟」掉了的一門親戚。至今我還是不太明白，三個堂姑中，只有桃姑直到去世，還和我們家作為親戚走動著，三姑和另一個姑姑卻再也沒有登臨過我家的大門。貧困當然是最主要的原因，但當初是誰做出的決定？我想問一問父母，又怕徒然惹他們潸然淚下。

這二十多年來，我只見到過三姑兩次。

第一次是一九八八年十月，我失去我最敬愛的祖母。村東的鄉村墓地，培墳的那一天（在吾鄉，一般是下葬後的第三天），三姑來了，戴著孝巾，趴在墳頭，哭成了淚人。我的祖母，是我父親的繼母，與三姑更無任何血緣關係。但在三姑小時候，祖母給了她母愛一般的愛。我永遠也不會忘記，大約一九七四年的夏天，我用賣蜈蚣和夏枯草掙的幾毛錢，在吳集街上，給奶奶買了三個皮蛋，拿回家去，歡天喜地地孝敬奶奶，奶奶卻捨不得吃，悄悄藏起來，下午就用手帕包著，邁著裹過的小腳，向村西三里外的屋場走去。她惦記著自己瞎眼的、癱瘓在床的老妯娌——三姑的母親，說是她好多年都沒有吃過皮蛋了。

第二次見到三姑，是二〇〇三年六月，在叔祖的葬禮上。當時我塞了一點錢給已病入膏肓的桃姑，卻沒有顧得上和三姑講話。誰能想到，我竟再也見不到我的三姑？

奪去三姑性命的，說起來不過是一件小事：三姑家的房子，請了她丈夫的弟弟來做點裝修，花了二千元錢，三姑卻不甚滿意，埋怨丈夫，說：「花的錢並沒有少，質量卻比不上請外人做」。當丈夫的一聽，火冒三丈，由吵而打，鄉村無日無之的一點雞毛蒜皮的瑣事，就這樣，讓三姑仰藥而盡。那藥，不是城裡人的補藥，是農藥。

在農村，死是很容易的，三五元錢的成本，臨死前，到供銷社跑一趟，一瓶黑乎乎、臭烘烘的液體就買了回來。在農村，活卻並不容易。活得像個人，有尊嚴，有幸福，尤其不容易。

鄉友兼文友曾令麟兄，曾給我講過發生在他村子裡的一件悲劇：被稱為「應祥叔」的村民，擔心自己老了，喪失勞動能力，成為兒女的拖累和負擔，於是，和老伴商量，一起喝農藥自盡。兩位老人家偷偷買回農藥，穿戴整齊後，當丈夫的先喝。幾口下去，軀體劇烈抽搐，痛苦不堪，老婆婆一時慌了神，不再有勇氣飲下農藥，就這樣眼睜睜看著勞苦了一輩子的老伴歸了天。幸存下來的老婆婆，第二年也跌進水塘裡淹死了。

農藥啊，農藥！農民啊，農民！

我不想在這裡，引述那些枯燥的統計數字，告訴讀者，中國每年有多少多少萬人死於自殺，其中，農村的自殺者占多大的比例；農村的自殺者中，飲藥自盡的又占多少比例。我只想拜託我在城裡體面謀生的同類——出生在農村並最終拋棄了農村的幸運兒，回自己的鄉村打聽一下，在你的及周圍的村子，有多少村民喝農藥而死？並問一問自己的農村父母：您是否曾有過喝農藥的衝動？

二〇〇九年的春節，在飄著雪花的嚴冬裡，餐桌上，我這個海外歸來的長子，被弟妹們和眾多的姪甥們圍著，正在享受多年難得的家鄉菜肴，突然，聽到了三姑的死訊，在她入土幾個月之後。

父親的臉頓時黯淡下來，一粒老淚無聲地滾落。

母親說：「我都險些喝了農藥，要不是令梓伯的勸解，我早就不在人世了！」

這不僅僅是農藥的管理問題，也不僅僅是農民的心理健康問題。

本質上，這是農民的生命價值觀問題。

在咱們中國，最不怕死的，就是農民；死得最不值的，也是農民。

二〇〇九年，是新政權「輝煌燦爛」的六十周年紀念。電視上充斥著的，是宣揚六十年前，「三大戰役」殲滅國民黨軍幾百萬人的赫赫戰功。

他們原本都是夢想「老婆孩子熱炕頭」的中國農民啊！

三姑啊三姑，愚昧的三姑，可憐的三姑，你就等不到我這個比你小兩、三歲的姪子，給你買一身新衣服，我們兩家人重新「走親戚」的那一天嗎？

二〇一〇年十二月二十日，舊金山

堂妹

說來好笑，兩個堂妹——一對親姐妹，先後嫁到了我們村裡，我卻一直不知道她們的大名，平時，也只是用乳名相稱。其實，問一問她們，不就知道了嗎？可是，又覺得沒有必要，也有點不好意思開口，畢竟是「兄妹」相稱，卻還要問人家姓甚名誰，這不是既尷尬又怪異嗎？

這一切都源於她們的父親，是到那戶人家當「倒插門」女婿的。算起來，那該是幾十年前的事情了。

他是我父親的堂兄，我的堂伯父。到幾裡路外的一個以「孫」姓為主的村子裡入贅後，生了三女一男，無一人隨他姓。我們程家的老輩子，覺得女方家太欺負人。按當地的慣常作法，入贅的男子，通常在生一男半女後，或者，等女方的老人入土為安後，就會帶妻子兒女，回到自己的祖屋，子女改回父姓，認祖歸宗。在祖墳上，放幾個沖天大炮，當兒子的嚎哭一場，都是免不了的一場大禮，家族的一件大事。

年近七旬的伯父，一生的心願都沒有了卻。

他對我有怨言，覺得我很少去看望他。他讓人捎話來說，我沒有將他這個伯父當回事。這些年，因為寫文章、到外國這類事情，鄉民以為我是闊起來了的人物。而這個長姪，很少到他家裡作客，為他長臉，他心裡有氣。

於是，有一年的春節，我就去了。

屋子前面的禾場上，坐著一群親戚，其中，有在我們村裡當鄉村醫生的堂妹夫，一個踏實而勤快的漢子。還有一個男子，則是另一個堂妹夫，我們村的，乳名叫「虎子」，不過，我們從小就在他的名字中間，加一個「呆」字。

這是一個弱智的男子，基本上沒有讀過什麼書，很難說出一句完整的、有意義的話來，長大成人後，嘴角仍然涎水常流。

這樣的人，也成了家，娶了我的小堂妹，因為這個小堂妹，也是一個弱智女子。

結婚的時候，村裡人對於他們是否懂得夫妻之道、周公之禮，很是擔心了一陣子，據說，還有長輩悄悄地面授機宜。煙火之續，自古就是中國人中價值觀中「孝道」之至，不是說「不孝有三，無後為大」嗎？婚姻質量與人口素質，自然不在考量之中。

兒子也是弱智，讀到三年級，便再也無法升學，整天在村裡轉悠，成了野孩子。有一次，我回到村裡，對智障的小堂妹說：「你還是應該讓他去上學，待在學校總比在家裡好吧，至少有點管束。」

堂妹說：「大舅你不知道，他在學校裡老惹事，讀不進去。」

我相當驚訝：這傻妹子居然知道用孩子的口吻，該如何稱呼我，而她的回答，也符合邏輯。

那年春節到大伯家的情景，永遠留在我的記憶裡，因為發生了一件意料之外的事情：臨到吃飯時，親戚們都入座了，那個傻妹夫，居然拒絕入席。這個我小時候在一起玩耍過的夥伴，這個娶了我小堂妹的男子，在我千里迢迢從四川回到老家，到他岳父家拜年時，居然「罷宴」，不肯和我同桌而食！

我走過去，勸他，一勸，再勸，總算把他勸到了桌上。同桌而坐的，還有我初中的一個同學，他是我伯父的大女婿。本來應該是熱鬧喧騰的一頓年飯，卻吃得拘謹而沉默。沒有人說什麼話，大家都默默吃飯。我的心裡非常難受。一直關心農村，這該是多好的聊家常的機會，我卻無法和桌上的任何一個人交談。

我知道是什麼東西，造成了這樣尷尬的局面，但我不會說出來。

前些天，從美國回到老家，聽母親說，我的那個傻堂妹，已經死了。

有一天，她的兒子在堰塘裡玩水，快要淹死了。當娘的，正好在附近，飛快地奔來，跳進堰塘，將自己的兒子頂到了淺水處，自己卻淹死了。

我可以想像她穿著衣服，在堰塘前毫不猶豫，縱身一跳的情景。她濺起的水花有多高，她的母愛就有多高。

近十年來，村子裡的凶事不斷，這或許是最近的一樁吧。

問起那個喪妻的妹夫，母親說，他只種了兩畝口糧田，靠親友幫忙耕種。據說，他每月領取六十元的「低保」。在村裡，領取同樣金額「低保」的，還有另一個傻子，是原大隊長的獨子。

祖屋

1

對於我的村莊，我的感情是極其複雜的，可以說，它既是我遠走天涯的驅動力，也是我萬里牽掛的磁場中心。它是我出生的地方，是我祖輩至少兩代人的埋骨之鄉。從我少不更事，到長大成人，村莊成為我人生伸手可觸的教科書，讓我從骨子裡瞭解、體會中國農民的命運，對他們懷著無言的悲憫之心。憑著我一點點言說的才能，說出他們的苦楚和夢想，是我永恆的使命。

從某種意義上來說，我比許多同齡的、來自鄉村的寫作者，對於土地有著更深一層的關注，對於完全依靠土地為生的人，懷著更濃一點的親切感，雖然我已遠渡重洋，在英語裡定居。我對故鄉的每一次回眸，都要越過兩萬里的浩瀚波濤。

有一年夏天，我回到第二故鄉成都，同為湖北鄉村背景讀書人的龔明德兄曾說：你是一個家族觀念很強的人。我認可他的評價，並不認為這裡面含有什麼貶意。確實，散佈在周圍的村莊裡，與我有著或濃或淡血緣關係的那些親戚們，在我心裡，有著比一般村民更親的感覺。我知道，他們互相攀扯、互相幫襯，走過了毛時代赤貧而恐懼的歲月。他們是在泥土下面，將根糾結、纏繞在一起的一群人，而我，如果不是好運的一兩次特別眷顧，我與他們的這種糾結與纏繞，或許更深。

前幾天，在中央電視臺的一個作家寫城市系列節目中，看到了成都作家鄧賢談成都的節目，有一句話令我非常震動：當他問青城山的女道長，他們敬的神靈是什麼時，女道長回答了兩個字：祖先。

畏天，敬祖，人不作孽。

在我的少年時代，我絲毫也沒有感受到這幾個字的威力，而是恰恰相反。統治我的，是一尊至尊至偉的活著的神。他的父親自耕自種，販穀生財。但他對於農民，卻絲毫沒有體恤之心。他深知，農民為了一塊土地，可以拼命，並賴之贏得了戰爭；而一旦被蒙上眼罩，就可以像拉磨的騾馬，任由鞭策。在他的治下，農民在被稱為「人民公社」的勞動營裡，累死累活地勞動一年，常常會分文無有，反而欠下生產隊裡的債務。我親歷並見證了這種殘酷的剝削，並深受其害。在我素有「魚米之鄉」美稱的家鄉，我的童年尚且被極端貧困所籠罩，在那些貧瘠苦寒的地方，貧困會是怎樣的情形？「一家人只有一條褲子」，不是誇張，是實情。

晚我出生的城市青年人，比如，七〇後、八〇後，九〇後，他們一定以為，我在胡說八道、危言聳聽。你是在指天安門城樓上那個慈祥的老人嗎？長安街上的夕照，照著那幅每年一換的巨幅畫像。僅僅十多年前一個喧囂的初夏，三個來自老人家鄉的青年人，或許出於惡作劇的心理，或許出於怨恨，用雞蛋和油漆，毀損了那幅巨畫。他們被分別處以無期徒刑、二十年和十六年有期徒刑。我完全不贊成青年人做這類過激的事情，但在我看來，他們應得的懲罰，不過是擾亂社會治安、破壞公共財物而已，何至於因為幾個雞蛋、一點油漆，一次狂熱的衝動，就將三個中國青年的一生，加以毀滅？我的恐懼，是千千萬萬人難於明言的恐懼。

我一直覺得，這幅觀望著中國的巨像，是懸在中國上空的達摩克利斯之劍，更是《封神榜》中的番天印。在中國歷史發生劇烈動盪、變革的時刻，它還會被重新祭起嗎？我不敢擔保，只有祈禱。雖然我無力關注全體中國農民的遭遇與命運，我至少可以關注我出生並長大的那個村子，那些我熟悉的村民。

2

我的村子，在江漢平原西邊，處在淺丘陵上。在我的整個童年少年時代，我從來沒有看見過地上有一塊石頭，有的，只是黑黑的、肥肥的土，而禾場上的石磙，作為一種古老、原始的農具，已經不再是純粹的石頭。石頭另外的存在方式是石磨，小時候，家裡的磨聲霍霍響起的時候，竈膛裡的火就熊熊地旺起來。溫暖和慈愛，頃刻間瀰漫我們的土屋，成為幼時的美好記憶。

村子是由四條「街道」十字交叉組成的。我的家，就在十字路口。全村最鼎盛的時候，是在七〇年代中期，中國第二次「農業學大寨會議」召開前後。全村約有四十戶人家，近三百人口。全村勞動力，被分成四個勞動小組，我隸屬於其中一個。在我上大學之後，回家探親，還看到村裡倉庫的牆頭，當年的工分榜上，我的名字排在我父親的名字之下。從插秧到割穀，四季的農活我大都可以勝任，但也有例外。比如，有一次，在禾場上，大隊支書吩咐我，將牛套上石磙。我無論如何努力，都繫不好那粗粗的拉著石磙的纜繩。支書忿忿地說：「看你將來怎麼活命！」支書是我的本家長輩，對我，他是完全可以罵一罵的。直到今天，我還感念他的怒氣，因為，這也是我走出村莊的強大動力。

九〇年代以來，由於土地對農民的束縛關係漸漸鬆弛，村民以至少兩種方式，離開了村子：一，考上大學；二，到附近的城鎮做小生意並定居。十多年來，村裡的戶數，急劇減少到十多戶，人口則只有幾十人了。十多年來，村裡沒有人再有能力修建新房子，而村子中心，也出現了人家搬走後留下的斷牆殘壁，刺眼地散亂著。老人陸續入土了，村東松樹林中的墓地，已經擠滿了我熟悉的鄉親，在簡陋的墓碑上，在一堆堆謙卑的泥土之下。在他們中間，躺著我的爺爺奶奶、老爹和太太（鄉間的稱呼，其實是我爺爺奶奶的叔叔嬸嬸），還有叔祖。每年的春秋二祭，這裡都要響起鞭炮、燃起紙錢，子孫都要在墳前的草地上，跪倒磕頭；年夜飯的桌上，也照常要擺上他們的碗筷，讓他們的在天之靈，回到這土屋裡，看著子孫繁盛。

心閑下來的時候，我會時常回想村子裡的那些人，那些事。那些死去的鄉親，活在我的記憶裡，我希望他們，今後能在我的一本書中復活。那是一個村莊的斷代史。從這一個斷面，我們可以看到中國當代社會生活的縮影。可是，我們留在村子中心的祖宅，由於長年無人居住，已經無可抗拒地逐漸倒塌了，拆下的南方鄉村特有的青瓦，散亂地堆積在屋前，無人稀罕，因為，鄉村在被城市吸納的過程中，無可奈何地衰落了，這真是一則以喜，一則以憂的事情。

作為家中的長子，在我的記憶裡，我是一直有自己的「臥室」的，最早的一間，是在天井邊，用蘆葦或高粱稈（很可能是高粱稈，因為我們那裡並不出產蘆葦）隔起來一小間屋子，上面糊上泥巴。床是沒有的，代替床的是用土磚壘的，類似北方「炕」的床。我給它起名為「秉燭聽雨軒」。十三歲時的稚嫩筆跡，經毛筆書寫，如今還留在那扇帶窗櫺的雕花門上，依稀可辨。只是，留有我兒時痕跡的舊物，怕是早已無從尋覓了。後來，在我快要進入青春期的時候，爺爺和父親，又在屋旁的一塊空地上，為我蓋了一間偏房，作為我單獨的臥室。這間偏房不僅有一扇小窗，甚至還有一道單獨的小門。只是，村民們說，大門旁邊再開側門，不太好，於是，父親才將它用土磚封起來。

有時候，我會啞然失笑，因為我在自己的記憶裡搜尋，無法在祖屋的舊格局中，找到眾多的弟弟妹妹們睡覺的地方。我有五個弟妹，彼此年齡相差，在兩到三歲之間，男女交錯，民間稱為「花胎」。仔細觀察、體會兄弟姐妹之間的微妙關係，就會有很奇妙的發現：原來，六兄妹中，面容和性格肖父者，我和二妹也，面容偏寬；其餘皆或多或少偏重肖母，面容偏尖。父親忠厚之極，略通文墨，母親精明有餘，一字不識。我常常想，如果她小時候，不被那個可恨的村幹部剝奪受教育的權利，如果她能夠出生在一個更人性、更公平的社會環境裡，她應該是能夠有所作為的。現在，她唯一的貢獻就是，為中國養育了五個大學生。

3

在絕大多數涉及我家的事情中，我與母親的觀念都是完全相左、彼此衝突的。但在重修老屋這一點上，我們母子卻遠隔萬里，心靈相通。雖然弟弟妹妹都在城裡謀生，有了不錯的家庭和工作，但離城不過百里的這個鄉村，遺落在村裡的這棟老屋，卻是我們與土地、鄉村、祖先的最後一點聯繫。它見證了爺爺奶奶一生的功德，也將蔭佑我們的後人。我有許多朋友，已在城市裡成家立業，令人羨慕。他們將老屋賣掉，徹底斷絕了和農村的最後一縷聯繫，而我，卻打算重修老屋，將土坯房換成磚瓦房，屋頂的青瓦、樑上的木料，都用舊材料。每年的夏秋季節，父母可以回到村裡小住，和鄉親們話話家常，打打麻將；弟妹們和他們的子女，可以重聚在老屋裡，回味童年少年時的諸多趣事，享受兄弟姐妹之間的手足親情。和鄉親們相比，我們是不需要在土地裡勞作，卻仍然能享受安靜、寧和的鄉村生活的家庭，而對於我們的遠親近鄰，在需要的時候，而我們又力所能及時，給予適當的幫襯。這難道不是一種不錯的選擇嗎？畢竟，在農民失去了土地所有權的中國，擁有一塊可以世代繼承的祖宅，籍以感念祖先，進而，對土地和賴土地為生的人民，懷著感恩之心，這畢竟是一件足堪羡慕、值得投資的好事情。

在老家，父母已經請陰陽先生選定了宜於造屋的日子。我和弟弟妹妹們，也自願集資，在日漸衰敗的鄉村裡，重建三間新屋，留住祖輩掙下的那一塊宅基地。我在異國，企盼村裡的人氣，重新興旺起來，鄉親們的財力，迅速壯大，幾年之內，一個嶄新的村子，出現在那塊高崗上。居住品質的提高、衛生環境的改善，教育現狀的進步，必然導致村民觀念的革新。這大概就是當局目前所考量的「新農村建設」的初衷吧？

在當代中國，有過不少荒唐而嚴酷的日子。許多有知識的人，一夜之間，被當局從城市裡趕出，無處棲身，只好回到他們當初呱呱墜地的鄉村，重學稼穡，熬過一段艱難的人生。一座祖屋，成為他們落難時的避風港。這樣的事情，在中國，或許不會再度發生了，但誰又敢保證，一定不會發生？

我對幾間即將建造的鄉村小屋的祝福，其實，涵蓋著我所來自的那個龐大的人群。他們有九億之眾，數量龐大得只略少於印度的全國人口。只有當他們都過上了好日子，中國人民，才真正站起來了。我相信，總有一天，他們要重新擁有土地，成為土地法律意義上的主人，而不是目前本質意義上的租種者、實際上的國家佃戶。那時候，在城市化的過程中，被城市吸納的農民，將不會是空手進城的窮人。他們將以自主的價格，賣掉自己名下的土地；省政府的門前，將不再聚集起土地被豪奪後抗議的村民。那時候，「地主」一詞，將被剝落強加的政治涵義，而回歸其本意，像在美國那樣，令人肅然起敬。如果九億中國人，都擁有了自己的土地，他們必然更愛這個國家，在自己的土地上，更加勤勉地耕作。作為國家，只需要制定相關的法律，確保土地與土地之間的流通，在公平的法律原則下進行，我們有什麼理由懷疑，中國農民不會創造出人間奇蹟，建立起現代農業理念，創立現代農業企業，釋放出巨大的農業能量？

這不是我們一家一戶的根，這是中國之根、民族之根。

誰謂不然，立此為證。

祖墳

大年初五，給妹妹打越洋電話，想知道父母及弟妹們，春節過得怎樣。

妹妹「彙報」說，父親帶著部分家人，從城裡回了老家，給爺爺奶奶等去世的先人上墳。在燒紙、放鞭之後，父親指著墳頭一棵高大、茂盛的柏樹樹幹，說：「你們看，這棵樹險些被人鋸走了。」鋸痕深深，啃入家人的心裡。

說來也算奇巧。前不久，父親不知怎地，覺得不安，便回到近百里外的村裡，到爺爺奶奶的墳頭看一眼。走到村外的墳地，一眼就看見，鄰村一位鄉親，正在鋸我家祖墳上的樹。

原來，這位鄉親，開了一家木器作坊。為了節省買木頭的開支，便四處偷鋸別人成材的樹，連祖墳上的樹也不放過。

那棵柏樹，不知什麼時候長出來的。奶奶去世快二十了，柏樹長得極壯，柏籽稠密、飽滿。按中國民間的說法，這是大吉。「籽」、「子」同音，中國的老百姓，在骨子深處，把這看作是家族繁衍、興旺的徵兆。

而祖墳，通常是一個家族心中最重的地方。那裡的一草一木，都是動不得的。在傳統倫理觀念還不曾被掃蕩的舊時代，破人祖墳、伐其樹木，不僅會引起械鬥，還可能結下世仇。

可是，這位鄉鄰，為了不值幾塊錢的一棵墳頭之樹，為什麼竟然置這個信奉了千百年的民間禁忌於不顧呢？那個淳樸、自然、夜不閉戶的鄉村，真得已經消失無踪了嗎？

洋裝雖然在身，英語雖然在口，我深知，我並沒有走出那個如今衰敗不堪、只剩下幾十口老弱病殘的村子。那裡仍然是我在世界上最愛的一小塊地方。在一棵險些被偷偷鋸走的柏樹下，覆蓋著一堆厚厚的、溫潤的黑土，我爺爺奶奶的白骨已安息多年。

爺爺教導我：要走出鄉村，要扶助弟妹。

小時候，奶奶和另一位老婦人一起，到村外割草。我放學後去接奶奶，幫她將茅草挑回家。她一定要我，先幫那位老婆婆挑到半路，再返回去，挑奶奶的那一擔。如此輪換幾趟，才將兩擔茅草挑回家去。

放下越洋電話，我說不出話來。鋸樹的鄉親，是我最好的一位中學朋友的叔叔。我是否應該再打一個國際長途電話，給這位朋友說一說這件微不足道的小事，我猶豫著。

舊時的中國，有春秋二祭的習俗。春在清明，秋在中元。三柱香、兩刀紙、跪地三磕頭，做沒做過虧心事，地下的先人都知道。

那根鋸子，鋸痛了我內心深處，最傳統、最中國的一根枝椏。

舊宅紀興

1

父親在電話那端說，老家的房子，有好幾個鄉親看上了，問我們賣不賣。如果賣的話，最高價可以出到兩千塊錢。當然，他指的是人民幣，換算成美元，大概是兩百多塊吧。

我說：「不賣！」我雖然遠在美國，但這樣的大事，父親還是讓我拿主意。作為家裡的長子，在弟妹中又是見過世面最大的，父親樂意由我作主。

父親說：「那十幾間房子，就那樣空著？院子裡長滿荒草了呢！」

我說：「長了荒草也不賣。我們不缺那一點錢。」

其實，問題的實質跟錢不錢的沒有關係。

那是我的祖宅、我出生的房間、我的根。

2

小時候，家裡的房子很少，只有兩小間，外加一個廚房。堂屋（客廳）的中央，是一個用泥壘成的穀倉，裡面長年裝著生產隊的糧食。穀倉的幾扇門板上，交叉貼著寫有「荊門縣煙垢公社歇張大隊三小隊」字樣的封條。當時年幼，想不明白為什麼生產隊的糧食，卻要放在我們家的穀倉裡。其實，按我們家的階級成份，是不適宜放公家的東西的。現在想來，那個穀倉應該是生產隊「租用」我們家的吧！付過租金沒有，已經無可稽考了。只記得爺爺千叮嚀萬囑咐，千萬不要淘氣，撕亂了封條，惹出禍來。穀倉的上面，擺著兩副棺材，漆得油黑發亮。那是爺爺奶奶預備的「瞌睡匣子」。鄉下人，活著當牛馬，死了成草木，是根本不忌諱「死」這個字眼的。

我家的隔壁，另有一間土房，是村裡的診所，一個外村的男子在這裡行醫。當時我只有四五歲，只記得他喜歡摸我的腦袋，偶爾也會給我一塊硬如石子的糖吃。有一天，聽到村裡響起雜沓而急促的腳步聲、喧鬧的人聲——這名醫生死了。他服下了一整瓶安眠藥。原來，預定當天下午，生產大隊要開他的批鬥大會，他的老婆也要被從幾里外的村裡抓來陪鬥。他不想讓老婆看到自己挨鬥的樣子，便服藥自盡了。

這大概是我能回想起來的關於童年的最早記憶之一。醫生死了，他的家人拉著板車來，將那間土屋拆掉，將瓦片、檁子、土磚等「建築材料」拉走後，這間診所就成了廢墟。由於這間房子與我們家的山牆共用一堵牆壁，房子一拆，我們家的山牆就裸露出來了，土磚壘成的牆，可經不起這種風吹雨打。爺爺就說：「得給牆穿上簑衣。」

說起蓑衣，現在是見不著了。柳宗元的詩：「孤舟蓑笠翁，獨釣寒江雪」中，以釣客自況的詩人，穿的就是蓑衣——用棕葉或稻草編織成的古代雨衣。爺爺和正當青年的父親，用板車拉來了黑土，和成泥，在泥裡加上一些乾枯的稻草，以增加泥巴的「預應力」（這是我後來在有關建築學的書本上學到的新詞）。父親搭起梯子，爺爺則用臉盆，將和好的泥巴遞給父親，由父親均勻地抹在山牆上。這是給牆穿蓑衣的第一道工序。接著，父親又將剪得整整齊齊的長茅草，一排一排貼在牆上。茅草比稻草耐腐，三五年都不會漚爛，所以，在鄉下，家境窮的「草房人家」，蓋屋頂的都是茅草。

鄉下的孩子，夜裡憋急了，開門一泡尿，就屙到山牆的茅草裡，簌簌的，像下雨的聲音。若是尿到地上，聲音就不那麼好聽了。一次被爺爺逮個正著。爺爺拍了拍我的小屁股說：「你看，一牆都是尿騷味，又不是貓兒狗兒，不曉得上茅房！」

3

家裡孩子多了，爺爺盤算著，在這塊原診所空出來的宅基地上，蓋一間房，當我的臥房。

這不是一件容易的事情，隊長那裡，就是一道關口。記得是在夏天，趁著隊長當軍官的弟弟從杭州回來探親、光宗耀祖的喜慶時刻，父親到隊長門前請求批准。隊長斜躺在竹椅上乘涼，喜孜孜地聽著一台香煙盒大小，還帶著根天線的「井岡山牌」收音機。在我們村裡，原先只有支書家有一台收音機，像個小櫃子那樣大，寶貝一樣供在堂屋正中央的案板上。那是家家戶戶貼毛主席像的地方，神聖得很。隊長這個裝在上衣口袋裡的寶貝，可把支書笨重的「戲匣子」比下去了。

父親一向以笨嘴拙舌在村裡出名。我跟在父親的後面去見隊長。其實，隊長與我們家，中間只隔了一戶，是真正的近鄰，但既然被劃進水火不容的兩個「階級」、有著尊卑迥異的成份，那鄰里關係就隔膜得很了。春節時，鄉村裡的老習慣，家家都會輪流作莊，請關係好的鄰居吃飯，隊長從來沒有端過我們家的碗，我也從來不敢邁進隊長家的大門。

父親一說要蓋房，隊長倒是滿口答應了，不過，又追問了一句：「那磚呢？」

父親就囁嚅著說，要用村西一畝五的稻田「挖磚」。

隊長說：「那塊田肥得很，你把肥土挖走了，糧食要減產。這樣把，扣你一百個工分，外帶挖好磚後，往這塊地裡澆上二十擔糞水，蓋一層豬糞，補補肥。」這就算批准了。

這是我的記憶裡，童年最生動的景象之一：爺爺戴著斗笠，趕著牛，拉著石磙，一圈一圈地碾壓著這塊收割後的穩田。人的足跡、牛的足跡，漸漸被碾得平平整整，那些殘存的稻根，也被碾進泥土裡，成為未來的磚的一部分。早晨八九點鐘的太陽，照著爺爺尚在中年的臉，是那樣的謙卑和堅韌。他每一步都邁得那樣踏實和穩健，朝著他的目標邁進——給他的長孫，此刻正在田邊水溝裡摸泥鰍的我，蓋一間臥房。

挖磚的日子到了。挖磚只能選擇在初秋，那時剛剛秋收，地正好空出來，在收割水稻和種植油菜或小麥之間，正好有一個節令的空檔期。這時，地還濕著，又是旱季。其他的時候，是絕對不可以挖磚的，因為地裡還長著莊稼。對於農家來說，誤了莊稼，可是最大的罪過。

我永遠不會忘記那個幸福的早晨。一大早，住在鄰村的舅舅、堂叔、大伯等親戚都趕來幫忙了。田野裡，響起一片鼎沸的人聲。這是鄉村裡的一項「技術活」。第一道工序是畫線：用細繩子在田的兩端拉直，用一種特製的直鍬（農家一般的鍬都帶有一定的彎度），給碾平的稻田打上小學生練習本上的那種長方形的「格子」。挖磚的鍬稱為「磚鍬」，平坦得像一把碩大無朋的鐵鏟。鍬上繫著一根粗纜，用三四個人在前面拉動，後面端鍬的人，鍬要端得平、插得准，挖出的磚才厚薄一致，平平整整。這個端鍬的人，在鄉村裡被尊稱為「鍬把子」，與殺豬匠、劁豬佬、剃頭師傅，同屬於鄉村手藝人之列，比一般的村民，在社會地位上至少高出一篾片。這位「鍬把子」是我們家用兩條煙，外加五塊錢的工錢，從外村請來的，不像其他幾位親戚，幫一整天的忙，只吃兩頓飯。

奶奶一大早，就燒好了一壺茶，提到了「工地」。奶奶將另一個茶壺，交到我的手上。我的任務就是往磚鍬上澆水。師傅每挖好一塊磚，就將那雪白的鍬在地上那麼一「頓」，我立即往鍬上注上一點水，這樣，挖好的磚就會利利索索地脫落鍬面，不會粘在鍬上。「鍬把子」發一聲喊：「拉！」，前面的幾個親戚一起拉動纜繩，一塊磚就會脫出鍬面，碼在了田裡。即使是初秋，老天爺有時也會冷不丁下場雨。到了半夜，聽到屋瓦上有雨聲，爺爺就喊一聲：「下雨了！」，也不說多的話，一骨碌翻身下床，爸爸、媽媽、奶奶，一家人稀稀拉拉、前前後後往村西的稻田裡跑去，將早就備好的稻草，蓋在那些半乾半濕的磚上。如果雨一泡，這些磚可就變成稀泥了。

一個月左右，這些磚就完全乾透，可以砌房子了。挑走了磚，該給地裡「還肥」了。父親挑起從自家茅房裡舀出的糞水，倒入已挖過磚的田裡。隊長拿著一個小本子，站在田埂上，記住這樣的數據：十月初一，糞水五擔入田。

房子很順利地建好了。在一個鄉村醫生「畏罪自殺」的診所廢墟上，我的爺爺和父親，給我蓋了一間臥室。我在那裡住到考上大學，徹底告別鄉村和農業。

奇怪的是，我從小就知道這房間裡死過一個人，我卻一點也不害怕。也許是因為那位醫生，在我四五歲時，經常摸我腦袋的緣故。

4

小時候的鄉村是熱鬧的。那時候，外出打工這樣的事，簡直是天方夜譚；「發家致富」的口號，也要十多年後的八〇年代初才會提出。全村老老少少三百多人，都擠在這個有四五十戶人家的村子裡。每逢夏天的時候，掌燈時分，奶奶就將家門口的地灑上水，掃乾淨，擺上桌子，端上飯菜，一家十二口，四輩人，圍坐在一起吃飯，真正的「四世同堂」。村裡人走過，還會探頭朝飯桌上張望一眼，問一聲：「有什麼好吃的？」家家戶戶都將飯桌端出來，在街頭一邊乘涼、一邊吃飯，這是童年時代溫馨的鄉村生活情景之一，令我終生難忘，每每憶及，都平添幾分鄉愁。

在來到美國三年後，我帶著妻子和兒子，第一次回老家探親。

儘管不習慣，儘管「連喝水都要花錢」（母親語），父母終於搬進了城裡，和么弟一起生活。六個子女，除我遠走美國外，其餘幾個都在家鄉的這座城市裡扎下了根，有的當報社記者，有的當銀行幹部，有的當中學教師，父母臉上的皺紋這幾年似乎都淺多了。

見到父母的第一天，父親問我：「你們還要回村裡去嗎？」我說：「當然要回去，哪怕看一眼。」我沒有說出的是，爺爺奶奶的墳就在村子東邊的山坡上，千里萬里，我也要抓一把墳頭的土，帶到美國。據說，遠走異國的人，最好帶一把祖先墳頭的土，這樣，一則可以保佑全家安康，不忘故土；二則，可以使漂泊異國的人，從此子子孫孫，服異國的水土，無病無災。

我一家人乘坐的廂型車停在老宅的門前，車子周圍立即圍上了一群鄉親。說是一群，不過七八人而已。留在村裡的幾個初中同學，陪我沿著村子走了一圈。問起隊長，說是死了；問起會計，也說死了。在短短的一年裡，村子裡竟然有八九個人去世，年齡最大的只有六十出頭。隔壁的鄰居金阿婆說：「這個村子，人才都走了。一等人才上大學，二等人才當幹部，三等人才做買賣，一才不才把秧栽。」她很會編順口溜。據她說，如今村裡只有不足二十戶人家，連吃奶的嬰兒算上，人口也不到一百了。

母親打開緊鎖的家門，幾間屋子，裡面陳舊而粗糙的家具，大多已送給了親戚。久不住人，屋子裡瀰漫著塵土的氣息和一股霉氣，連天井的磚壁上，都結滿了青苔。我住過十多年的那間臥室，用磚頭壘成的「床」還在，上面仍鋪著稻草。就在那張床上，我睡到第一次遺精、第一次驚喜而羞怯地夢見異性……進入後院，我小時候栽的桃樹，竟然結滿了桃子，小小的果實，甜甜的果肉。急忙招呼大家架起梯子採摘，摘下來就裝進塑料袋裡，分贈給村裡的同學和鄰居。我對這些小時候的夥伴說：「每年桃子熟了，你們都可以進門來摘桃子給孩子吃。但這房子，我是不賣的。」

抬頭看見堂屋的穀倉裡，上面的封條經過三十多年的歲月，還依稀可以看出原來的字跡：「荊門縣煙垢公社歇張大隊三小隊。」只是穀倉頂上的那兩口黑漆棺材，已經不在那裡了。爺爺奶奶苦了一輩子，給子孫留下了這十幾間土牆瓦頂的房子，乘著棺材入了泥土或上了天堂。如今，孫輩們已經全部遷居到都市的混凝土叢林裡，在遠離泥土、莊稼、天氣和收成的地方找飯吃，他們最大的重孫，甚至已經是美國一所中學的七年級學生了。

在爺爺奶奶的墳頭，燃過鞭炮之後，我和妻子強按著兒子跪下，給他未見過面的曾祖父母磕頭。他橫豎不肯，撅著嘴說：

「No! not me！」（不，我不跪！）

天井的記憶

天井，是中國民居中正在日漸消失的部份。說到吾鄉的舊式老屋，腦子裡就要跳出「四井口大瓦屋」的字眼。只要有錢，用青磚紅瓦蓋鄉間別墅，不算本領。在物質貧乏的舊時代，用土磚就可以修起氣派的帶有大院落的四井口大瓦屋，那是本事。小時候，這樣的屋子看過很多，現在，差不多全沒了。

我家的房子，原本在村子的西頭，只有一間廚房、一間臥室。它位於街角，與它相鄰的南街，住著我爺爺的叔叔夫妻倆。這位我曾祖父的親弟弟無嗣，所生四個孩子都夭折了（新生兒的死亡率大幅度減少，可以說是新政權的功勞之一），爺爺便被過繼給他為後。這「父」「子」之間，年齡相差不過十多歲，過繼之時，我爺爺已經成年，家族所求，不過名份而已。也正因為如此，我家裡素來是爹爹（爺爺也）當家，老爹（其養父也）聽政的。兩人關係，一點也不和睦。這對名為父子，實為叔姪的男人，很少交談。

老爹的房子，也是兩間，屋後有門，與位於西街的我家相通。在我們兩家之間，正位於西街與南街拐角處，就是維志叔家。它家與我老爹家，實際上共住一個大屋子，兩家以天井為界。

在我最早的記憶裡，我跑到老爹家玩。由於兩位老人喜歡孩子，我基本上吃住都在他們家。老爹是個手藝人，日子過得比我們家好一點。老太太做了好吃的，專給我留著，別的弟妹都沒份的；有時過來喊，也只喊我。都是她老人家的重孫子，這種厚此薄彼竟然是天經地義的事情。後來，二妹出生，老人又將她要去，養了好多年。

我記得，平生第一次吃香蕉，就是維志叔給我的。那時，他父母都健在，父親喜歡泡茶館，講故事。茶館故事催生了我的讀書慾望。

大約是一九七〇年前後，他們家搬走了。我爺爺在拆走屋頂的牆上，蓋起了幾間屋子，我們家這才告別了僅有兩間屋的窘迫，將大門面東，開在了南街，西街的門，便成了側門。

我長大後，不只一次聽老爹說：「你們那時只有兩間屋子，現在住的都是我的房子！」

這其中就包括了天井。

如果記憶無誤，我家是全村四十多戶人家中，唯一有一個天井的人家。

天井很小，南邊是堆放雜物的地方，擺著風車和石磨。雨天不出工，父親和奶奶就磨豆餅。那當然是因為家裡有好事情。至今我也算是很愛吃豆餅的。另一側是父母的臥室，由於天井的排水溝從這間屋子底下流過，地面總是濕漉漉的，按今天的標準，根本不能住人。

我的臥室則在天井的另一側。臨天井的牆，是高粱秸加泥巴糊成的。土炕，一張小方桌，上面擺著我父親的一個小箱子。放學回來，我從竈前的稻草灰蓋著的鍋裡，端起一碗熱菜，將書攤在小桌上，邊看邊吃。就這樣，我小學時，就讀完了《毛澤東選集》四卷的全部注釋。前幾天，我看到我的美國學生，在讀毛選，我拿來一看，是一九六八年的版本，他在美國的書店裡花一美元買的。我有時空交錯的感覺，彷彿回到了天井邊的少年時光。

天井的好處，是可以看天。一小塊天空，幾片青瓦的屋頂，就是小小少年幻想的空間。雨天，從奔湧而下的雨水中，你可以如此真切地聽到大自然的呼嘯。冬天裡，天井的屋簷，會接起長長的冰柱子。拿起竹竿一掃，「嘩」地一聲，一把冰刀就握在了鄉村少年的手上。

天井裡，長年倒放著幾個罈子，裝的是酸菜，一年中的苦日子，靠的是它們。記得有一次，我在一個凳子上撞疼了小腿，氣得將凳子扔進天井，砸破了一個酸菜罈子。我挨了打沒有，我倒記不得了。

端午節前，照例天井裡另有一個罎子，裝著我放學後下田逮的鱔魚，等端午節，拿出來蒸著吃。奶奶是從來不吃無鱗魚的，但奶奶蒸的鱔魚，無人能比。

有時候，睡在床上，會發現天井裡飛來了螢火蟲，一隻，兩隻，三隻。他們無論如何努力，也難以飛出天井，飛返稻田之上，露珠之間。這時候，耽於幻想的鄉村少年就在想，什麼時候能夠去看真正的遼天闊地。

一轉眼，幾十年過去了。老屋半倒，久無人居，父母搬到城裡，守著兒孫去了。大約是在二○○四年前後，遠在美國的我，突然收到了一個陌生人傳來的幾張照片，原來是我的老家村莊，其中，就有這張天井的照片。拍照者是北京大學博士、武漢科技大學孫恆君教授。這位文化學者，到老家歇張村八組走親戚，專程找人，打開了我家土屋的大門，拍下了這張天井照片。

如今老屋已經不存，天井只能在記憶中追尋。孫教授是有心人，幫我留住了童年的記憶。我的筆要留下的，是我們的上一代、兩代鄉村人，他們的生，他們的死，他們的無奈、無助，與無望。至少在可以預測的將來，他們仍將是這個龐大帝國的化外之民。

二○一○年六月十六日，夏威夷無聞居

歸葬

1

盛夏時節，我帶著兒子，從美國萬里迢迢趕回去，彷彿就是為了料理他的喪事。其實，我原本是趁暑假回去探望父母的。到了北京，打電話到老家，才知道父親已經從城裡回到了鄉下，沒日沒夜地守候在他的床前，權且算是代替孝子，盡一盡人子之責。即將下世的這位老人，是我的叔祖──我爺爺的親弟弟。再過幾天，他就要到村子東邊的墳崗裡，在一堆新土之下，與他的兄長比鄰而居了。叔祖無嗣，我的父親是他的親姪，下葬的時候，身披白孝，向前來致祭的鄉親行跪謝大禮的，只能是我父親。

我本打算在北京多住幾天的，這時再也沒有玩興了，急忙坐飛機趕回了武漢。武漢的朋友，古道熱腸，找了朋友的私家小車，一路疾行三百里，趕回江漢平原邊緣的那個小村莊。進村的一段土路，鋪著凸凹不平的碎青石，小汽車在上面艱難地挪動著，一步步地向生我養我，卻終為我所棄的村莊駛去。我生怕尖利的青石，會咬破車胎。

中國的農民，一生只為三件大事勞碌：蓋房、娶親、送葬。以這三件大事來衡量，我大概要算是不孝之人：從一九八八年到一九九九年，我家的四個長輩──我的祖母（我父親的繼母）、祖父，由我家贍養的叔曾祖父母，先後離開了人世。我起初在四川工作，後來遠走美國，關山阻隔，我一個人都未能親扶棺木，在他們的靈前，沉沉地叩幾個響頭。

最令我哀痛的是我的祖母，這個堪稱世界上最愛我的，卻與我並無血緣關係的人，在田埂上割草時突發腦溢血去世，其時，距離我的兒子出生，只差一個多月，而未能聽到自己的長重孫在成都出世的好消息。不久前的一天深夜，我做了一個惡夢，夢見她老人家失踪了，心急火燎的我在夢中到處尋找，終於，在一條背風向陽的田埂下（很可能就是她割草時突然倒地、昏迷不醒的那條田埂），見到奶奶頭髮蓬亂、面色臘黃地坐著。我抱住奶奶，奶奶說：「我好餓，幾天都沒有吃東西了。」我急忙拉起奶奶，這時，在夢中蒙太奇般出現的卻是舊金山的華埠，平時熙熙攘攘的街上，此刻宛如一座鬼城，所有的餐館都關門閉戶。我在夢中拍打餐館的大門，我的錢包裡有足夠祖母美美地吃一頓的、綠花花的美金，我卻無法敲開任何一家餐館的大門。我敲門的巨大聲響，將我自己驚醒了。

用嘴咬緊被子的一角，凌晨兩點鐘的此刻，我放聲大哭起來。那一聲長嘯，淒厲得如同半夜的狼嚎。一個四十歲的男人，一路上奮鬥、奮鬥、再奮鬥，從不屈服，絕不自足，最原始，最深層的動力不過是為了自己的長輩，尤其是這個在殘酷的「土改」時期，改嫁給我的「地主」爺爺的奶奶，在晚年能享幾天清福。雖知，這種「子欲養而親不在」的悲哀，偏偏發生在作為長孫的我的身上。一生中從未去過任何城市，更不用說進過任何餐館的奶奶，在我家的竈膛前忙活、勞累了一生，而我被貧困、疾病與歧視所壓迫著的童年，因為有了奶奶，才有了光，有了慈，有了愛。我不敢自詡是一個人文主義者，一個人道主義者，一個具有自由心靈的人，但是，我至少可以自信，我是一個善良的人。在我的血管裡，並沒有奶奶的血漩流，但我的靈魂裡，卻有著奶奶靈魂的照耀。我哀慟難抑的嚎哭，如此放肆、如此悲淒，驚醒了身旁的妻子，也驚嚇了隔壁熟睡的兒子。妻子搖動著我的肩膀，急促地喊：「你醒醒！你醒醒！又做惡夢了吧？」兒子「咚」地一聲從床上跳下來，跑進臥室裡，抱住我說：「爸爸，你怎麼啦？你怎麼啦？」我無法說話，只是用被子將頭蓋住，任眼淚奔湧而下。妻子打開燈，和兒子一起抱住我，說：「醒了就好了！」

我含含糊糊地對自己的親人說：「我是醒的。我是醒了才哭的！」這時，淤積在心裡十多年的悔恨和內疚，終於減輕了許多。我知道，長輩們沒有過上我提供給他們的好日子，一個接一個辭世，多少使得我在塵世間的苦鬥和闖蕩，變得黯然失色。作為一個農家子弟，我在贍養與安葬老人這一大事上，完全失敗了，而且失敗得無以彌補。妻子對我體貼備至，趕緊給我拿來熱毛巾，幫我擦乾眼淚。我拿起電話，打給遠在老家——湖北荊門市的妹妹，告訴她，我夢見奶奶幾天沒有吃飯，請她和父母一起，買點香燭紙錢，燒給奶奶。在一個不信神的國家長大，從小受到的是唯物主義的教育，除了「鬥爭」二字外，從未受到過任何其他的思想灌輸，我很難說自己是一個有封建迷信觀念的人。但是，中國民間代代相傳的習俗、鄉風和民間信仰，有時候竟然比報紙和廣播有著更強的滲透力和生命力。它就這樣深地扎根在我這顆漸漸西化的腦袋裡，成為靈魂深處解不開的一個情結、一個謎。

在得知我即將趕回老家，安葬我們家族的最後一位祖輩時，遠在新疆旅遊的大妹在電話那端說：「老爺子好福氣，你從美國回來，正好趕上為他送葬；我們家的爺爺奶奶，這沒有這份福氣了。」大妹顯然將我當成了什麼大人物。其實，我非但不是大人物，而且，無論在中國還是美國，都是十足的小人物，但在這個落後、閉塞、貧窮的鄉村，我也算是給祖宗爭光的程家後代了。如今，又一個與我們有著血緣關係的祖輩，即將入土為安，我們與家族歷史的最後一線牽連，馬上就要被無常之手掐斷了。

2

汽車終於開進了村子中心。十字街頭是早已荒廢的我家老屋，如今又被村民略為收拾了一番：堂屋裡擺起了門板，當作料理喪事時宴客的廚房案板；門前支起了一個用碩大的柴油桶製成的竈，木柴也已堆好。停好車，我就急忙向村子西邊叔祖家走去，將十四歲的兒子留在十字街頭的老屋裡，請鄉親們替我照看，避免讓他到垂危老人的病榻前去。看見一個奄奄一息的老人，我擔心對孩子的心智健康產生負面影響。這個在美國成長、受教育的「洋」孩子，對於中國，尤其是中國鄉村的事情，是完全不懂的。

見到了叔祖。只見他躺在臥室裡，眼睛緊閉著，胸部隨著艱難的呼吸，一起一伏。按照鄉間的習俗，他床上的蚊帳已經拆掉。這就表明，活著的人已經開始為垂死者準備後事。如果沒有什麼特別的牽掛，「往生者」可以早點往黃泉之路而去了。叔祖母見到我，眼眶馬上紅了，帶著哭聲說：「孩子，你總算趕回來了。你爺爺就是在等你呢，悠著一口氣，拖了這麼多天，你到底趕回來了！」說完，她對著我叔祖的耳朵說：「寶林回來看你了，你睜開眼睛看看！」。叔祖似乎想睜開眼睛，但沒有成功。他於是點了點頭，表示他心裡明白。我對他說：「您有什麼話要交代給我，我都會照辦。」老人嘴巴動了幾下，發出一串含糊的聲音，根本聽不清楚。我說：「您過去後，奶奶的生活，我們仍然會加以照料，絕不會撒手不管的。您聽清了，就點點頭。」老人順從地點了點頭。

想不到的是，我的兒子竟然找到村子西頭的這棟老舊的土屋裡，踏進了老人臨終的臥室。他一點也沒有害怕的樣子，伸出手來，摸著老人的額頭，說：「老爺爺，你怎麼啦？你怎麼啦？」叔祖母喊著我叔祖的名字說：「義道，貝諾也回來看你了！」

更想不到的是，眼睛緊緊閉著的叔祖，這時，竟然拼命睜開了眼睛，飛快地掃了我兒子一眼，又緊緊地閉上了。我知道，這是來自血緣、來自骨肉之親、來自人性深處的最後一搏。原本沒有哭意的我，鼻子一酸，險些掉下淚來。兒子在一旁，搖著我說：「爸爸，老爺爺還有救，你為什麼不把他送到醫院搶救！你不能什麼都不做，坐在那裡等最壞的事情。」小小孩子，他也懂得避諱「死」這個詞，他是用英語「the worst」來表達「死亡」的。

我坐在那裡，無言以對。我知道，我的叔祖，尚不到七十歲，只不過是大腿摔跤後骨折，無論如何都不該是致命的。叔祖母在一旁埋怨我的已經晝夜守護了幾天、疲憊不堪的父親：「你們也不早點把消息告訴寶林，他可以幫忙想辦法呀！」父親垂下頭，說：「我們又不知道怎樣打電話到美國，再說，他在那裡，目前失業，連工作都沒有，能想什麼辦法？」

城裡的一群文學朋友，已經在郊區的一處「農家樂」餐館，訂好了為我萬里歸國接風洗塵的鄉宴。他們一遍遍地打電話到送我回來的朋友的手機上，催促我們馬上動身，務必在傍晚趕到一百多里外的城郊。長途跋涉、身心俱疲的我，依依不捨地告別了叔祖，對他說，第二天再趕回村裡看望他。

誰想到，剛走到十字街頭停車的地方，一眼就在村民中間，見到了去年被卡車壓死的童年夥伴金興成的母親。她向我招手，感謝我寫了一篇文章，紀念他的兒子（見散文〈端午一哭〉，載二〇〇二年七月十七日、十八日《世界日報・副刊》）。我急忙走過去，拉著她的手。金興成的母親說：「孩子，謝謝你有這份心意。」這時，我的眼淚再也無法止住，當著幾十位鄉親的面，在臉頰上奔湧而下。一位在鄉村行醫的老醫生在一旁勸我說：「寶林，不哭了，你爺爺快死了，你都沒有哭，卻哭自己的同學，也算對得起去世的興成了。」我含著眼淚，囁嚅著說：「我爺爺是往那條路上走的老年人，而興成卻是年輕人，死得太慘了。」我摸出二百元人民幣，塞給金興成的母親，請她給興成留下的孩子，買一兩件衣服，也算是我的一點心意。她推脫了半天，總算收下了。

3

從無奈的哀傷中，我帶著兒子，坐上朋友的汽車，向荊門城郊進發，去接受家鄉文友的盛情款待。聽說我懷念鄉間的飲食，朋友便早早地在一處臨著水塘的院落裡，訂好了一桌地道的農家菜，如黃燜鯽魚、粉條燒土雞等。朋友的情意和菜的味道，自然是好上加好，我的興致卻提不起來，因為，老家的村子裡，畢竟有一個長輩，還有一口氣吊著，我答應第二天回去看他，肯定無法兌現。再說，我的旅途也確實太過勞頓，早晨我還是北京，這會兒，已經坐在家鄉的一座被稱為「農家樂」的餐館裡了。我知道，這是供城裡人到鄉下換口味、體驗鄉村生活的地方，應該叫著「樂農家」才好，身為農家子，目睹幾十年來農民當牛作馬的命運、被千方百計壓榨和歧視的事實，我實在看不出有什麼樂不樂的。

晚上，回到賓館，晚飯時不吃不喝的兒子，突然放聲痛哭起來，淚水在他小小的臉頰上滾滾流下。我一時錯愕不已，不知道他為什麼這樣大哭。

孩子說：「只不過是骨折，怎麼會這樣！你為什麼不送老爺爺去醫院？你為什麼不叫救護車？兩年前我們見到他，他都好好的，現在卻快死了。」無論我怎樣勸他，他都不依不饒，一定要我答應，第二天早晨，叫一輛救護車到村裡，將老爺爺送到醫院搶救。

拗不過孩子，也拗不過良心，我第二天一早，打電話到村裡，村裡人說：「城裡的醫生早就下了結論，無法治了，你花再多的錢，也是浪費。」

聽我在村裡務農兼行醫的堂妹夫金醫生說，幾個月前，叔祖摔了一跤，臥床不起，於是，一封又一封信，寫到縣裡、鎮裡的民政幹部，指責他們不來送他去醫院看病。作為無兒無女的「五保」老人，他原本是不敢有這樣大的脾氣的。他所憑仗的，原來是自己的一丁點「革命」經歷。沾「三中全會」的光，這個當了一輩子「地主」的人，在生命臨近尾聲的這十數年，倒多多少少受到了國家的一點照顧。在村裡，老老少少百來口人，都是「臉朝黃土背朝天」，秋收後賣了糧食，才會有點現款，有誰像他這樣，每個月有二十多元錢的「民政補貼」呢？錢雖然不多，叔祖卻極看重，覺得這是臉面，是榮耀，更是尊嚴，自己也大小算是這個國家的「功臣」。有了這種可笑的心理，他對鄉裡、鎮上的幹部，便多少有點不肯買帳，這不，自己摔傷了，不想辦法早日延醫治療，卻等著幹部來送自己上醫院。三五天過去了，十多天過去了，一兩個月也過去了，鎮上的幾個幹部實在拗不過他的罵人信，替他治病的錢又沒有申請到，只好湊了一兩百元錢，來村裡看望了他一次，至於送醫治療，還得他自己想辦法。

拖了這麼久，實在抗不過痛，他去看病了，卻沒有去縣上的人民醫院，而是找了一個非法行醫的江湖醫生，圖的自然是省錢。那個人胡亂給他推拿一番，非但大腿粉碎性骨折的部份，徹底錯位，而且，將他的手也弄骨折了。後來，村民用板車將他拖到縣城的正經醫院，醫生一看，就說沒救了。

貧窮和愚昧之間的關係，何為先，何為後，何為因，何為果，這正如「先有雞還是先有蛋」的問題一樣，一言難盡。我只知道，它們之間的那種糾纏、那種難解難分，真正是「剪不斷、理還亂」，貫穿了我四十年來對中國鄉村的全部關注，對中國農民真實命運的深刻同情。

應該說，較之中原某地賣血而成為愛滋村的鄉村，位於江漢平原邊緣、有「魚米之鄉」之稱的我的家鄉，應該算是天堂了。我的叔祖不惜一死，也不肯花掉老伴壓在箱子底層，用手帕包了一層又一層的一千元人民幣。面對垂死的親人，我無話可說。我甚至連悲哀也無法感受到了。我掏出錢包來，給了垂淚的叔祖母五百元人民幣，算是略表自己的孝心。這個曾經走遍了半個中國、親自投身於抗擊日寇的戰場，而且在兩支互相敵對的軍隊裡服過役的職業軍人，這個在共產黨國家裡，堅持要求恢復自己國民黨員的身份，並因此成為統戰對象、每月領取二十元民政補貼的農民，這個在一九七八年以前，連屁都不敢響響地放一個的前「地主」，就這樣，走到了人生的盡頭。

遲至一九八五年，我大學畢業的那一年夏天，我才得知，他曾經是中國人民解放軍福建軍區某部的一個文化與軍事教員。他拿出一張泛黃的立功證書，上面赫然蓋著這支軍隊的朱紅大印，簽著師長、政委的大名，寫著「榮立三等功一次」字樣。他輕描淡寫地說，有一天，他正在給新戰士講解炸藥包的爆破要領，一位魯莽的新兵，好奇地拉燃了作為教材的一個真正的炸藥包。在戰場上摸爬滾打的這位被俘的原「國軍」上尉軍官，急中生智，抱起炸藥包，衝到操場邊的懸崖，將炸藥包扔了下去。這成了他日後寧肯躺在床上等死，也要等到鄉鎮幹部來送他上醫院的資本。在他看來，幹部送他上醫院，這無疑是一項巨大的榮耀。在當了幾十年「地主」之後，這份榮耀足以抵消他忍受的種種羞辱。

我的手裡，保存著一份長達十七頁、他親筆用歪歪扭拗的筆跡，寫在信箋紙上的我們程家的家族簡況。這份日期為一九九七年五月三十日的材料，應該算是一份珍貴的中國民間資料。它的價值在於，它沒有任何的功利目的，只不過是一個無兒無女的長輩，試圖延續後代對於家族本已渺茫的記憶而已，而這些後代，是否對這些沉穀子爛芝麻的事情有興趣，卻又不在他的考量之中。他選擇將這份材料交給我，最根本的原因是，我是這個家族孫子輩中的長孫，而且，又是一個舞文弄墨之人。

我將這份材料中涉及到他的部份，原原本本地抄錄在下面，連錯別字也一仍其舊（括號內為本文作者所註）：

> 「我生於一九二七年三月二十四日，五歲那年，幾乎被紅軍殺掉。六歲入學，面壁九年，一九三八年，日寇抵達河東（指漢江）羅漢寺，四〇年渡過鄉（應為襄河，漢江的別名）河，直抵荊門，我地成為淪陷區，亡國奴的遭遇，被奸擄燒殺，不選地點。不乾（甘）心當亡國奴的我，四二年逃出淪陷區，負履（應為「笈」）四川，住進國立戰區進修學校，本來造就條件很好，奈日寇加劇侵華，出動大量飛機，轟炸剩餘土地。眼見整個中華，就要滅亡，我不能再做亡國奴，一九四三年投筆從戎，四四年正式入青年軍202師，臨陣殺寇。原在學校加入「三青團」，在青年軍轉為國民黨員，歷任國軍少中上尉。四九年廈門島解放，又在解放軍31

軍92師234團一營三連幹過文娛工作。五一年朝鮮戰爭打響了，又因我是名符其實的國民黨員，被部隊作了提前復轉，回到家鄉，土改時，施政者不管青紅皂白，將我劃為階級敵人，一直拖（唾）棄幾十年，叫我如何想得？到中共十一（屆）三中全會後，雖然為我解決了問題，但我赤手空拳，囊如懸鏡，其淒涼的晚景，不知如何結局。」

我自認是個讀書頗多的人，但從來不知道，漢語中還有「囊如懸鏡」這個成語。我的叔祖，留給了我這份材料，這個成語，大約算是一份遺產吧。至於結局，現在他和我已經了然於心。死神的無形之手，已經扼住了他的咽喉，他即使有千言萬語，也無法講給我——這個並非他嫡親的長孫聽了。

4

我們家的土屋，與叔祖家的土屋，中間只隔著一戶同樣姓程的人家。男主人叫程家彥，輩分在我的曾祖輩上，與我家卻並無任何親緣關係。在上面提到的這份材料中，我讀到了他的一個故事：有一年，在偽軍中當軍官的他，帶著一支手槍回到村裡，有點耀武揚威、光宗耀祖的味道。不知怎地，得罪了當地的土匪，綁了他的票，繳了他的槍。我的曾祖父程家安老先生，受人之托，去找土匪頭子說情，總算人槍雙歸了。我小時候，記得最清楚的是，這位程姓長輩有一臺鄉村裡罕見的收音機，他走到哪裡，帶到哪裡，命根子一樣。在夏夜的禾場上，我特別願意坐在他的附近乘涼，為的就是旁聽他的收音機。任何節目，對於我飢渴的心靈來說，都是盛宴。我至今還記得收音機播報長江水位的那種類似於密語的播音：九江，漲，漲，三點一五米；蕪湖，漲，漲，三點二三米……那些沿著一條大河散佈著的水漲水跌的碼頭，激發了我對於遠方的多少向往！我還記得，有一天，我從同學手裡，借到了一本《說唐》，躲在田埂後面偷偷看，被扛著鍬巡查稻田的他發現了。這個原「汪偽」政權的軍官，坐在田埂上，和我這個小學生談論起這本書來。我驚訝地發現，他對這本書是如此熟悉，書中所寫的那些隋朝好漢：李元霸、單世雄、秦叔寶、還有我們程家的祖宗程咬金，他都了如指掌。九〇年代初，有一年我從四川回老家探親，見到他的屋子上了鎖，這才得知，他已經喝農藥自殺了，原因很簡單：在公路養護段上班的兒子，打撲克輸了一百多元錢，他勸不住兒子，一氣之下，一死了之。這次回去，他的老屋，已經成為一片廢墟了。

行文至此，似乎扯得遠了點，但總歸離不了一個主題：鄉村裡的死亡。最近，在美國僑報上，讀到一則關於中國自殺情況的報導，上面說，中國百分之八十的自殺發生在農村，而農民的自殺方式，百分之八十是喝農藥。這完全印證了我的親身感受。在我的記憶裡，本村與鄰村，喝農藥自殺的不下十多人，而我的一位同學，在鎮上的衛生院當醫生，最擅長的就是搶救農藥中毒。他說，每到夏天，是農民喝農藥自殺的旺季，一兩天就會遇到一位。村民們甚至已經積累了經驗：他們在用板車、拖拉機將口吐白沫的喝藥者（大多是婦女）拉到衛生院時，常常會記得將自殺者用過的農藥瓶也帶在身邊，讓醫生一看就知道，喝的是「滴滴畏」，還是「樂果」，或是其他什麼農藥。於是，三下五除二，利利索索地推進簡陋的手術室，灌腸、洗胃，是否能夠起死回生，就看尋短者的命大命小了。

我小時候，我們家和叔祖家，關係並不好，兩家人互不來往，連話都不說。我的母親，與叔祖的妻子，更是宛如仇人。結怨的原因，有歷史的因素，也有現實的衝突。我記得，導火索大致是這樣的：當時的湖北農村，農民必須賣一頭豬給供銷社，才有過年時殺一頭豬的權利。叔祖家老兩口，無力養兩頭豬來殺一賣一；而我們家，祖孫四輩，十幾口人，開銷大，需要賣豬來給孩子們湊書本費、學雜費等。兩家人商量，我們賣兩頭豬，其中一頭算是他們家的「任務豬」指標，他們家養的一口豬，過年時則宰殺掉，兩家人分肉，我們家分的肉，以市價算錢給他們。誰知春節前夕殺豬時，兩家卻起了糾紛。我們家認為，我們有十幾口人，老人有四口，孩子有五、六個，都特別需要營養，應該略為多分一點肉，他們家只有兩個人，四雙筷子，少分一點肉，應該是公平的。雖知，叔祖的妻子堅決不依，非但堅持要平分，而且，還要膘肥肉多的半邊豬肉。我的爺爺與叔祖，本是兄弟手足，為了半邊豬肉，變得互不理睬了。

母親不能原諒叔祖母的，是這樣一件事情：有一次，母親從她門前過，沒有稱呼她「嬸母」，她就罵我母親，甚至扯過一根長竹竿，追打我母親。母親後來說：「她太不配當長輩了！我也是有兒有女的人，她拿竹杆追打我，我還像個當娘的人嗎？」

一九八〇年我上大學後，眼界開闊了。我覺得，過去因為雞毛蒜皮的小事所造成的恩怨，應該終結。叔祖畢竟是我們程家的長輩，他無人贍養，本已可憐；我們這些晚輩，在力所能及的範圍內，給予一點照料，應該算是無愧祖先、有益子孫的事情。母親很不情願，說：「你還記得嗎？你考上大學，村子裡一片轟動，她卻坐在門口，冷言冷語地說：『考上大學有什麼了不起？人家當飛行員才了不起！』叔祖母指的是她娘家村子裡，有人被招成了飛行員。我從北京第一次放寒假回村，買了幾包北京的土產，如蜜棗之類，到村子西邊看望兩位與我們家十多年互不來往的長輩，第一次喊了一聲「爺爺、奶奶」。他們忙不迭地答應，拿出臘雞要蒸給我吃，兩家人又開始走動了。

母親的心結仍然沒有解開。她說：「生產隊那會兒，時興評工分，我親耳聽到他跟隊長說，應鳳（我父親的名字）慢手慢腳，出勤一天，值不了十分工。記八分工就差不多了。」母親恨恨不平：「哪有胳膊朝外拐的？他考慮過他有六個孫輩，要上學，要吃飯嗎？他給你們買過一支鉛筆、一個本子沒有？現在我們家好起來了，他倒和我們攀起親來！」母親的話確實不假，但我勸慰母親說：「如果這樣計較，這個疙瘩就永遠解不開了。」

幾年前，我聽說叔祖生病了，可能是胃癌。我便托回國的朋友，寄了一千元人民幣給他治病。過了幾天，我打電話給母親，母親劈頭蓋臉就數落了我一番：「孩子，你也太大手大腳了，給兩、三百塊錢就差不多了，你一給就是一千塊！你知不知道，農民辛苦一年下來，能不能賺一千塊，都成問題！」我對母親解釋說，在農村，一千元人民幣固然不少，但在美國，確實算不了什麼。母親對此一直不能釋懷。我深愛我的母親，我也深知，她被極端的貧困所長年壓迫的心靈，在面對錢的時候，或多或少表現出了一種失常的節儉和吝嗇。無論我怎樣對她講，要她搬進城裡居住後，改善自己的生活，不要怕費錢。她有六個子女，個個成家立業，幾乎都有體面的工作，長子又在美國，大小也是一個「老闆」，無論如何她要大方一點。我們的話，卻很難在她身上奏效。記得我小時候，家裡有時候連五分錢的「合作醫療」掛號費都沒有，這樣的赤貧，是幾代中國人的羞恥和悲哀、無奈與無望。

現在，又一個農民，將要從耕種了一輩子的土地上消失了。作為土地的僕人、國家的佃戶，他們比城裡人，至少擁有一項特權：死後不必花數千元錢，在公墓裡買一個棲身的小穴或小龕。他們在田邊地角的墳地裡，天經地義地占有一小塊土地。幾年前，叔祖和我談起他的後事，囑咐我，一是要為我們程家的曾祖父立一塊墓碑，二是為他也立一塊，上面的碑文是「抗日軍人程義道之墓」。我問他買什麼骨灰盒為好，他笑了笑說：「那只是個瞌睡匣子，越便宜越好。」

「瞌睡匣子」這樣視死如歸的比喻，就這樣深深地烙印在我的心裡。

5

我離開老家四天之後，叔祖一命歸西。

這幾天，在城裡，在文朋詩友的款待之中，我一直在等著這一天。我在家鄉只能停留十多天，如果老人家這口氣，在此期間仍沒有嚥下，我就要帶著兒子，從湖北飛到四川去了。我既無力將他從死亡線上拉回，又不能親自安葬他——這個將家史交給我的長輩，我的內心一定是十分遺憾的，儘管我承認母親的話：在我們家最困難的那些年頭，他一分錢也沒有資助過我們，我們這些孫輩，也從來沒有吃過他家的一口飯、喝過一口水。而叔祖母連續若干年，義務擔任村支書家的保姆，將書記的兩個孫女帶大，這是全村人都知道的事情。

死訊傳到城裡，坦率地說，我們都鬆了一口氣，特別是我的父親，在那樣炎熱的盛夏，在蚊子叮咬的土屋裡，通宵守候，一會兒幫忙翻身，一會兒擦屎擦尿，親生兒子都難以承受，何況我父親只是他的姪子，熬了十多天，連從萬里之外回來探親的長子和長孫都丟在一邊，無暇顧及，應該算是問心無愧了。

我的父母，加上我們兄弟三人，租了一輛小汽車，趕回村裡，料理叔祖的喪事。我將兒子交付給大弟媳照料，騙他說，我們走親戚去了。我的兒子只對打遊戲有興趣，沒有多問。

汽車走到離村五里遠的鄉場上，我們買了幾個花圈。我提出要買鞭炮，母親說：「鞭炮到村裡去買。我們家對面的程姑，就開著雜貨店，有生意應該照顧她。」母親的話很有道理，我們於是繼續前行。

到了村子中心，只見我家門前，已經散坐了一些村民，都是來幫忙料理喪事的。按照當地的鄉俗，凡是幫忙料理喪事的，或是曾經前來致祭的，都會吃一頓飯。鄉村裡，祭品其實很簡單，不過是一掛鞭炮、一兩扎紙錢而已，不像城裡，一般是送挽幛，或是奠儀。城裡人與鄉下人經濟地位的巨大懸殊，在祭奠死者這一方面，也顯示得如此清晰。

我走進叔祖的土屋。幾天前試圖對我說什麼話的他，此刻被一塊白布，從頭到腳蓋著。變成靈堂的堂屋裡，燃著香燭。主持喪事的原生產隊長、我稱為「范叔叔」的村民（我曾經在他治下掙過好幾年的工分），將我父親喚過去，將一塊長白布，扎在了他的衣領上。這就是所謂孝子的裝束了。待會兒，祭奠和出殯時，父親要對所有的來賓，一一下跪致謝。對於中國人來說，「跪」是禮節中的極端，而「跪」又是有講究的，不然，就不會有「男兒膝下有黃金」這樣的話了。不過，我一直不明白，為什麼在死者遺體前磕頭，要雙膝跪地，而父親叩謝吊客，卻只需要單膝著地就可以了。

我們這些孫輩，每個人發了一條窄窄的白布，扎在左臂上。這稱為「孝巾」。凡是前來致祭的村民，都會得到一條，據說，帶上它，會得到死者在陰間的保佑。

自從我的父母兩、三年前搬進城裡以後就一直空著的祖屋，此刻又熱鬧起來。門前用柴油桶做成的竈裡，木材熊熊燃燒，蒸籠裡漫出粉蒸肉與粉蒸魚的香氣。這都是我在美國日思夜想的家鄉美食，我原本指望這次暑假回家，可以好好享受一番，以慰異國他鄉的故土之思。幾天來，在城裡朋友們安排的接風洗塵的宴席上一直沒有吃上，想不到在自己叔祖的葬禮上，第一次有機會品嚐。

這時，宴客的時間到了。鄉民們紛紛入席，喝酒、吃肉，我的母親突然放下筷子，站起來，對大家說：「我看，凡是得到他老人家好處的人，都有義務出安葬費，不能讓我家寶林一個人出錢。他又沒有得到過什麼好處。他從小學讀到大學，這個爺爺給他買過一根鉛筆沒有？」

我的心裡實在難受極了。我也站起來，對母親說：「媽，你不要再說了。人都死了，還提那些過去的事情幹什麼！我願意出錢，求自己心安而已。」母親說：「我並不是真地要那些人出錢，我只是要告訴那些得了好處的人：我們不傻。」

原來，我們剛進村時，主持喪事的原生產隊長，將我和另一個本家兄弟——在附近一所中學任教的一位老師叫到一邊，和我們商量喪事。他開門見山用鄉下土話說：「按照我們這裡安葬五保戶的規矩，村裡只出一千元喪葬費。我算了一下，這一千元錢，無論如何是無法將老頭子拖下坑的。大約短缺五百元左右，你們兄弟倆商量一下，把這筆錢攤下來。你們這裡答應了，我才好請人去墳地裡動土。」母親在旁邊悄悄地聽到了這番對話，心裡不免有幾分不滿。

這個本家兄弟，便屬於我母親所暗指的得到過我叔祖好處的人。確實，他小時候，幾乎是寄養在叔祖家的。我說：「老弟，你在鄉鎮上教書，也不富裕。我在美國，錢畢竟掙得多一點，全部由我出算了。」他堅持和我分攤。我們達成了協議：我出三百元，不足的部份由他出。我當即掏出錢包，拿出錢來遞給這位前隊長。范叔叔忙不迭地說：「讓你吃虧了，讓你吃虧了！」他那裡知道，這點錢，在美國，只抵得上一天的房租。

范叔叔說：「請不請嗩吶呢？請了，叔祖母臉上好看些；不請，可以替你們省下二百塊錢來。」我說：「那就請吧，我來出錢。遭了一輩子罪，臨走熱鬧一下也好。」范叔叔卻面露難色地說：「我看還是算了。你看，快到中午了。天氣熱，老人已經停放一夜了，還是早點入土為安。」這時，雇來的殯葬車也從村外開進，停在了叔祖的門前，村子的入口，燃起一串長長的鞭炮，中間夾雜著幾聲親戚的哭泣。這哭泣，多半來自我的幾個堂姑。

果然，在人群中，我一眼就看見了桃姑。她是我父親的堂妹，與我血緣關係雖然已經較遠，但在情感上，卻很親我們這些子姪。記得我讀大學那幾年，每逢放假，她都要走好幾里路，到我家來，請我這個遠近聞名的大學生姪兒到她家做客，吩咐她的丈夫，或是孩子，騎自行車到二十里外的後港鎮上買魚。有一次，我實在不願意去，嫌天氣太熱，她的眼圈馬上變紅了。她帶著哭音說：「你到我家吃頓飯，村裡的人都會高看我幾眼。」我哪裡知道，她嫁到那個村後，先是喪夫，後是招贅，而上門女婿人太老實，在村裡受氣，在家裡與前夫留下的孩子也相處不好，她指望我這個有「出息」的姪子，能光臨她家，給她帶來點光彩和臉面，可我卻不請願在大熱天走幾里土路，僅僅為了吃她一頓飯。

桃姑看到我，眼淚一下子湧了出來。原來胖胖的、壯壯的桃姑，如今已經枯瘦得如同一段木頭了。臨回國前，我才從妹妹那裡得知，桃姑兩年前就患上了婦科病，下身常常出血，沒有錢，更捨不得錢，一直沒有去檢查，以為熬一熬、挺一挺，就可以挺過去。她對家裡人說：「超過一千塊錢，就不必治療了，免得給剛結婚的孩子背一身債。」不久前，實在痛得熬不住，她到了荊門城裡，請我妹妹帶她到醫院檢查，結果顯示，已是子宮頸癌晚期。在城裡，如果確診得早，花一兩萬元、至多兩三萬元人民幣就可以施行切除手術，成功率很高，但在鄉下，至少是在我們那個「魚米之鄉」的鄉下，這個金額的手術費，對農民們來說，是天文數字，想都不敢想。

在震耳欲聾的鞭炮聲中，帶著白孝的桃姑，按照農村的習俗，前來參加自己親叔叔的葬禮，而她自己的葬禮，已經不遠了。以中國之大，農民之眾，沒有誰會真正介意喪失一個年方五十多歲的農婦。她留下的土地，她的子女自會耕耘，繼續完糧納稅，支持火箭，甚至載人飛船的藍天翺翔。至於她這一生，從這個國家，這個社會，這片廣袤無邊的大地上，得到過任何福利與照料，從國家和制度中得到了任何形式的回報，這個問題，只有天知地知，你知我知了。如果我告訴她，在美國的任何一家醫院裡，都貼著這樣一條用英語、西班牙語、漢語等書寫的「標語」：「任何人都不會因為無力支付，而被拒絕服務」，她是否會覺得，這個從美國歸來的姪子，是在說胡話？如果我進一步告訴她，在美國，窮人都會得到政府的救濟，有的人，一生從來沒有工作過一天，卻靠政府的福利救濟，養大了自己的子女，並將他們送入大學，她會作何感想？

我身上帶的人民幣已經不多，我拿了三百元錢，悄悄塞到桃姑的手裡。妹妹曾在國際電話中告訴我，她帶桃姑去醫院診斷後，心情沉重，留她在家住了三天，送她回鄉下時，給了二百元錢，誰知桃姑在路上卻弄丟了一張一百元的票子，害得桃姑哭了一場。我無話可說，只好吩咐她說：「姑姑，你把這點錢裝好，想吃什麼，就給自己買一點。都到這個份上了，不要捨不得。」

桃姑放聲大哭起來，拉著我的手說：「寶兒，你下次回來，就看不見姑姑了！」

姑姑！

6

叔祖乾癟、瘦小的遺體，被從靈堂裡抬出來，塞進了殯葬車內的鐵匣中。又一陣鞭炮之後，黑乎乎的、醜陋不堪的殯葬車，朝鎮上的火葬場駛去。和我一起分攤喪葬費的那位本家兄弟，坐著一輛租來的、骯髒不堪的「桑塔納」，和我父親一起，親自送老人入焚化爐，我則留在村裡，和前來幫忙的村民話話家常，並且，到不幸死於非命的童年夥伴金興成的墳上，放一掛鞭炮致祭。

陪我前去的，是我前面提到過的堂妹夫「金醫生」。在路上，我問起村裡三十多戶人家的經濟狀況，他將哪家窮，哪家富，一一報給我聽。據他說，我家斜對面的程順道家，應是村裡的首富，肯定不少於五萬元存款；其他幾戶，存款也有萬元左右。我聽了，嘆了一口氣。記得一九九四年三月，我採訪路過老家時，回了一趟村裡，這位堂妹夫拿出一個帳本來，上面詳細地記載了他一九九三年的收支情況：七畝水稻田，畝產均達到一千二百斤左右，除掉提留、攤派、稅款，減去化肥、水費、農藥等投資，總共賺了二百元人民幣！一年裡，風裡來雨裡去，這就是收穫，而兩個孩子讀小學、初中，一學期光學費就得幾百元。幸虧他還有一門「手藝」，可以給鄉親們看個頭痛腦熱，有點額外收入，否則，實在不知怎麼辦才好。那次，我提出將他的那份帳本帶回四川，寫文章時作第一手資料。堂妹夫猶豫了片刻，同意我的請求，但提出了一項附帶條件：不能使用他的真實姓名。

我問他：「你怕什麼？你怕剝奪你種地的權利嗎？」

在給夥伴上墳的路上，我也問起了他在荊門城裡「行醫」的事情。我早就知道，他到荊門，在一條偏僻的街上，租了一個門面，開門應診，當起了沒有行醫執照的「地下醫生」。他將藥櫃藏在臥室裡，不敢掛牌，只靠熟人介紹病人，開藥不給處方，以免被抓住把柄；凡是需要打針的病，那怕是最尋常的青黴素、連黴素，他一概不看，以免出醫療事故。這樣行醫，病人自然少而又少，所得連房租都難以為繼。我曾打電話給父母，請他們捎話給他，勸他不要這樣鋌而走險——在美國，非法行醫，人命關天，可不是一項輕罪，那可是要坐大獄的！金醫生終於回到村裡，老老實實地過自己半是農民，半是醫生的日子。

金興成的墳，因為村裡的墳場已「人滿為患」，被安置在了村西的一處坡地上。在那裡，還埋著金醫生弟弟的兒子。那個十歲左右的孩子，幾年前我就聽說患了白血病，現在，已經變成一堆土了。我給金興成放了一掛鞭，燒了一疊紙錢，並且，按照金醫生的吩咐，半躬著腰，給這位童年夥伴作了三個揖。金醫生說，按照農村的風俗，祭奠同輩的人，是不可以行跪禮的，死者消受不起，對生者也不吉利。我離家已二十多年，民俗的東西已經淡忘了許多，我記得的只是那句古詩：「死者已已矣，生者常戚戚。」

我倆回到村裡時，那輛殯葬車已經從火葬場返回。此刻，是送逝者歸土的時刻了。

叔祖不多的幾個親戚都來了，加上村裡姓程，或是跟程姓沾親帶故的村民，都不約而同地到了村子東邊松樹林邊緣的公共墳地。從外村請來的道士先生，帶著羅盤，測量了風水，用石灰畫好了墓穴的四周。前面提到的我村首富程順道的二兒子，人稱為「大金平」的一位三十多歲的村民，用鍬熟練地鏟開草皮，挖了一個長方形的、深若尺許的坑。叔祖的骨灰盒將安葬在這個坑裡。我的鄰居，我喊「應平叔」的一位長輩，則拿起瓦刀，用碎磚蓋起了一個拱形的小屋，剛好可以容納下一個瓷罎。

道士先生口裡念念有詞，朝墓穴的前後左右，各撒了一把大米，然後，吩咐村民們，到墓穴的下方取土。這樣，這塊墓地就是吉墓，有益子孫，也對得起他的一百元勘踏費。

可是，「下方」是一塊旱地，種著一點稀稀拉拉的芝麻。更麻煩的是，這塊旱地屬於另一個村的一戶村民。在未得到許可之前，擅自在別人的莊稼地裡取土培墳，不僅犯了鄉村的大忌，而且，還可能導致一場械鬥。

村民們都推舉我，說就數我面子大，要我和在當地報社當記者的弟弟，到鄰村找那戶人家求情、協商。義不容辭，責無旁貸，我和弟弟踏著田埂，向鄰村走去。一路上，我都在想，我走了那麼遠，自以為和故鄉，和留在故鄉的親人、鄉親，已經隔了兩萬里，卻原來離得這樣近。幾天前，我還踏在舊金山綠草如茵的草地上，而此刻，我的腳又重新踏在了我發誓要永遠背叛的田埂上，腳下同樣是綠色的草，只不過，這裡的草竟然有如此深的澀味。

那戶人家倒很通情達理，爽快同意我們在他家的旱地裡取土培墳。弟弟拿出十元錢，硬塞給那位村民，說是「青苗損失費」。幾番推辭，那人終於收下了。

等我們兄弟倆回到墳地時，安葬進入最後的程序。那個我稱為「應平叔」的人，將骨灰罈放入砌好的「小屋」裡，然後，將叔祖生前喜愛的一臺收音機，音量開得大大的，放入「屋」內，這時，道士先生喊一聲：「來生多子多孫，洪福齊天！」在他的聽不清唱詞的古怪的吟唱聲中，村民們一聲吆喝，將第一擔土倒在了墳頭。裝土的農具不夠，我和弟弟就用一個裝化肥的尼龍袋子，將黑黑的、肥肥的故鄉土，蓋在叔祖的身上。這個原「國軍」上尉軍官，這個原解放軍「解放戰士」（當時對被俘的國民黨軍人的稱呼），這個荊門市沙洋縣高陽鎮歇張村三組的資深農民，就這樣，因為腿部的一次骨折，走完了自己六十九年的人生。

最後一項儀式是將他的一件破棉襖燒掉，讓他在陰間有禦寒之物，並且，將他的一雙鞋子，朝田野裡相反的方向扔去。我至今不知道，這到底有什麼寓意。

隨著新土越堆越高，收音機的播音越來越微弱，終於徹底喑啞了。有位親戚在抱怨，說應該換一對新電池，這樣可以聽得久一點，另一位村民表示反對，說只要沒有空氣，收音機就會啞掉。兩人的爭執在此刻涉及到了彼此都毫無所知的無線電學。

我默默地培著土，抬頭就看見了范元國。按輩份，我喊他「元國爹」。

7

元國爹，這是我一生中都不會忘記的人物。

我大約七、八歲的時候，他是村裡的鐵匠，舖子就設在我家隔壁。如果說我的童年和工業有什麼關係的話，這個鐵匠舖大概是首選。我的童年，就是在他的鐵錘丁丁噹噹的鍛打聲中度過的。而我童年時代的第一件恐怖的禍事，也正是由他而起。

那是一九七〇年左右的事情，我已有了清晰的記憶，而我的弟妹們卻未必知情。五〇年代末，我父親農業中學畢業後，當了一個月的某農業機械廠的學徒工，因我爺爺是地主成份，而被趕回農村。生產隊見他好歹進過工廠，便安排他進了鐵匠舖，跟著元國爹學打鐵。當時，元國爹「承包」了這個鐵匠舖，由於他購進了一批根本無法使用的廢鐵，導致虧損了三百多元。這筆債拖到七〇年代初期，生產隊向他追討，他無力支付，於是，想了一個狠招，逼我父親替他支付七十元債務。

我父親當時連報酬都沒有，更沒有參與經營，只不過是一個跟他學揮大錘的學徒，況且，事隔十多年，怎麼突然逼迫我家幫他還債呢？當時，我只是小學一二年級的學生，我已經知道，這太不公平了！但又有什麼辦法？元國爹是隊裡的「貧下中農協會主席」（簡稱「貧協」），我爺爺是村裡的地主（我後來才知道，我的爺爺和我的叔祖一樣，既在國民黨軍隊裡當過兵，被俘後也在解放軍裡打過仗，均在一九五〇年前後被精減回家當地主）。政治地位上的天地懸殊，在那樣嚴酷的年代裡是足以致命的。我奶奶哭著吩咐我，要我任何時候都跟著爺爺，特別是當爺爺到廚房裡，或是到村外水塘邊時。我不懂，我奶奶就解釋說：「你爺爺被逼得沒法子，想死了算了。他要把自己的兩隻手綁在背後，倒栽到水缸裡淹死！」

奶奶的哭、奶奶的吩咐，刀子一樣刺在我的心頭。從小學二年級起，我幼小的心靈，就被死亡所籠罩。這是我為什麼對於任何形式的死亡展示與死亡恐嚇，懷著深入骨髓的恐懼與厭惡的根本原因。只有我才知道，它對於柔弱的心靈有多大的傷害。前不久，看到在家鄉教初中的一位朋友，寫了一篇文章，談自己奉命帶著學生去參加宣判大會的複雜感受：在那次大會上，一位年僅十九歲的、只不過盜竊作案十九起、金額不過數萬元人民幣，沒有欠下任何人命的罪犯，竟然被我們的國家機器，當著那麼多充當看客的初中生、甚至小學生的面綁赴刑場，執行槍決！我記得，我讀那篇文章時流下了悲憫的眼淚。我為那個被惡法所虐殺的孩子哭泣，也為那些不得不參加極不人道、極不文明的所謂「公審公判」大會的孩子們哭泣。我知道，他們遠未成熟的心靈裡，有幾顆子彈從此掠過，引起靈魂深處久久難平的驚悸與恐懼。我固然愛我的國家，但絕不愛它為世所病的那堪稱殘酷的一部份，這其中就包括了將無數非暴力犯罪的人，如貪污分子、盜竊犯、以及其他並未侵犯生命權的財產犯罪者處以極刑的傳統和慣性。

後來，多虧了隊裡領導還算處事公平，沒有強逼我們家代人還債。但是，區區七十元人民幣，現在，在舊金山，如果換算成美金，連一小時的法定最低時薪都達不到，當年卻險些逼出一條人命。這是我童年時上過的深刻一課，讓我知道了什麼叫「貧困」，儘管每篇作文上，我們仍然習慣於用這樣的句子開頭：我們從小過著幸福的生活。

元國爹早就失去了往昔農協主席的地位。常年打鐵，他的背駝得厲害，一邊幫著培墳，一邊咳嗽。我小時候，記得有一次，村裡有一戶人家打棺材（鄉民們為避諱，常稱之為「壽材」），他曾經為了和別人賭一包雜糖，躺進剛剛打好的棺材裡，和他打賭的另幾個木匠，趕緊將棺材蓋住，將他憋了老半天。他爬出來時，臉憋得通紅，還哈哈地笑，當時，我差點忘了他就是幾年前險些逼死我爺爺的那個鐵匠。

8

我帶著兒子回到美國，生活又回到了平常與寧靜之中。兒子偶爾會想起他在老家村子裡見過的那位奄奄一息的老爺爺。他會催我打電話回去，問候老爺爺，寄點錢給他，希望他好起來。面對孩子的善良，想起他在家鄉賓館長達四十分鐘的痛哭，我實在不忍心告訴他：老爺爺已經埋在地下好幾個月了。

叔祖在留給我的那份家史中，在談到自己的後事時，是這樣寫的：

「至於我自己，只有一句話：人死燈滅。」

我承認，在我二十多年的寫作生涯中，我還從來沒有寫出過如此形象、生動、如此具有情感張力、如此令人悲哀難言的句子。

人死，燈滅。無邊無際的黑暗籠罩著他去的那個世界。

前幾天，打電話給母親，問起村裡的情況。母親猶豫了片刻，告訴了我兩條壞消息：

前些天，元國爹死了，是喝農藥死的。他得了肺癌，在深圳打工的小兒子趕回來，照顧了兩天，又要趕回深圳去了。一位愛開玩笑的村民對元國爹說：「我看你趁你兩個兒子都在家，喝藥死了算啦，何必拖半年一年，那時，兒子回來給你送葬，不又得掏路費？」

當天晚上，元國爹果然喝了農藥。小兒子那天一早上路，往深圳方向趕，在五里外的鄉場上，被村裡報凶信的村民騎摩托車追上了。省下了兒子的路費，元國爹該瞑目了。

第二條壞消息，母親猶豫得更久，終於在越洋電話那端，講給了我聽：我們村首富程順道的二兒子，也就是前文中所述替我叔祖挖墓穴的那位「大金平」，診斷出患了胃癌，醫院打開他的肚子後，又給縫上，現在已經拖回家來，說是過不了今年的年關。母親帶著哭聲說：「村裡就數這孩子掙錢掙得苦，又是種地，又是開拖拉機跑運輸，還幫人理髮，好不容易攢點錢，現在，再多的錢也救不了他的命了。四十歲都不到，他的爹媽怎麼想得過喲！」

我在電話這頭，有什麼話可說呢？我們那個村子，近年來日漸衰落，像是受了惡咒一樣，死於非命的、死於絕症的，越來越多了，而在短短的十多年前，這村子裡曾經出過十多個大學生，如今，再也沒有人指望考上大學了。

這個程順道，靠開家庭雜貨店、販賣化肥、農藥，日子比其他村民好過些，錢卻摳得格外緊。他家在村裡人緣不佳，與我們家的關係也不好，他甚至還毆打過我的母親。母親在電話那頭說：「我前天聽到這個消息，難過得一夜沒睡好。我明天讓你二弟回一趟村裡，看望一下元國爹的愛人，還有大金平，每人給五十塊錢，表示一下心意。我們搬進了城，可老屋還在村裡，還是村裡人呢！」對母親的決定，我感到欣慰。

母親在電話裡說，幾十年前原隊長修的地道，通到我家的老屋下面，現在，已經下陷，我一直住到十八歲出門遠行的那間臥室，傾斜得嚇人，怕是馬上要倒塌了，問我是不是將它拆除。我吩咐母親，趕緊請鄉親們幫忙拆掉，免得垮塌時傷著了人。

放下電話，我悵然地在電話機旁發呆。在鄉親們日漸凋零、老屋也日漸傾頹的那個小村裡，我是永不回頭的背叛者、土地的逆子；而在我尚不擁有任何物業與土地的美國，回望我的父輩與祖輩，乃至祖祖輩輩生生死死的土地，我默然流出的，只能是一行鹹鹹的眼淚。

第二輯

吾妻吾子

太陽出世

一個男人徘徊在產房的門前，另一個男人坐立不安，第三個男人在長椅的另一端不停地抽煙。在清晨的薄霧裡，這裡人影幢幢，彷彿一個暗藏的、被禁止的集貿市場。男人們聚集在這裡，等待自己的孩子出生。這一共同目標把他們暫時聯繫在一起。他們有時也互相遞一支煙，簡短地交談幾句，話題自然跟分娩有關，而他們的妻子，此刻正在產房裡忍受陣痛的煎熬。

我置身在他們中間，誰也無法把我和這一群男人區別開來。我甚至比其他人隱藏得更深。我羞於談論那些涉及到女人隱私和尊嚴的話題。產房內，婦女姐妹們痛苦的呻吟一陣緊似一陣地傳來。作為一個整體，是她們，而不是我們，承擔了使人類繁衍和壯大的職責，並為此作出犧牲。我感到分娩是一件莊嚴、神聖的事情，它使我們在嬰兒脫穎而出的那一瞬，親眼看見了活生生的上帝。所以，此刻我不能不保持沉默。我一開口，就會褻瀆那乘著曙光自天而降的神靈。

深秋的寒意，在破曉時分顯得愈加濃重，城市已經漸漸醒來。我從書架上隨意取下，用以消磨艱難時光的一本厚書，在我的懷中已被捂熱。這時，我才在昏黃的路燈下看清了書名，是我喜愛的作家狄更斯的《大衛・科波菲爾》。在我眾多的藏書中（這是我目前為數不多的幾項財產之一），我毫不選擇地取下並揣入懷中的為什麼是這一本書，而不是別的書？這是我漂泊於人生之旅，被困於一家車站時，好心的車站主人贈送給我的。這本帶有狄更斯自傳性質的長篇小說，主人公童年、少年時代的艱辛經歷曾經深深地感動過我。那時我想，小科波菲爾，那個柔弱、敏感、聰穎而善良的英國少年，和我這個一心夢想成為作家的中國鄉下孩子，是多麼地相似！我好像透過文字，看到了未來的歲月，而無需翻動書頁。這本溫暖過我孤寂心靈的厚書，在吸收了我的體溫之後逐漸變熱，變成一種非物質的東西。那些十九世紀的人物：破落的紳士、粗魯的水手、窮牧師、嘮叨的老婆子，那些終於淪落到社會底層的人，此刻都在二十世紀最後的晨光中復活。他們宛如一群隱身人，在我們中間卻不為大多數人所覺察，正靜靜地、屏息了呼吸，等待著，等待著，那一個光輝燦爛的時刻。

我必須對我用來載運孕婦的交通工具加以描繪。這種用自行車改裝的輕便三輪車適用於家庭，被官方稱為「母子車」。這多少體現了社會對於婦女和兒童的優待。也許發明者是成都人吧。在我居住的這座城市裡，這樣的三輪車與日俱增。儘管不被允許，不少人仍用它來載客謀生。擁有這樣的一輛車，無疑於公開暴露自己的平民身份。許多人需要維護這樣那樣的自尊，而我不必。我最多不過是一個詩人。當我把這輛破舊的三輪車顯眼地停在一群瀟灑漂亮的外國跑車中間時，我覺得我，正像我妻子贊揚的那樣，是一個駱駝祥子。在這個世界上，我確實是多麼地憨厚和樸實啊！一想到這點我就默默地笑了。我就像舊時北平車行裡的夥計一樣，無怨無艾地守候在店鋪的門外，等候女主人帶著購置的衣物從櫃檯那邊出來。所不同的是，這回我等待的，是一個陌生的孩子，穿過子宮和產房的雙重大門，回到我的家中。

從什麼時候開始，我，一個沉默無言，生活在內心世界的青年，悄悄站在掛滿嬰兒衣的兒童商店門前？從什麼時候開始，我秘密地搜集那些關於生育、哺育和教育的書籍，並且把其中的教條加以背誦，彷彿一個小學生即將迎接人生的第一次考試？從什麼時候開始，我與年輕父母的交談中出現了「奶瓶、尿布」這樣的專用名詞，而詩歌——我終身迷戀的藝術，竟然顯得有點多餘，或者無足輕重？

那些對妻子粗暴甚至殘暴的男人，我不屑於與他們為伍。在我看來，他們之所以如此，大多因為他們的妻子分娩時，他們不曾心懷虔誠和感恩，通宵守候在產房的門前。即使他們勉強呆在那裡，也僅僅只是盼望一個過程的早點完結。他們沒有從女性毫無掩飾的痛苦呻吟中，辨析上帝的聲音。上帝從不創造純粹的幸福和痛苦。他總是將它們混雜在一起，一同賜給人類，分娩就是一個明證。只有那些懂得愛的人，才能從痛苦中篩選出幸福，正如從沙裡淘洗出金子。借漸漸透亮的天色，我觀察了那些和我共同守候在產房門前的男人。他們和我一樣，相貌平平，毫無高貴氣質，一看就知屬於引車賣漿者流（不過，我賣的不是豆漿），但我從他們臉上，看到了一個好男人必須具備的兩種美德：善良和溫順。

在這個時刻，感受一座大都市從睡眠裡醒來，是一種新鮮的經歷。我想向迎面走來的那些早起的人打招呼，向那些咬著饅頭去上早班的工人，向那些拎著菜籃子到市場去的老太太，向那些清掃大街的戴著口罩的婦女，向那些和我一樣乾乾淨淨地用雙手和大腦謀生的人民，道一聲早安，並把我即將成為父親的這個喜悅告訴他們。這個清晨，使我想起了艾青的名詩〈黎明的通知〉。對於世界和人類來說，一個普通人家的嬰兒出世當然微不足道，但對於我來說，卻是我一生中最重要的事件。我的一生將被孩子發出第一聲啼哭的那一個時刻劃分。從此以後，我將部分地改變我生活的重心和目的，而變得對世界更負有責任。

曙色升上了我的額頂。我的臉，和其他人的臉，此刻一起變得明朗。醫院樓頂巨大的、慈愛的十字，將鮮艷的紅色顯示出來。

我站在唯一的一扇敞開的窗前。痛苦似乎已經過去，我的妻子平靜地躺著，如同接受洗禮之後聖潔的嬰兒，而真正的嬰兒則在護士手中。我注意到，她將嬰兒倒提著，而不是抱著，這一印象大大加深了我對於人生的理解和對生命的感悟。

太陽就在此刻橫空出世。它安撫了大地的創痛，也照亮了我的心。

寫給襁褓中的兒子

1

我動筆的此刻，是一個特殊的日子。這一天，中國內地的人口突破了十一億。推窗而望，天空陰晦潮濕彷彿幾千年根本不曾晴朗過。窗外，一雄一雌兩株廝守的古老銀杏，又在四月吐出了嫩綠的葉子。這個經歷了第四紀冰川的古老種族，在地球逐年變熱的今天，會不會因為不能抗拒酷熱而歸於滅絕呢？在我那間幾乎不能稱之為「家」的蝸牛殼般的小屋裡，我的妻子仍然年輕、美麗，像所有二十五歲的少婦一樣，而年僅五個月的你，吃飽了牛奶之後，吮著自己細嫩的小手漸漸睡熟了。

讓我趁此時機，心平氣和地寫下那些尚未寫下的文字。

在這一點上，我打算向你學習。除非饑餓，你絕不哭鬧。你最高興的，是我抱著你，在陽光燦爛的春日裡到街上閑走。你轉動眼珠，打量著世界，說出想說的話。你還不會講漢語，但你註定了將在漢語中間度過一生。我發現你眸子裡有一種驚人的深沉和一種更驚人的寧靜，彷彿一生下來，就洞悉了人類全部的苦難，和世界的所有秘密。

我知道，屬於氣象學範疇的、絕對意義上的晴天，幾乎屈指可數而又所剩無多。所以，「孔子皆弦歌之」的《詩經》，我們普通中國人所能記誦的，除了「關關雎鳩，在河之洲」外，印象最深的當屬「風雨如晦，雞鳴不已」了。

風雨如晦，雞鳴不已。

二十世紀的最後一夜，我們聚首在燭光下，將照耀、炙烤了人類一個世紀的電燈泡暫時熄掉，靜候新世紀的曙光映上我們的窗櫺。那時候，兒子，你將對我說些什麼？

兒子，你可以蔑視一切，但不要蔑視漢語；你應該通曉世界上所有的語言，但你首先要使你的漢語爐火純青。生在這片土地上，你必須和這種奇特而複雜的語言相依為命。

2

你出生在成都。這座城市曾是富庶的蜀都，以典雅的蜀綉和極世俗化的小吃而馳名世界。盆地四周多山，而成都附近卻沃野千里，幾乎從來沒有發生過饑饉。當然，這座城市天氣的溫潤與陰晦也是極負盛名的。

你碰巧出生在一個陽光燦爛的日子裡。在你發出第一聲啼哭的時候，你就已經沐浴在上帝的恩澤之中了。我們的眼睛，也頃刻之間被陽光照亮，充滿了聖潔的淚水。

誰也不知道自己是怎樣出生的。對於生或者死，我們都只有藉助旁觀者的眼睛，才得以一窺其間的堂奧。通往生的道路只有一條，藉助刀子人類又找到了另一條。這種冒犯上帝的舉動在今天已經得到了上帝的默許。而通往死的道路呢？一個法國人早已寫出了風靡世界的奇書《自殺指南》，試圖使死亡成為一門不僅需要勇氣也需要智慧的藝術。幸虧我沒有讀過這本書。

我是你生命的創造者之一。我想知道，為什麼是你，而不是別的孩子成為我的兒子。其實，你，或者別的孩子成為我的兒子，又有什麼差別呢？當你從那間溫暖的囚室裡獲釋，開始用口腔而不是臍帶呼吸這日益污染的大氣時，我們彼此完全是陌生人。我努力想記住你小小的嘴唇、小小的臉孔，而你迷茫的眼睛所流露出的對我的懷疑，並不比我對你的不信任更少。即使今天，我常常想，假若在某一個廣場上，鋪著一張跟廣場同樣大小的涼席，數萬名赤身露體的五個月的男嬰像春天的蠶兒爬滿了桑葉，我很擔心我是否能夠把你認出來。而在你看來，所有的大人都長著一張同樣呆滯、麻木、冷漠而平庸的臉，你又如何能把你的父親和別的男人區別開來？

你出生的時候，地球已人滿為患，就像在一座容量有限的電影院裡，空著的座位早已被先到者占據。魯濱遜漂泊過的荒島、艾略特詛咒過的荒原，如今早已布滿了人的足跡，堆滿人類丟棄的各種各樣的垃圾。為了全民族的生存和發展，一項嚴格的人口政策使你喪失了有一個妹妹或者弟弟的可能。對於這種巨大的遺憾，你要終生表示理解。你將一個人默默地度過童年。這是你對世界的最初認識。

3

你降臨人世，把永遠的枷鎖和重負強加給我們。我們曾經萌動過念頭，打算除掉你，就像暗算一個未曾見面的潛在敵人。你今後得知了這一點，會感到後悔，因些格外珍惜自己的生命，去創造美好的人生。

類似於一場遊戲，在你擁有兩個月生命的某天，你的母親已躺在手術室裡，消過毒的器械在鐵盤中撞擊出金屬的聲音。聽到過這種聲音的人都會終生難忘。我已繳了八元的手術費。這是一條小生命的價格。

誰知，醫生勸我們把你留下來。不知有何憑據，她認為你是二十一世紀的一個天才，一個不可缺少的人物。

我們當然希望如此。但即使你是二十一世紀的一個傻瓜，我們也絕無悔意。既然來到這個世界上，總得爭一席之地。

當我們抱著你，提著禮品去感謝這位醫生時，才知道你的這位救命恩人，已調到很遠很遠的地方去了。以後你會知道，在茫茫的人海裡，有一個人曾因為一句話救過你的命，而說出這句至關重要的話的人，她戴著乳膠手套的手卻摘除過多少生命的胚芽！世界就是這樣不可思議地充滿著矛盾，而能夠出生、並且健康地長大成人，就是天賜的幸運。

兒子，活著，從生到死，實在不是一件容易的事情。珍惜生命，就是珍惜活著的權利。這是一種多麼容易被剝奪的、脆弱的東西啊！

冬日踏青

兒子是初冬時節出生的。從醫院把這個小陌生人抱回家那天，太陽又熱又亮，簡直讓人覺得有點過份。剛進家門，我就慫恿妻子說：「我們抱著孩子到北郊火車站附近的田野走走吧，讓兒子呼吸一下大自然和泥土的氣息，紀念我們的愛情。」那兒有一條河，是我和妻子初次約會，一起游泳、野炊和接吻的地方。在我們的心目中，那三月油菜花盛開的田野就是伊甸園、愛情的聖地。

我荒唐的提議當然遭到了妻子的無情否決。她挖苦我說：「我們的兒子可是生下來就揣的成都戶口，吃的是商品糧。」我是農民出身，自然和一直在城裡長大的她有所不同。以前我們在郊外遊玩的時候，我往往喜歡提著皮鞋，光著腳板在鄉間粗糙的小路上行走，她就很看不慣，說我上身穿西裝繫領帶，下身捲褲管光腳丫子，不像個樣子。只有我的腳板知道，這樣走是很舒服的，沾一點地氣也會有益於健康。

沒想到這點小小的分歧會帶來一種難以消解的隔膜。在我們住的大雜院裡，有一座廢棄的花壇，大約有四平方米左右。我看著沒人種花，便靈機一動，種上了葱、蒜，撒上了白菜籽。妻子在廚房炒菜，缺一點作料，我就奉命「蹬蹬」地跑下樓，在這塊「都市自留地」裡拔幾顆葱、蒜苗，再「蹬蹬」地跑上樓去。院子裡的人都覺得我有點「神」。閑話傳到妻子耳中，她不顧這塊菜地給她的諸多方便，竟一氣之下把菜拔了個精光。她缺少和土地相依為命、從土裡刨飯吃的生活經歷，自然無法理解這一小塊菜地帶給我的心境的平和與安寧。

轉眼孩子滿了一歲，已經到處亂走了，可還從來沒看見過田野。我想起了一年前的提議。這個小傢夥，在鄉間土路上是否跟在水泥路面上一樣，走得穩穩當當呢？這次，妻子沒有行使否決權。不過她說，三月油菜花開的時候，帶孩子到郊外踏青、放風箏，倒是不錯，可現在是初冬時節，風冷，天也陰。

三月份太遙遠了，我等不及。終於有一個星期天，成都出太陽了，天藍得跟緞子似的。我一早起來就把自行車改裝成「三輪車」，妻子抱著兒子，一家三口驅車前進。妻子每逢坐這種「包車」時，總是親昵地喊我「祥子」，誇我憨厚可愛，活像老舍筆下那個拉黃包車的北京農家小夥。

隔著幾條鐵軌，北郊曠野裸露的土地一望無垠地展現在眼前。這時正巧有一列客車駛出車站，是從成都到武昌的直達快車。我特意觀察兒子的表情。這個小傢夥顯然被這長長的高聲吼叫的龐然大物嚇住了，恐懼中含有幾分好奇。我告訴他，長大後坐上這趟列車，一天一夜之後就會到達一個叫荊門的城市，在那裡的鄉間他會找到許多同姓的長輩、他的爺爺奶奶叔叔姑姑。那是也是平原，叫江漢平原，像川西平原一樣肥沃，比川西平原還要寬廣。我對兒子講這些痴話，一向是妻子挖苦的對象。她說：「你這個窮詩人，又在冒酸水了，口口聲聲鄉下鄉下，這樣留戀鄉下，當初考大學，在城裡成家立業幹啥？」我一時無話可說。她從小就不曾離開過城市，自然也沒有故鄉，而我則不然。我覺得土地值得信賴，土屋給人溫情，這不僅歸因於一段生命歷程，更是一種人生感悟。

冬日的陽光照著菜畦和麥苗，遠處的村落一片寧靜。從房子來看，這城郊的農民大多比較富裕。看著那一樓一底前後兩院的小樓房，我心想，我在城裡拿工資吃飯，有時寫點文章，掙點微薄的稿費，恐怕窮盡一生也蓋不起這樣的一棟房子吧？人有華屋而我居陋室，羨慕自然是情理之中的。

剛滿一歲的兒子第一次看見靜悄悄的田野，看見碧綠的蔬菜和翻耕過的土壤，感到十分新奇。平時，保姆抱著他上街轉悠，他看慣了車輛喧囂、行人如蟻，視線所及都是牆壁，想不到世界上還有這樣空闊的去處。他高興地「呀呀」叫著，從媽媽懷裡掙脫出來，邁開小腳歪歪斜斜地在鄉間小路上走起來。

太陽烤得大地暖烘烘的。在田裡給油菜澆水的一對老年夫婦脫掉了棉襖，只穿棉背心幹活。我的眼睛一亮，看見前面的土坑裡，一個看上去和我兒子差不多大小的男孩，正在土裡翻滾，又小又舊的棉襖蒙上了黑土；小臉蛋很髒，也沾著土。

這大概就是我童年的形象。這種常見的田園景象，使我感到異常的激動。那兩位老夫婦，看來是這個小男孩的爺爺奶奶。我對這兩位勞作的老人，產生了由衷的親切感，想想自己，心中不免有幾分愴然：爺爺奶奶已安息黃土，我只能靠自己的工資和節儉，來把兒子養大成人了。但我們除了數千冊藏書和兩顆孤潔清高的心之外，別無財產。我無法留給孩子一小片土地，種植那些粗糙的糧食如南瓜、紅薯、土豆和玉米。他對這些農作物的知識，將有賴於我從農貿市場買回來的蔬菜，而要認識更多的植物，我只有帶他到植物園去了。

妻子一個人跑到我們初次接吻的樹下，去辨認當年留下的刻痕。我曾在那兒的一棵大樹上，用小刀把我倆的名字刻在了一起。妻在那邊高興地喊我，說我倆的名字，筆畫已經分不清你我了。我想，樹生長的力量，但是大地本身的力量，這是不可戰勝的生命的活力。儘管不同的家庭背景、個人經歷和性格氣質，在我們心裡也留下過刻痕，但我們不是已經血肉相融，在兒子的身上合二為一了嗎？

趁妻子不在身邊，我抱起兒子，把他也丟進了這個大土坑。我想懷著親近感，向這一對老年夫婦打個招呼，可他們只顧低頭澆菜。我蹲在坑沿，開心地看著這兩個小男子漢，覺得他們應該是兄弟，只不過一個黑一點，穿得舊一點，另一個白一些，穿得像個洋娃娃，但都是同樣的健康和可愛。

妻子興衝衝跑回來，看見這番景象可氣壞了。她平生最不能容忍的就是身上沾著土。一看兒子的新衣服像在土裡揉過的，就罵起我來，責怪我把兒子弄得像個小「鄉巴佬」。「鄉巴佬」是她對我的愛稱。她曾多次隨我千里迢迢回老家看望鄉下的父母，對那裡淳樸的民風民情很有好感，並不是真的鄙夷鄉下人，但對一個真正的鄉下孩子這樣說，他的爺爺奶奶又在附近，聽見了是要不悅的。

果然，那個老婦抬起頭來，遠遠地瞪了我妻子一眼，又低頭澆菜了。我們抱起孩子，離開了這個土坑，我隱隱有些不快。妻子從身上的書包裡掏出一小袋兒童餅乾，放在了土坑裡。這個小小的動作，馬上使我的不快煙消雲散了。妻子這人，天底下的娃娃都喜歡，可就是容不得孩子髒。在她看來，孩子們如果能在無菌、絕塵的狀態下長大，那就太好了。不過，我一句話就把她噎住了。我說：「無菌、絕塵，那是實驗室；真實的生活和人生，就是既有泥土，也有細菌。」

走過一條田埂，前面出現了一大片綠油油的蘿蔔。根據我從農村得來的經驗，立冬以後的蘿蔔，往往汁水多，咬一口脆生、微甜。算起來，有好幾年沒吃過剛從地裡拔起來的蘿蔔了。記得上中學時，學魯迅的《阿Q正傳》，老師講到阿Q爬牆去偷尼姑庵的蘿蔔，惹得班上哄堂大笑。在饑餓的年代裡，農家的孩子有誰不曾偷拔過地裡的蘿蔔呢？

現在吃起生蘿蔔來，那就大不相同，甚至有了一種野趣。我隨手拔出一根來，把蘿蔔纓一掐，順手丟進了田邊的小溪。蘿蔔果然是好品種，紅紅的皮膚、勻勻的身子，連個斑點也沒有。我用水洗了洗，又用小刀削了皮，咬一口，嘿，說得誇張一點，跟吃梨的滋味差不多。

我這樣一說，妻子也忍不住要嚐一口。她一向堅決反對生吃瓜果的，如果可以的話，她恨不得連蘋果和梨都要削了皮煮著吃。我當然不會忘了兒子。他已長了八顆牙齒，該讓他嚐嚐蘿蔔是什麼滋味了。兒子啃了一小口，皺了一下眉頭，便毫不客氣地吐了出來。看來，孩子吃慣了蘋果，一時還難以接受蘿蔔，再說，蘿蔔畢竟還有一點辣味。

想不到的事情發生了。那位一直沒有說話的農婦，放下舀水的長把木瓢，走到水溝邊，把我丟棄的蘿蔔纓撿了起來，一句話不說，又走回去幹活了。我和妻子面面相覷，一臉尷尬。我心裡有些惱怒，剛才的親切感蕩然無存。我想，大概城郊的農民，也染上了市民氣息，富裕之後，更加失去了往昔農民的淳樸厚道。在我的家鄉，一個過路的城裡人，向村民討一根生黃瓜充饑，討一瓢水解渴，這對主人是一件十分高興的事情。走遍千里，還是故鄉人最親。我正想發出這一聲古老的感嘆，轉念一想，別人在田裡脫了棉襖幹活，自己一家衣冠楚楚在田埂上遊玩，何況還連招呼都不打，就偷拔了別人的一根蘿蔔，主人家自然沒有好感。作為農民，他們不會理解一個太陽高懸的星期天和一片開闊視野的土地，對我們這些離開農村，到城裡當小職員謀生的人們有多麼重要。

正在不悅之時，那位老農走到另一塊菜地裡，拔了六七個白蘿蔔，把蘿蔔纓掐下，又抱到水溝邊洗淨，走過來放到我自行車車筐裡。他說：「這才是最好的蘿蔔，入口化渣，甜得很，一點辣味也沒有，孩子吃最好，可以順氣，打嗝味兒也不重。」老者望著我。我太熟悉那農民特有的眼神了：渾濁、謙和而卑微，然而善良得令人心顫。剛剛失掉的親切感，又重新回到我心中。

我們道過謝，帶著蘿蔔——這次冬天踏青的收穫物，一家三口坐上「三輪車」向城裡進發。我們跨過鐵道之前，又回頭　望了一會兒。兩位老人正好收工。男的挑著空水桶，女的到土坑邊抱起了孫兒。遠遠地，我和妻子都看見兩位老人在向我們招手——他們發現了那一小袋兒童餅乾。

獨對無言

兒子對我是信賴的，因為在所有的男人中，我最愛他。他甚至對我懷著一種與生俱來的敬佩和崇拜。我每天早晨把他送到幼兒園去，晚上再把他接回來。而「送」與「接」之間這一段我不在他身邊的時間，他明白我上班去了。不上班他便沒有牛奶吃，也不可能買玩具：手槍和汽車。世界就是這樣通俗易懂。「可是，星期天不上班，我怎麼有牛奶吃呢？」對於孩子的幼稚疑問，我通常作如下的解釋：「因為你出生在一個美好的國家，在這裡只要你勤奮工作六天，就足以掙下第七天的飯錢。」孩子很惶惑，他還不到三歲，這個世界在更多的時候使他感到難以理解。

隨著時光流轉，孩子漸明世事，我作為孩子心目中最早崇拜的偶像，會不可避免地漸漸剝落，最終委頓成泥。我盼望這一天早日來臨，因為只有在孩子心目中恢復我的本原和真我，我們之間才能建立起一種終生不渝的、類似於友情的父子關係。我不想當什麼嚴父慈父，不是整日板著臉，教訓孩子如喝斥奴婢，就是凡事裝笑臉，像一尊慈悲的彌勒佛。我知道，這兩種類型的父親，在我們的周圍隨處可見。

他最早的困惑是從上幼兒園開始的。在我每天送他上幼兒園的路上，都要經過另一所幼兒園。如果不是隔著幾家舖面的話，這所幼兒園可以說就在我家的隔壁。這裡有寬敞的院落，有假山，有花園，一切娛樂設施應有盡有。有一次我在理髮店裡聽到該幼兒園的一位老師說，她教的幼兒中已有幾位當了處長，另一位年齡稍大些的老師並不示弱，因為他教的幼兒中已有一位當了副廳長。我無法不對這樣桃李滿天下的幼兒園滿懷敬意，在每天送孩子上幼兒園的途中，我都要朝這所省直機關的幼兒園大門內張望。我工作的單位是省報，很重要的省直機關，我的孩子為什麼不能在這所全市最模範的幼兒園上學，接受人生最初的雨露呢？我們單位辦的簡陋的幼兒園，說得形象一點，簡直像一個貓窩，不停地從這一個角落，搬到另一個角落。幼兒園的大門，以前臨著廁所，附近就是焚化油墨廢紙的池子，孩子們常常被薰得亂叫；現在的幼兒園則臨著一條窄街，稍有疏忽，幼兒就有可能躥上大街。幼兒園的老師，與其說是老師，不如說是阿姨。有一次我帶孩子經過那所幼兒園時，孩子執意要進去，竟然哭鬧起來，引起幾個人圍觀。我窘迫地強行抱走了孩子，任他大哭不只。他不能理解為什麼家門口就有幼兒園，他卻只能走更遠的路，去上一所更狹小的、出門就是大街的幼兒園。有不少同事，通過各種方法把自己的子女送進了好的、或更好的幼兒園，使孩子們從三歲開始，就增加人生競爭的砝碼，我卻死心蹋地讓孩子呆在這所他應該呆著的幼兒園裡。有一次單位分配了一個名額，幾十個適齡孩子中，有一個能幸運地進那所幼兒園。有關領導讓有關同志抓鬮。我放棄了這個權利，辦公室的李先生抓了，但不走運。他和我一樣，枉自當了據說應該八面來風迎刃而解的記者，傾其所有不過是清高與清貧罷了。

和我們同住一樓的，是一對年輕夫妻，男的好像是一個工人，女的是幹什麼的則不清楚。他們已有了孩子，不過還在女人的腹中。也許是因為這個原因，他們對我的孩子便很友善，孩子常常跑到他們布置得很整潔的家中，出來時手心裡總是捏著一塊糖。對此我心懷感激，打算等他們的孩子出生後跑到我家串門時，我要一次給孩子兩塊糖果。他們和我，卻從來不曾交談過，連彼此寒暄天氣也不曾有過。不過，這座城市的天氣也實在沒有什麼好寒暄的。我是在農村長大的，我認識周圍村子裡數以千計的婦孺，知道任何一個人的綽號和乳名。如今我卻叫不出和我住同一層樓、天天抬頭不見低頭見的鄰居的名字，既沒有交往的願望和沒有交談的話題。生活真會變得如此隔膜與陌生嗎？這種困惑在我的心中如陰霾籠罩，揮之不去，直到有一天，那對夫婦家裡傳來桌椅的撞擊聲、器皿碎裂的聲音、急促的廝打聲和女人錐心的哭泣。我的心在劇烈地跳動，血直往上湧。憑常識我知道，這是那個青年工人在毆打自己懷孕已久的妻子，不是出於無知，就是出於殘忍。

我的孩子和其他孩子一樣，湧到他們家門口看熱鬧，很快又大哭著跑回來。他肯定看到了那個常常給他糖吃的阿姨，此刻披散著頭髮、彎著腰、儘量護著腹部免遭拳腳。生活從來就不是，而且永遠也不是糖的甜蜜。更多的時候它是眼淚和屈辱。孩子淚汪汪地拉著我的手。他肯定相信我能保護那個肚子裡懷著小寶寶的阿姨。那一家的門已被關上了，室裡的物體撞擊聲和哭聲仍然傳來。我感到從未有過的怯懦和絕望，因為就在我身邊，發生了文明社會不能容忍的行為，我卻對此無能為力。我希望孩子能原諒我。在那個懷孕的女人遭到毆打時，我為全世界的男人感到恥辱，為全世界的女人感到憤怒，但作為一個早已被城市潛移默化的小知識分子市民，我卻只能裝著不曾聽見。

春節快要到了，家家都醃起了臘肉掛起了香腸。樓下有一家，在門前的籠子裡還關起了兩隻白兔。自從聽了《大灰狼與小白兔》的故事後，孩子就喜歡上了聰明機靈、心地善良的小白兔，並以小白兔自居，而我則成了父子嬉逐中的大灰狼。孩子常常獨自從三樓上跑下來，拿著家裡的菜葉來餵這一對兔子。我知道孩子的心思，便冒昧地敲開了這家的門，向主人說明來意——我想買下這兩隻白兔，價錢可以稍高一點。主人雖然喜歡我的孩子，但他們並不想在春節的家宴上減少一盤薰兔肉。未能成交，空手而歸，我再次讓孩子感受到了失望的滋味。第二天我抱著孩子上街遛躂時，那家門前的籠裡只剩下了幾片啃剩的菜葉。那兩隻白兔被吊著脖子，掛在院內的鐵絲上，在幾塊臘肉和幾串香腸之間。被剝了皮的兔子看上去就像一對赤身裸體懸樑殉情的男女。孩子盯著早已成為年貨的兔子，神色黯然，我也說不出話來。

那一天的情景我記得很清楚，因為那一天世界上發生了大事——海灣戰爭終於爆發。對於這場戰爭，我既不能加以阻止，也無法參與其中，只是一個觀火的看客，不僅隔著岸，也隔著沙漠和高山。

燭光祈禱——寫給貝諾

1

蛋糕上的小蠟燭，已經插上了三根：一根紅，一根黃，一根藍——三原色。據說，世界的七色斑斕歸因於它們，生命和人生亦復如此。火柴也擺在了桌上，你纖小的手指劃燃了其中的一根。這是你一生中劃燃的第一根火柴，願這小小的火焰，溫暖你的一生。你笨拙地將三根蠟燭一一點燃，在白熾的日光燈下，燭焰的搖曳是如此的微弱，似乎一陣不規則的呼吸就足以將它們熄滅。孩子，保持信心，要相信燭光的力量。它甚至能夠穿透茫茫的黑夜到達天堂。現在，讓我們把燈熄掉，看看月色灑進庭院和窗櫺沒有。你會在爸爸媽媽的眼睛中，以及周圍所有凝望你的摯愛的眼睛中，看到一片綿延無盡的人生的火把，那是這小小蠟燭在眸子中的投影。

現在，面對這一片暖色和溫馨，你應該許下一個心願。這個心願不要太大，也不要太小。它最好跟你的年齡相適宜，並且，隨著年齡的增長而增大。

你已合掌在胸，純潔地閉上了眼睛。而此刻，我們，所有的人，全世界，都在為你祈禱。

2

你出生在一個並不平靜的年代。

動盪、戰亂、饑荒、難民、三K黨、黑手黨、海洛因、瘟疫、艾滋病、拐賣、綁架、轟炸、政變、暗殺與自殺……這些詞彙雜亂無章地堆積在一起，按照自身的邏輯排列組合，交替出現在電視的國際新聞中。那些遙遠地方發生的慘劇，幾乎跟你寧靜的搖籃和嬰兒車沒有關係。你沉酣無夢的睡眠彷彿給地球帶來了祝福和安寧。但當你醒來，睜開眼睛打量世界時，環繞著你童年時代的金色陽光開始變得炫目和晃動。大街上一下子擠滿了那麼多的人。人們行色匆匆，心事重重，目光顯得惶惑和迷亂，彷彿蘊含著一個世紀的痛苦。你騎坐在我的脖子上，對所有的人露出了微笑。你的微笑，減輕了父輩們心靈的重負。

你當然不是我唯一的孩子，儘管你是我的「獨生子」。我曾經寫過一首詩，其中有這樣幾句：「幾個小男孩、眾多的小姑娘/看上去更像我親生的孩子/也許我生來就是/他們的父親。」當我在車如猛獸的大街上，抱起一個迷失的孩子穿過斑馬線時，你竟揮起細嫩如酥的小手打這個孩子的臉蛋，而他的淚水馬上流了下來。我的眼睛也立刻為淚水所充盈。儘管麗日藍天，人們穿著入時、艷麗，生活的表像顯得那樣多彩如夢，我卻感到前所未有的絕望。

在你童真的、天使般的生命中，我第一次看見了「惡」的陰影。從此以後，你必須付出一生的努力來驅除它，就跟你的父親一樣。他一生中所有的奮鬥、求學與寫作，忍受屈辱與貧窮，不過是為了努力作一個好人。

3

你甚至出生在一個並不完整的國家裡。你有三個血緣關係疏遠的表兄表姐，生活在亞熱帶的島上。管理那座島和管理這片大陸的人們，曾經是朋友，但早已互為敵人。可堪慶幸的是，在你出生前大約十年，他們終於停止了互相隔海炮擊。

硝煙散盡後，失踪和失散的親戚們跨海而來，帶著美元、金戒和四十年的眼淚。他們成群結隊出現在大街上，在鄉村裡走動，東張西望，小心翼翼，在任何場合都避免談論國事，對每一個來探望的鄉鄰，哪怕是一個村長，也表現出十足的惶恐和戒備。最後他們卸下了鼓鼓囊囊的行李，帶著一些土特產：酒、或者別的東西，回到並非家園的那座島上。

他們走後你得到了他們饋贈的東西。三個孩子：文申、月申和介申，都把他們的衣物盡可能多地留給了你，還有拖鞋和玩具，以及親如兄弟的嬉戲的記憶。他們來到時，正值華東發生水災。在西安的一家飯店裡，剛放下行李，三個孩子就向設在門口的募捐台走去，捐出了身上十多元零用錢。第二天，他們的名字被毛筆抄寫在紅紙上，在數也數不清的大陸中國人的名字中間。當你每天拉著我的手，站在雜貨店門前時，你也許沒有想過，這個世界上還有許多孩子，他們的父親甚至沒有一枚硬幣；還有許多孩子，他們一生下來就不得不死去，因為饑餓，因為戰爭，因為疾病，因為種種種種人類製造的、或人類無法逃避的不幸。

你穿著臺灣表兄表姐的衣服度過生日，並非出於貧窮，並非接受施捨；僅僅為了愛，僅僅為了紀念。你牢牢記著他們的乳名：強強、嘎嘎和貝貝。當你長大成人，願你們成為一家人，親如兄弟。

即使不是如此，我也希望你們是在賽場上，而不是戰場上相遇。那曾經是整個民族的悲劇，幾代人的創傷。

4

你的童年也不完整。你沒有外婆，而你的外公住得很遠，並不常來看你；你的爺爺奶奶住得更遠，想抱一抱你，就必須付出數百元的代價。他們年老體弱，患著疾病，幾乎掙不到什麼錢，這種天倫之樂對於他們近於奢望。

但你母親的外婆卻依然健在，已經八十多歲高齡了，依然每天拄著拐杖去市場買菜，在簡陋的門前，掛起紅紅的辣椒串，使所有的泡菜罎子充實，利用門前巴掌大的空地，栽上了絲瓜和別的作物。老人甚至還種了一盆黃桷蘭，在夏秋之交的夜晚吐出幽幽的香氣。她曾經守護過幾代孩子的童年，現在，輪到守護你的甜夢。當你熟睡，額角上沁出細密的汗珠時，她就坐在床沿，揮動那把年代久遠的老蒲扇。你叫她「祖祖」，大概是「祖宗」的意思。在我的老家湖北荊門，那是另外一種稱呼。愛你的人是這樣多，這你知道。

在你過生日的今天，有人從美國和加拿大給你寄來了生日賀卡，上面用你完全陌生的英語，寫著一些美好的、祝福的話；有人從偏遠的貴州，給你發來了祝賀生日的電報；還有人從北京，給你寄來了新織的毛衣。這些人都沒有見過你，而在鄉下老家，一對貧困的農民會在這一天仰望西方，喃喃地說：「哦，今天是我孫兒的生日！」如果你在他們身邊，他們會抓一隻雞來為你宰殺，儘管你更加願意雞在禾場上奔跑。

蠟燭在蛋糕上靜靜地燃燒。這聖潔的火焰照亮了未來，溫暖著人類。現在，鼓起你小巧的嘴巴，一口氣吹滅這三根蠟燭。讓我們陷入暫時的黑暗裡。這樣我們就會更清楚地看到窗外的月色。讓我們一起唱：

Happy birthday to you!

沒有童年

孩子吵著要回荊門老家去看雪。路途遙遠尚不可怕，旅途的擁擠卻實在令人恐懼，所以，時令已進入深冬了，我還在遲疑著。真是天遂人願，今天，成都竟也紛紛揚揚，下了一場雪。

雪在成都，是極稀罕的寶貝，若干年才下薄薄的一場，彷彿是老天爺的格外恩賜。所以，下雪的日子，都被載入了成都的地方志裡。而在我的老家，雪實在是一種尋常不過的東西。有時候我想起童年時代冬天裡的諸多樂事，忍不住對兒子充滿了同情。

和雪一同降臨的，是孩子們的節日。那個爆米花的河南人總是在落雪的日子裡把笨重的、形同炸彈的鍋挑進村子。於是「嘭嘭」的聲音便傳得很遠。對於小孩子們來說，那漫天大雪中的一小爐炭火有多麼溫暖，儘管他們又黑又髒、綻了絮露了牙的老棉鞋裡，通常連襪子也沒有穿。更大的快樂是在瑞雪之後，在院子裡掃出一塊空地，灑上穀粒，逗引麻雀來上當受騙，這種遊戲魯迅先生小時候就曾玩過，傳到我們手中也並沒有多大的改變。如果連著下幾天幾夜的大雪，就可以糾集十幾個村童，手執竹竿去滿地裡攆野兔了。那時兔子已找不到食物，餓著肚子據說跑不了多遠，整個童年時代我們卻從來沒有逮到過任何一隻野兔，儘管時常可以看見它們灰褐色的身影在田坎間驟然騰起，箭也似地落荒而去，留下一串清晰的腳印，在雪地裡如同童話般美麗。

我覺得，一個沒有在雪地裡奔跑，跳躍，打滾，擲雪球，互相嬉戲的童年，該是多麼蒼白乏味。我甚至十分懷疑，如果人生最初的記憶裡沒有一場鋪天蓋地的大雪，那樣的童年是否可以被稱為童年。所以，當五歲的兒子伸出小手，捧起樹枝上微不足道的一點雪捏所謂雪人時，我的內心便湧出幾分無言的憐憫。我意識到，我的孩子也許並不真正擁有童年，其他的孩子也大致一樣。

在都市裡出生、都市裡長大的最大悲哀，便在於遠離了大自然。沒有一場雪降臨在童年，使孩子們在「人之初」就能感受到生命存在的美麗，與人生的寒意，這是一種無法彌補的缺憾。我的孩子從來不曾爬過樹，因為城裡的樹不是過粗，就是過細，同樣不適合孩子們的攀援，而且樹上也沒有鳥巢；他也從來不曾養過狗，和一條小狗建立起一種兄弟般的感情，一起玩耍，一同長大。他也不能在水渠邊，用泥巴築一座小小的水庫，更不能用紙折一隻小船，放在小溪裡順流而下。他對於鳥的知識僅限於鴿子，而且固執地把雞也列入了鳥類。

當我到幼兒園去接孩子時，我有一種奇妙的、荒謬的聯想。我覺得放學後的孩子們，就像放風時的小小的囚犯一樣。他們一出教室就擁向院子裡的玩具，貪婪地不肯離去。也有的孩子，一邊快步下樓，一邊高聲回答夥伴的呼喚：「我沒有時間玩，我媽媽要帶我去練琴。」一輛自行車轉眼之間就把童年馱到了一架鋼琴前。當我到少年宮，看見那裡練武的孩子們時，我就忍不住笑了起來。

在練武廳，只有稀稀落落二十多個兒童，父母卻來了四五十位。最基本的武術動作，譬如沖拳、擊掌、馬步，對這些幾代人都跟武術毫無瓜葛的父母來說，卻實在艱深難懂。戴眼睛的窮書生、穿狐皮的貴夫人，都在場外跟著教練指手劃腳，誰也不知道這裡開設的究竟是兒童班，還是成人班。有幾位淑女一時找不到紙，只好將動作要領寫在手板心裡。當孩子們帶著一身汗回到家裡，教英語的，或是美術的家庭教師，早已恭候多時了。

我本想在孩子上學之前，將他像一頭小牲畜那樣「敞放」幾年，不給過多的拘禁與約束，使他活潑好動的天性得以自由發展，為今後培養獨立的個性與健全的人格打下基礎。可我的想法卻與周圍的現實大相徑庭。我也無法給他一個完整的、真正意義上的童年，因為殘酷的生存競爭，事實上在孩子們呱呱墜地時，就已經拉開了序幕。廣告詞說得好：「千萬別錯過了起跑線。」

我真的擔心，當孩子長大成人，回想自己的童年時光，腦子裡會白茫茫一片。我更擔心的是，這些孩子們長大後會彼此類似，就像被輸入了同樣的電腦程序，或者乾脆就是一種被批量生產出來的社會軟件。

星條旗下〈畢業歌〉

1

當音樂響起來的時候，我的眼淚幾乎流下來了。

音樂是學生樂隊演奏的。在能容納一千多名觀眾的學校禮堂裡，坐滿了應邀前來觀禮的學生家長。他們全都穿著自己在最隆重的場合才肯穿的衣服，有些人還繫著領帶、戴著禮帽。有不少的父母，捧著剛剛從花店裡買來的大束鮮花，臉上滿溢出欣慰的笑容。在禮堂的入口處，一個頗富生意頭腦的白人女士，擺起了臨時的鮮花攤，只出售兩樣喜慶的物品：花束和彩色氣球。這些華人家長，有些或許是成功的生意人，更多的則是立足已穩或立足未穩的新移民——被舊金山老僑稱為「新鄉里」的打工者，從餐館抽油煙機的「嗡嗡」聲中，從衣廠縫紉機的「扎扎」聲中，暫時解脫出來，將一雙與音樂，尤其是與西方雄壯嘹亮的進行曲無緣的耳朵，交付給這撞擊靈魂的音樂。

禮堂前面的十幾排座位，全部空著。那是留給今天的主角——那些初中畢業生的。他們將從那裡登上舞臺，在掌聲、喧嘩、同學的口哨聲中，領過一張由校長簽名並親自頒發的畢業證（diploma）。

當音樂響起來的時候，禮堂裡的數百名家長，不約而同地，「嘩」地一聲齊刷刷站了起來，朝禮堂入口的方向張望。人人都將照相機、攝像機的鏡頭打開，對準兩條過道。音樂在繼續演奏，禮堂的大門打開了，徐徐走進了第一個畢業生。只見這個華裔少年，穿著青色的畢業禮袍，向夾道歡迎的觀眾——他的父母肯定隱藏其中，揮手致意，活像凱旋的軍人，或是獲勝的運動員。與小小少年的青色禮袍不同，緩慢魚貫而入的少女們，則穿著潔白的禮袍入場，像朵朵初夏綻開的白芙蓉。

我原本以為，這些畢業生會排著隊，一個緊挨著一個走進禮堂，誰知，他們的入場，竟然類似於明星的光臨：當一名學生走到了自己的座位附近時，第二名學生才徐徐步入禮堂，這樣，全場觀眾的目光，就只能停留在這個正走向畢業典禮、走向自己的前途和未來的學生身上。將全場觀眾的目光聚焦於一個孩子，毫無疑問，會使得每個走過禮堂過道的孩子，感受到這麼多目光聚焦所產生的能量，從而激發起自己內心巨大的潛能。家長們一邊不無驕傲、略含焦急地等著自己的孩子出場，一邊將自己毫不吝嗇的掌聲，送給別人的孩子——那是無盡的期盼和無窮的希望。在這個學生國籍包括數十個國家的極普通的美國初中，鼓勵每一個孩子成才、成功，就是鼓勵天下人的孩子成才、成功啊！

當學生們全部入座，畢業典禮的主持人，名叫 Lili Pham（範莉莉，譯音）的華裔女生，落落大方地走上講演台，用和美國白人沒有任何差別的純正英語，主持畢業典禮的第一個項目：展旗儀式。只見兩男一女三名全身戎裝的護旗兵（Color Guard），挺著一杆裹著的星條旗，步履整齊地從禮堂的入口處列隊進入，登上舞臺，將這面旗幟展示在舞臺的正中，並向旗幟敬禮。

自己也是畢業生的女主持人，大概是學生會之類組織的負責人。學校發給每位家長的、印刷精美的畢業典禮節目單上，印著她的身份：學生團體主席。歷時近兩個小時的畢業典禮，不見任何學區的、政府的官員，主席臺上就座的，只有十幾個脖子上掛著花環的優秀畢業生，以及校長、副校長等數位教職員工。

接著，這名畢業典禮主席高聲宣布：全體起立，背誦「宣誓詞」（Pledge of Allegiance）。這一段誓詞，是在美國任何隆重、莊嚴的場合，上至總統就職、下至民眾入籍，都必須宣讀的。隨著主席一聲令下，所有的來賓、學生都「霍」地一聲站起來，將左手放在自己的胸口，跟著這名華裔小女生，高聲背誦起下面這段誓詞來：

I pledge allegiance to the flag of the United States of America,
and the Republic for which it stands,
one nation under God, indivisible,
with liberty and justice for all.

翻譯成中文，就是：

我誓言忠於美國國旗，
以及它所代表的共和國，
上帝治下的國家，
不可分割，
人人均享自由與正義。

由於我和妻子並不是美國公民，所以，我們只是站起來，垂手肅立，卻並不需要像其他觀眾一樣，背誦這段誓詞。

在這莊嚴、肅穆的時刻，在雄壯的軍樂聲中，向美國國旗致敬的儀式結束，全體坐下，畢業典禮進入第三個程序。

當我落坐後，不知怎地，我的腦海裡竟然回閃出小時候在家鄉的禾場上看的故事片《奇襲》的鏡頭：志願軍的偵察小組趁著夜色，摸到了敵人的陣地前。隔著鐵絲網，有一名戰士朝地堡前的開闊地扔了一顆小石子，「咣當」一聲，正好打在一隻空罐頭盒上，立刻引來地堡裡一串激烈的機槍射擊……當時，在我幼小的心裡，得到了關於美國的一個最初概念：美國人，至少是美國「鬼子」，是拿罐頭當飯吃的。想到這裡，我抬頭環顧了一下禮堂，黑壓壓的人群中，儘管也有黑人父母、白人父母、西班牙語族裔的父母，但絕大多數學生和家長，卻都是和我一樣的純正中國人，只不過他們大多講的是粵語，而我講的是普通話。我朝前面望去，在滿眼的青衫與白袍之間，我很容易就看見了我十四歲的兒子。他正側著頭，和他身邊的白人同學輕聲交頭接耳，用的是他五年前一竅不通的英語。如果將他帶回三十年前的中國鄉村禾場，讓他看那樣的黑白電影，見到電影中的美國兵，他會有怎樣的感覺？這個饒有趣味的問題，深刻得讓我不敢再聯想下去。

2

輪到校長致詞了。

校長姓周，英文名字叫 Dennis Chew。他先用西班牙語，然後用中文（粵語），最後用英語分別致詞。他說：今天是孩子們大喜的日子。你們將全部升入高中，進入人生的新階段。你們規劃自己光輝燦爛的人生，不必等到明天，要從今天開始！他的講話，激起了家長和學生們熱烈的掌聲。

我每天早晨開車，送孩子上學，就像一個勤勞的農夫一樣，侍弄著自己的莊稼，希望它豐產，而不是長成稗草。在我不久前寫的一篇遊戲文字裡，生動地描繪了孩子調皮搗蛋的樣子：「早晨上學，眼皮難撬；千呼萬喚，起床撒尿。車載上學，屢屢遲到；放學回家，橫拖書包；彷彿伊軍，棄甲而逃；鞋襪衣褲，全部脫掉；甭管多冷，屁股火燒；遊戲機上，他逞英豪。戰車凜凜，鐵馬嘯嘯。妖魔鬼怪，飛機大炮。拔掉電線，他有新招：網上遊戲，精通電腦。愧為老爸，向他請教。他很不屑：收費五毛！吾家小兒，長得乖巧。腦子飛轉，常常驕傲：老爸你笨，總不開竅。聰明才智，我比你高！謝天謝地，燒香禱告；業荒於嬉，立志須早。」即使已經到了初中畢業這一天，他還壓根兒沒有意識到，望子成龍的心，乃是天下父母之心，並非只有我中華民族如此啊！

三年前費盡周章，將兒子分配到這所初中的情景，還歷歷如在目前。

美國的公立學校基礎教育，通行的作法是將一個地區劃分為一個學區（school district），學區的最高權力機構是民選民任的教育委員會（Board of Education），該委員會聘請一名教育局長（superintendent），擔任最高行政長官。整個舊金山聯合學區，由約二十多所小學、十六所初中、十一所高中組成，教育費用全部由州政府財政撥款。所有的中小學，依據以全州統一考試為主要指標的教學質量，被評級為一至十級，級數越高，則學校越好。舊金山的英文大報《紀事報》，每年都會公布當年最新的學校評級情況。對於學生家長來說，哪所學校屬於幾級，可以說牽動人心。

我的兒子剛到美國時，由於附近的學校全部滿員，他被分配到很遠的街區一所黑人學生占絕大多數的小學。那所學校的教學質量較差，評級只有二級。可是，他在那裡卻遇到了一個非常盡職的白人老師 Cogly 女士。她在給我兒子的留言中，有一句話我終生難忘。她寫到：「你是我見過的最聰明的學生。你不要浪費自己的才智（Don't waste your mind）。」小學快畢業時，學區舉行了「初中之夜」（Middle School Night）晚會：在市中心的一所初中裡，全市所有的初中都設立了攤位，介紹各自學校的特點，以此吸引學生。這名老師犧牲自己的休息時間，專程趕去參加晚會，陪著我逐一拜訪各校的校長、校長助理，向他們介紹我兒子的特長和創造性。在按分鐘計酬的美國，這個白人女老師冒著雨，乘坐巴士趕來，花了四個小時陪我找校長，只有一個目的——希望她的這個中國學生，能進入一所好初中，為將來的人生打下良好基礎。當我目送這位老師乘坐巴士回家時，我心裡的感慨真是無以言表：可憐天下父母心，而天下老師之心，竟也這樣相似乃爾，都盼望自己的學生成為棟樑之才。

可是，初中錄取通知書寄來時，我一打開，立刻傻眼了：我的兒子被分配到名為本杰明·弗蘭克林的初中。以這位美國大發明家的名字命名的初中，教學質量卻不高，在評級上名列三級。與錄取通知書一起寄來的，還有一張表格，學生家長如果對於所分配的學校不滿意，可以填寫此表，要求學區重新分配學校。這一程序叫著protest，大致就是「抗議」之意。對於不滿意、無法接受的決定，美國社會在制度上設定了「抗議」的程序，這對於我來說，是很新鮮的事情。

我將兒子用硬紙板設計的高速公路立體橋、用訂書釘製作的恐龍等「作品」拍成照片，附了一封信給學區的教育局長。信中寫道：「我放棄了在中國的體面職業，舉家移民美國，唯一的目的就是希望孩子能受到良好的西方教育，使他的創造性在這個尊重個性與創造力的國度得到培養和發揮。他小學就讀的是僅被評為二級的學校，初中就讀的又將是僅被評為三級的學校。請問，這種分配難道是公平的嗎？我希望你能給他一次機會。」

在沒有後門可走，沒有人情可托的美國，我終於使兒子重新獲得了分配，被分到了這所評級為八級的初中——舊金山馬連拿初中（Marina Middle School）。

3

轉眼三年過去了。孩子已經由當初的小不點兒，漸漸長成少年。儘管他在每次的全加州統一考試中，成績都不錯，但學習的成績報告單上，卻經常出現 C，甚至 D 這樣的成績，「警告」、「不滿意」等評語也時有所見，更有甚者，有好幾次，學校打電話到家裡，請家長立刻趕到學校。每當接到學校的電話，我就心裡打鼓：肯定孩子又在學校闖禍了。

大約半年前的一天，我接到學校打來的電話，說孩子在學校裡，被一名黑人女同學抓傷了，傷得很嚴重，要我趕緊到學校去。

放下電話，心急火燎地開車趕去，只見學校的輔導員辦公室裡，我的兒子有氣無力地坐著，左臉上被抓了三道長長的指痕，滲出血來。我真是又心疼，又生氣。副校長是一位態度和藹的白人老太太。她簡單介紹了「案情」：在下午的手工課上，我的兒子和一名黑人女同學發生了糾紛，我的兒子先出手打了那女孩的腦袋，那女孩就將他抓傷了。我詢問兒子，兒子講述的案情則要詳細得多：「她找我借膠水，我拿給她後，她還不走開，用膠水噴我，差點噴進我的眼睛。我忍不住朝她的腦袋打了一下，她就一把抓過來，將我抓傷了。」

副校長的桌上，擺著同學們寫的目擊證詞。副校長說，為了保護學生的隱私，這些證詞現在還不能給你過目，等到下周三舉行雙方「家長/監護人協商會」時，才能給你過目。我提出要給孩子臉上的傷拍攝照片。副校長說，照片已經拍攝好了，並且，已經有兩名警察到場。說著，副校長拿出幾張用數碼相機拍攝的照片，照片上，孩子的傷可謂觸目驚心。

我對副校長說：「不管事件是如何引起的，總之，在這一事件中，我的孩子是受到傷害的一方。如果日後他臉上留下了永久性的疤痕，我保留控告對方監護人和學校的權利。」對我的話，這位白人女教師表示贊同。她說：「你有權進行法律訴訟。不過，我相信，孩子臉上的傷，不會留下永久性的疤痕。」

警察問我：「你需要正式報案嗎？」我給予了肯定的回答。我說：「我不願意因此事鬧上法庭。但是，如果我的孩子因此受到永久性傷害，我一定要訴諸法律。」警察將我兒子叫過去，一邊詢問問題，一邊在表格上填寫，然後，將報案收據交給我。

就這樣，在舊金山市警察局裡，有了關於這一校園「鬥毆」事件的紀錄。我帶孩子臨走時，警察還和他開玩笑說：「Never try to beat anybody that is bigger than you! 他的意思是說：「絕不要試圖打任何比你塊頭大的人。」這名警察知道，抓傷我兒子臉部的那個黑人女孩，長得牛高馬大，比我兒子簡直高出一個腦袋，體重幾乎是我兒子體重的一倍。

孩子「哼」了一聲，萬般不服地被我牽著手，離開了校園。

到了周三，我按時趕到學校，對方的家長也來了，是那名女孩的祖母。主持雙方家長協商會的，還是那位副校長。她宣讀了那些目擊證人的證詞後，問我們有什麼意見。

見到孩子臉上的傷痕已經差不多痊癒了，我對副校長和女孩祖母說：「發生這樣的事情，任何人都會感到痛心。我們中國人，歷來將孩子的教育放在首位。我希望學校對於校園裡的安全多加注意。這一事件，無論如何學校是有責任的，因為我的孩子畢竟是在有老師在場的情況下，在課堂上被這名女同學抓傷的。他將自己使用的膠水拿給這名女同學，毫無疑問是正當的行為，而這名女同學拿膠水噴他，他走過去要報告老師，這名女同學卻故意站在過道上，擋住他的路，他一時忍無可忍，才打了這個女生一下。如果他不是非常憤怒，絕不會先動手打一個比自己強壯得多、也高大得多的孩子。」

女孩的祖母說：「得知此事，我心裡難過得很。這女孩可是一個好孩子，從來不惹事，不像她的弟弟，總是讓我操心。我希望她能夠記住這次教訓。」

副校長要女孩向我的孩子道歉，女孩不肯，只是說：「這樣的事再也不會發生了。」

副校長命兩個「冤家」走過來，將兩人的手強按在一起，我的兒子老大不情願地將自己的小手，勉勉強強地挨在了一個大女孩的胖手上。

4

那位主持了「和解儀式」的副校長，此刻就坐在舞臺上，準備給畢業生頒發文憑。

接著上臺的，是校長的兒子布蘭頓。他也是應屆畢業生。他朗誦了自己的詩作〈漫長的旅途〉。在詩中，他寫到自己如何感到功課艱難，如何覺得作業繁多，如何不願刻苦學習，但是，克服了這些困難後，所有的努力都終將獲得豐厚的回報。在整個畢業典禮中，陸續穿插著畢業生朗誦詩歌。可以這麼說，整個畢業典禮，實際上是由頒獎、講演和詩歌朗誦組成的，而壓軸好戲，則是畢業生們一個個登上舞臺，領取自己的初中文憑。

回想起來，我自己的初中時代，與我兒子的初中歲月，有著怎樣的天壤之別啊！

一九七六年和一九七七年，我讀初中。在仍然「以階級鬥爭為綱」的那幾年裡，我由於自己的家庭成份不好，升高中的可能性不大，心裡十分苦悶。印象最深的，是每個星期都要從家裡，挑一擔牛糞，倒進學校的魚塘養魚；農忙季節，我們常常要幫附近的生產隊插秧，以培養集體主義精神。畢業時，老師吩咐每個學生，從家裡帶鱔魚到學校賣給食堂。每個學生交納五角錢，用於會餐。沒有任何儀式，沒有任何典禮，我們就領到了一本紅色的初中畢業證，走回所謂的「廣闊的農村」，去「一顆紅心，兩手準備」去了（一顆紅心，意即「保持革命鬥志」；兩手準備，意為既準備上高中，也準備扎根農村幹革命。）

有時候，面對貪玩、怕苦的兒子，我真想大喝一聲，孩子，在這個國家裡，你享受著免費的義務教育，包括你父母在內的納稅人，為你提供了從小學到初中全部的免費午餐；到了高中，你還將繼續享受這一切；在你的學校裡，有著圖書館、體育館、大禮堂，先進的教學設施應有盡有，你可知道，世界上有多少孩子，他們一生中從未踏進過教室嗎？你可知道，你的父親小時候，曾多少次因為無錢支付兩元人民幣的學雜費，而遭到老師放學後留校訓話嗎？

在接下來的頒獎儀式中，我數了一下，共頒發了以下的獎項：馬克羅紀念體育獎，獎勵男女各一名體育尖子；詹姆斯·帕拉維托尼人道獎。這是在該校任教二十五年的一位老教師，前些年去世，以他的名字設立的獎，鼓勵立志當老師的優秀學生；由校長親自頒發的「企鵝獎」，是該校頒給學生的最高獎項；最佳到校獎，頒給了三位在整個三年初中學習期間，從來沒有缺課和遲到的學生；學術成就獎，則頒發給了六名優秀學生。奇妙的是，學術成就獎，得獎者清一色全為華裔女生。這也難怪，因為在這所初中，華裔學生占百分之六十四，非裔學生占百分之十七，西裔學生占百分之七，白人學生占百分之三，重視教育的華裔家庭，將濃厚的學習氣氛帶到校園，形成了良好的學習環境。

學生樂隊重新奏起歡快的音樂，儀式進入最後一項：頒發畢業文憑。只見校長站在舞臺中央，和每一個昂首闊步登臺的畢業生握手，將一紙文憑遞到他或她的手裡。我的孩子走到校長面前時，我不失時機地按動快門，將他領到畢業文憑的那一瞬拍攝下來。

不要小看了這張印著英文的紙。祖祖輩輩都是中國湖北農民的我們這個家族，由這張印著「洋碼字」的文憑開始，不僅將延伸的根須扎進了異國的土壤，而且，扎進了異國的語言和文化。

當中華民族面臨生死存亡的那些年，中國曾流行這樣一首《畢業歌》：

「我們今天是桃李芬芳，
明天要作社會的棟樑
我們今天弦歌一堂，
明天要掀起救亡的巨浪……」

孩子，在大洋的彼岸，是一個日新月異、蓬勃發展的大國，她給了你語言、膚色、文化和傳統，那裡是你中國人的根。若干年後，當你出席美國大學的畢業典禮時，我希望你還能講地道的漢語，流利地閱讀中文，在該當美國人的時候，堂堂正正地說：「我是一個美國人！」在該當中國人的時候，理直氣壯地說：「我是一個中國人！」

2003年6月8日於舊金山無聞居

少年今日初長成——寫給兒子

1

兒子，今天是你十八歲的生日。

十八年前的今天凌晨，我騎著成都特有的、用自行車改製的「偏斗車」，載著你的母親，到醫院去。天色混沌，人影綽綽，產房裡的母親們，痛苦而幸福的喊叫穿透夜幕。我的心懸著，雖然水米未進，我一點也不覺得口渴和飢餓。僅僅三年前，你媽媽唯一的姐姐（她如果活著的話，你該稱呼為「姨媽」），在偏僻荒涼的四川甘孜州，因生小孩而失去了生命。作為男人和丈夫，我對分娩的擔憂，從來沒有對人訴說過。子宮，這孕育我們的生命之門，也常常是終結母親的死亡之門。兒子，你知道嗎？

當你還是幾個月大的胎兒時，有一天，我陪你媽媽去醫院進行例行的胎檢。在一個診室門口，我看見一個三歲的男童躺在病床上，頭上覆蓋著白布。他的父親，一個三十多歲的壯實漢子，蹲在小小的屍體前，發出淒慘的乾嚎，口裡不斷地重複著一句話：「怎麼會這樣？半小時前還好好的！」聽周圍的人說，保姆稍不留意，孩子從玩耍的樓梯上摔下去了。

對幼小生命喪失的恐懼，就這樣留在我的心裡，如同一個惡夢，揮之不去。

你的母親，天未亮就被推進了產房。比她晚進去的孕婦，有好幾位已經出來，頭上纏著毛巾、臉上帶著笑和淚痕。可你的母親還在產房裡，呻吟和哭喊一聲高、一聲低、聲聲慢。

產房的窗戶，有一扇玻璃破了。我找了一塊磚頭，墊在腳下，探頭朝裡面張望。醫生和護士知道，這是丈夫和準父親，所以，並沒有加以驅趕。在西方國家，妻子分娩時，丈夫可以站在產床邊，握著妻子的手，見證分娩之痛。而在我國這樣的禮儀之邦，這或許會被看作是一種野蠻。

你母親的外婆，你後來一直稱為「祖祖」的老婦人，已經快八十歲了。她站在我的旁邊，也想朝窗內張望，但窗子對她來說，實在太高了。她就那樣靠近窗子站著。這個吃齋念佛的居士，在漫長焦慮的等待中，抽空回家燒了幾柱香，對牆上的觀音菩薩像虔誠地拜了幾拜，又趕回醫院，數著脖子上的念珠祈禱。

她在今年六月，以九十六歲的高齡，安祥辭世，帶走了對你無盡的愛。九泉有知，她會為你的成年而高興。她生前去任何一座廟裡，提著上等的香油，燒香、許願、捐獻功德錢，大多都是為了你這小小少年。

在初冬多霧、多陰霾的季節裡，你選擇了一個陽光燦爛的好日子出生。

下午一時十分左右，我親眼看到你滑落出來，一身的血和粘液。那是母體滋養你的羊水。

護士將你雙腳提起，你的腦袋就像在子宮中那樣，重新倒垂下去。你「哇」地一聲哭出來。那位護士在你的右手腕上，拴了一個金屬牌，寫著你的名字，然後，將你放在秤盤上。秤盤的背後，是一隻鐘。

對你來說，對任何新鮮如露的生命來說，時間開始了。

你的手在空氣中亂舞，腳在徒勞地亂踢。另一位護士按動快門，為你拍下了生平的第一張照片。

她們在忙著這些時，我仍然不知道，你是男孩還是女孩。這雖然並不重要，但卻是一個父親最想知道的事情，在這個時刻。

那位拍照的護士走到窗口，對我說了這樣的話：

「恭喜你，生了個兒子！」

這個長著雀斑的、不知當時婚否的護士，屬於世界上最可愛的女性之列。這句平平常常、隨口而出的道喜之語，大大增強了我對整個女性的熱愛。愛人類的一半，大概就算是一個熱愛人類的人了。

母親懷著你的時候，因為貧血，有好幾次差點暈倒在街頭。分娩時難以用語言表述的疼痛，你母親後來用了一個詞「不堪回首」來加以形容。原本以為，你順利出生，一切都平安了，誰知道，幾個小時後，你的母親突然昏厥過去。醫院下達了病危通知。我送完飯，剛剛回家，留在醫院的保姆就臉色蒼白地趕回來，上氣不接下氣地說：「快到醫院去！」

丟下正在洗的碗，我瘋了似地朝幾條街之外的醫院跑去。

生與死，幸福與苦難，往往就這樣，只隔一層薄紙。

叩謝天地日月、列祖列宗——當我趕到醫院時，經過搶救，你母親已經蘇醒過來。

2

匆匆從醫院的窗口看過你一眼後，你就被護士抱走了。

整整三天，我心神不寧。我知道，在這座名叫成都的城市裡，增加了一個出生才幾天的生命。他睡在溫暖的嬰兒室裡，眼睛還沒有睜開過。當我每天騎車到醫院，給你的母親送飯菜時，我對和平與幸福有了更加具體的感悟。一個小小的助理編輯，剛工作沒有幾年，錢很少，但我相信我完全能夠養活你，給你一個陽光燦爛的童年。我常常胡思亂想：如果是在戰爭年代，醫院停電、敵機轟炸，我一介書生，怕是一定要衝鋒陷陣的，因為，我的兒子躺在醫院的嬰兒室裡。我不是為了保衛我的祖國，我保衛的是那個嬰兒室。

以我的血肉，以我的生命。

三天後，我到醫院，辦理產婦的出院手續。

繳清了費用，拿著「付訖」的收據，我來到一個巨大的窗口。一位護士從屋子後面，將你抱了出來，放在寬闊的桌面上，打開包裹你的紗布，將如何包裹嬰兒的技術，向我們示範一遍。在將孩子遞出來時，她還將「包裹」貼在胸口，演示抱孩子的姿勢。

我最深的感覺就是，我領回了暫時寄存的寶貝。

將你的母親載到醫院的「偏斗車」，在返回的路上並沒有增加多少重量。它增加的只是一個人。此後我人生的大部份辛勞、牽掛、焦慮，都在這個包裹之內，被母親緊緊抱著。

回到家裡，祖祖先是向觀音菩薩像敬香，然後，吩咐我，燒一鍋水，放幾根門框上掛著的陳年艾蒿，教我們如何給孩子洗澡。養育過兩代人的這位飽經人生苦難的老外婆，教導我們說：「千好萬好，不如洗澡洗得好。」

我將一個大塑料盆裡注入開水，然後，用冷水調溫。

老外婆嚴厲地訓斥我：「一定要先放冷水，用開水調溫。」

她說，有些剛當父母的青年人，給孩子洗澡時心不在焉，先放熱水，可能會將孩子燙傷。

中國俗話說：「家有一老，勝過一寶。」說的大概就是這樣的情形吧。

你像一尾魚，在水裡歡快地撲騰，水花四濺。

冬天裡，陰雨連綿，天日不見。洗過的尿布，幾天也晾不乾。我心生一計：在天然氣竈頭，微小的火苗上，倒扣一隻鋁盆，將尿布搭在上面，不停地翻動，彷彿烙餅。熱氣蒸騰，滿屋都是童尿的香味。

我們住在一棟簡陋不堪的紅樓上，只有兩小間屋子，連衛生間都沒有。五、六戶人家，共用一條長廊。你漸漸學會了走路。長廊豎著的鐵欄杆之間，間距太大，你小小的腦袋完全可以伸出去。我準備了幾十米長的繩子，將欄杆用繩子橫著攀連起來。對我們雇用的任何一位保姆，我強調的第一件事情就是：絕對不允許孩子溜樓梯玩耍。

因為記者的職業，我常常要出差外地，有時，十多天才能回來。那時，電話還遠未進入家庭，「手機」更是聞所未聞。每當我出差歸來，一進院子，看到你的小衣服，飄揚在我家門前的欄杆上，我的心就變得踏實、安定。我緊走幾步上樓，一把將你抱在懷裡。

「你是我血中之血、心中之心。」（舊作〈遺囑〉）

這句詩，寫的就是你。

當你只有幾個月大的時候，中國發生了大事。大街上，人擠滿了街道。成都人民南路的廣場上，高音喇叭與高音喇叭在對峙著、互相叫喊著。我將你頂在肩頭，擠在人山人海裡，讓你感受這個國家旺盛的人氣，和社會矛盾積聚多年後，一夜之間突然爆發的劇烈。想起來，真是害怕：如果人群騷動起來，將幼小的、老弱的、病殘的，擠倒在地，廣場上將會一片血肉模糊。

在淒厲的警笛聲中，我抱著你，站在盛夏的街頭，看一列綠色的軍車，在大街上呼嘯而過，滿車都是鋼盔和刺刀。第一輛軍車的車頂，架著一個黑黝黝的、三條腿的傢夥。我知道，那是機槍。

車隊從成都有名的文具店「胡開文」門前駛過。我後來寫了一首詩〈訂書機〉，暗喻人類所享有的和平與安寧，是何等的脆弱：

機槍在軍械庫裡
訂書機在文具店中

在繁華的大街上，在人類虛擲了太多鮮血和眼淚、堪稱殘暴絕倫的二十世紀行將結束的年代裡，我在「天府之國」的蜀都街頭，第一次親眼看見了真正的機槍。時光倒流，不知置身何世的恍惚感和荒誕感，至今記憶猶新。機槍的位置和狀態發生變化，從軍械庫到軍車的車頂，從喑啞到狂嘯，不過繫於一念之差、一瞬之間而已。從那一個時刻起，我決定，我要到一個街道上看不到槍刺與鋼盔的地方去，帶走我的妻子，和襁褓中的兒子。

後來，我在一首題為〈日子〉的詩中，記載了自己內心的惶恐與驚懼：

有些日子更為鋒利／它輕輕一揮，就將你的一生／切成兩半／過去和未來的所有日子／都被這個日子劃分。這樣的日子並不太多／它使你還能感覺到疼痛／你慶幸自己／仍然暗藏著傷口／還不曾被人公開揭露。

我很後悔，當時，沒有請人為我們父子拍一張照片：你坐在我的肩頭，周圍是黑壓壓的、喧囂與騷動的人群。你黑色的眼睛望著這一切，眸子裡，是否有你父親的惶惑不安，對一場即將來臨的風暴，能夠預感，卻無從逃避？

3

還記得一九九八年初夏，我們剛剛抵達美國時的情景嗎？

第一個落腳的城市，是加州的聖荷西。一家三口走在街頭，滿眼都是新奇。見到路邊有一棵桔樹，樹底下的草坪，散落了滿地金黃的桔子。我們撿起一枚，剝開一嚐，用你童稚的話來說，「咪咪甜！」我便告訴你，加州是美國的水果之州。與我幾乎沒有吃過任何水果的童年、少年時代相比，兒子，你的童年，應該像桔子一樣圓潤、飽滿、甜蜜。

你第一天上小學，就帶回了好多同學們送你的棒球、籃球、美式足球明星的彩色卡片。這是美國文化的最基本成份。你竟然獨自一人，先繞道去附近的「西夫偉」（SAFEWAY）超市，買了一根冰淇淋，吃完才晃晃悠悠地回家。這是你第一次用美元獨自購物。母親看見你，說：「兒子，冰淇淋好吃嗎？」

你驚訝地問：「媽媽，你怎麼知道我吃了冰激淋？」

媽媽笑了，說：「伸出你的舌頭，紅得像櫻桃呢！」

美好的瞬間，如今已經遠去。直到今天，你年滿十八歲了，我心頭的陰影還沒有完全散去。

記得那是剛到美國的時候，你連一句英語也不會說。媽媽把你送上校車後，自己打工去了，我則在一百多里外的另一座城市，在一家電腦公司外荒涼的停車場，擔任警衛。那是連一美元的公共汽車票錢都想省下的艱苦階段。初抵美國，兩手空空，三口之家的小船，每個人都得有船長的肩膀。

你該放學回家的時候，家裡的電話卻無人接聽。

沒有手機。我向電腦公司的一位辦公室人員說明情況，請求借用公司的電話，每隔幾分鐘，給家裡打一次電話。一兩個小時後，電話終於有人接聽了，傳來的是熟悉的聲音、陌生的語調、地道的美國英語：

「Dad, I'm fine」（爸爸，我沒事）。

兒子，這是你平生對爸爸說出的第一句英語。即使我將來垂垂老矣，我希望你永遠用這句話，回答爸爸的問詢。「兒行千里母擔憂」，其實，在你未成年的十八年裡，對你安全與平安的擔憂，哪一天沒有困擾父母呢！

記得那是一九九四年四月的一天，成都隱沒在綿綿細雨中。瘦小的你不停地流鼻血。我們將你抱到附近的兒童醫院。那裡擠滿了病人，你臉色蒼白，頭歪在一旁。掛的是急診號，醫生按照掛號的順序，慢騰騰地給病人逐一診治。父母的心在慢火中煎熬。正在這時，一大口鮮血，從你的口裡漫出來。你母親哭了，醫生抬起頭來，看了你一眼，丟下正在診治的病人，向你奔過來，顯得那樣手忙腳亂。她抽取了你指尖的血樣，吩咐我立刻去樓上的化驗室化驗。在等待化驗結果的空隙，她又命我趕緊回家取錢，立刻辦理住院手續。

我一路小跑，回到家裡，將原本不多的一點積蓄全部帶在身上。雨將我全身淋得濕透，我卻渾然不覺。心如火燎，腿卻發軟。等我趕回醫院，你已經被送入觀察室，鼻子被塞得鼓鼓囊囊。萬幸的是，你只是鼻腔的毛細血管出血，而不是醫生擔心的內臟出血，但父母早已面色如土了。

來美國八年，你發生了許多變化。比如，一年多以前，你一夜之間，變成了素食者，從此，對吃任何肉類深惡痛絕。你說，生命平等，人是不應該吃動物的。原以為你只不過三、五天的新鮮，誰料到，你不僅從此絕不沾葷，而且，給你做飯時，還必須將炊具洗滌乾淨，以免留下肉類的氣味。

當同齡的孩子，都在為前途，為考上名牌大學奮鬥時，你將自己的聰明才智，幾乎全部放在了電腦遊戲上。

今日之後，你已成人。孩子，你將何以自立於世？

才下眉頭，又上心頭，可憐天下父母心，走遍世界都一樣。

今天早晨，我上網瀏覽，在一個美國的中文新聞網站上，讀到了一位母親寫的文章。她曾任教於我畢業的那所大學。這是我和她之間的全部聯繫。她曾經擁有過一個上高中的兒子，在十七歲的時候，被一粒子彈奪去生命。我的兒子一天天長大，來到美國，講流利英語，和流利的成都話，還學過法語，而她的兒子，停止了成長，廢棄了語言，在無邊的黑暗裡消失得無影無踪。

中國正在越來越進步、繁榮、富裕，彷彿什麼都沒有發生過一樣。

當美國老師在「社會課」（Social Study）上，提到你出生幾個月後的這場悲劇時，你這個脖子上曾經繫過紅領巾的少年，內心有著怎樣的掙扎，我不得而知。我只知道，雖然你已經入了美國籍，你還是自認為自己是中國人。

當時，我為你寫了第一篇散文：〈寫給襁褓中的兒子〉。文章的結尾是這樣的：

「兒子，活著，從生到死，實在不是一件容易的事情。珍惜生命，就是珍惜活著的權利。這是多麼容易被剝奪的、脆弱的東西啊！」

十八年後，我將這段話抄錄在這裡。你已經無法完全看懂中文，而將這段話翻譯成英文，對我這個靠英語吃飯的人來說，卻是多麼艱難的一項使命。

做一個乾乾淨淨掙錢養活自己和家人的人，就是一項了不起的事業。增加人世間的愛意和愛心，減少地球上的暴戾和暴力，靠的就是你、我、他，千千萬萬的等閑之輩、平凡之人。

不管他們身在何處，膚色如何，講什麼語言，是什麼人。

兒子，祝你生日快樂！

驚懼的日子

七月十五日

二○○八年七月十五日至十七日，是我移民美國十年來，心靈最為震蕩、恐懼與黑暗的三天。這漫長的七十二小時，儘管夏威夷島上，白天陽光燦爛，在陽光照耀下，透明的陣雨灑在花朵尚未凋盡的攀枝花樹冠上，我的內心卻籠罩著巨大的死亡陰影。而到了夜晚，這團陰影則成了黑夜的一部分。在窗外森林黑黝黝的樹影中，我都可以辨析出這團陰影。它來自太平洋的那端，北加州的舊金山海灣地區。

幾年的辛勤勞作，積勞成疾，在我剛剛找到一份教職，獨自遠赴夏威夷任教後僅僅幾天，妻子生病了，腹部脹痛，全身乏力，毫無食慾。這一切症狀，都像肝病。

七月十五日這天，她仍然強撐著病體，坐車去上班。正好是星期天，我在租住的公寓裡休息，打電話給她，聽到她有氣無力的聲音，內心十分焦急，卻毫無辦法。我只好在網上，查到了舊金山中國城一家華僑醫院的電話號碼。打電話過去，對方說：「如果要來看病，只能看急診。」

好不容易熬到下班，妻子艱難地走到了那家醫院。醫生給她作了 CT 和肝功能檢查後，告訴她：肝臟上好像有什麼東西。叮囑她，第二天去中國城的另一家醫院，找專門的內科醫生診斷。而她的肝功能指標，全部異常，指數大大超過健康標準。

醫生開了一點藥，要她自己去買。整個診斷過程中，醫院沒有給予任何緩解疼痛的治療。妻子已經沒有力氣再去買藥，拖著病體，搭乘灣區捷運的火車，回到冷清的家裡。由於我不在家，她不僅要自己照顧自己，還得照料毫不懂事的兒子的吃喝。

夜裡，我睡得很不踏實。對於肝病，我有所瞭解。只要疾病涉及到肝部，都不會是小毛病。

七月十六日

一大早，妻子在疼痛毫無緩解的情形下，來到舊金山中國城，請醫生將昨天 CT 報告單解釋給自己聽，並給予治療。誰知，美國醫療系統可怕的預約制度，將她擋在醫院門前。她已經坐在了候診室裡，卻因為沒有預約，醫院無法安排醫生為她治療。她只好拖著疲倦已極的身體，回到家中。

七月十七日

幸好，在我們家斜對面，住著著名詩人喻麗清和她的丈夫唐孟湘先生。來自臺灣的這位女詩人，不僅詩歌中充滿了仁愛，而且，身體力行，積極參加青樹基金會的活動，為中國西北甘肅等地的貧困山區，募資助學，年年都自費到中國去考察助學項目。

和他們夫婦結鄰而居，成為我家近年來最大的幸事之一。

這天早晨，聽說我妻子生病了，她立刻開車，將妻子帶到她的家庭醫生那裡。那位姓鄧的醫生，仔細為妻子診斷後，立即和伯克萊一家醫院聯繫，要我的妻子馬上去急診室求治。

一個不祥的冷顫，侵襲了我的全身。

我早晨給妻子打電話時，她正在鄧醫生的診所。我上完課，走出教室，到停車場給妻子打電話，卻再也無法打通。我只知道，妻子病情危急，目前已經抵達了這家醫院的急診室。

一直開車帶著妻子，連跑一家診所、一家醫院求治的喻老師，身體本來就不好，此刻，想必連午飯都沒有吃上。我再度給妻子打電話時，妻子說，手機的電快用完了，我請她將手機交給喻老師，然後，我問出了那個可怕的問題：「不會是肝癌吧？」

見妻子被醫生叫進了急診室，喻老師說：「還很難說。剛才鄧醫生打了電話來，叮囑我，一定要留在急診室，一旦有生命危險，可以及時搶救。」

掛斷電話，我深感無助和懊悔。隔著汪洋大海，隔著五小時的航程，在自己最親的人身患重病時，我卻無法立刻趕回她的身邊。四十多年人生中無數艱難與困苦，二十年婚姻裡所有的歡樂與痛苦，此刻都變得那樣微不足道。我唯一的祈願，就是，不要給我那個確診的壞消息。

下午三時到四時，是學校的教員會議。我作為新教員，應該禮貌性地講幾句場面上的客氣話。會議用英語進行。我坐在那裡，就像一個完全聽不懂英語的人一樣。上司、同事，都說了些什麼，完全與我無關，而且，一個字都沒有進入我的耳朵。我神色的惶然與驚懼，或許有細心人已經覺察到了。

下午四點半鐘，我下班回到公寓。停好車，走到公寓門前，手機突然響了起來。我看電話號碼，不是來自妻子的手機，我的內心，處於黑暗的巔峰。那種心情，如同死囚，即將聽到宣判。我呆立在門前，握著手機的手在顫抖，兩腿發軟，也在不停地抖動。

電話那端，傳來唐老師開心的聲音：「剛才，醫生已經仔細研究了 CT 報告，又重新化驗了肝功能，診斷結果是，並非肝癌，只是比較嚴重的膽囊炎，必須手術摘除。」

我激動地對著手機，高聲喊到：「唐老師，謝謝你，這是我二〇〇八年接到的最重要的一通電話！」

中國在二〇〇八年，遭遇了地震巨災，我卻在這一年，找到了一份還算不錯的教職；妻子的病一旦確診，就會得到徹底治療。折磨她長達十多年的老毛病，很快就要被根除了。

這樣一想，我被巨石壓著的心，一下子放了下來。晚上，我炒了兩個菜，自己為自己壓驚。

九月九日

這天清晨四點多鐘，我就起床了，喚醒妻子，開車將她送進醫院的手術室。妻子照例睡得很熟，這讓我有幾分不忍。病落在她的身上，經歷了十多次檢查和診斷。在這個漫長過程中，她表現得比我坦然。第二天就要接受手術，她好像一點也不擔心。

街道上汽車並不多，醫院在十多分鐘車程之外的柏克萊市，一所世界著名的大學所在地。進入醫院，到接待處，核對了身份，工作人員發給我一個奇怪的傳呼機，叮囑我說：「當這個傳呼機振動時，就表明手術結束了。」然後，指點我們，進入手術準備室。

這是我四十多年來，第二次，送自己的親人進手術室。

手術其實不大，是中國任何一個縣級醫院都可以進行的膽囊摘除術。但在美國，卻經歷了肝功能、B超、磁共振、腸鏡、胃鏡等十多項檢查，最後才確診。每一項檢查，費用常高達數千美元。

但是，和中國醫院絕對不同的是，這些檢查，並沒有收取一分錢的費用。這些費用，將在日後，用帳單的方式寄給病人。

妻子躺在病床上，護士前來，量血壓、體溫等，然後，拿出一張表格來，逐一詢問一些跟身份和病情有關的問題，過了一會，一位麻醉師出現，將同樣的問題，重新問過一遍，我記得很清楚，其中一個問題是：「你知道今天到這裡來是幹什麼嗎？」

隨後，護士將妻子推進了手術室，告訴我，手術大約進行一小時。

早晨八點左右，我獨自繞著醫院周圍的幾條街，慢慢地踱步。不用說，我的內心是不安的。雖說是個小手術，又是美國先進的大醫院，但畢竟要將身體，穿幾個孔洞。我上一次送妻子進醫院，是在近二十前，我們的兒子即將降生。在這二十年裡，從成都到舊金山，她為這個普通的家庭，付出了多少心血和辛勞，只有我最清楚。

我突然想起，我一生中，至少還有兩個九月九日，我同樣終生難忘。

一九七六年九月九日，在稻田勞動的我，從收音機中，聽到了毛澤東的逝世公告。中國和我的命運，從這天開始，發生巨變；一九九四年九月九日，我在北京，登上美國西北航空公司的客機，初次跨出國門。一介中國書生由此開始了長達十多年的異國奮鬥。

而此刻，二〇〇八年九月九日，在將妻子送入手術室後，我獨自漫步在美國的街頭，內心在不安中祈禱，既為我的妻子，也為所有受著各種痛苦的人。人生並不完美，世界也有殘缺，對我擁有的一切，我應該心懷感恩。

這時，口袋裡的傳呼機振動起來。我趕緊回到醫院，在接待室，手術醫生打來電話，簡單到只有三個字：「It's done（做完了）。」

謝天謝地！

在醫院的走廊上，看見護士推著妻子，向觀察室走去。妻子臉色蒼白，眼睛緊閉，神志不清。我呼喚她的名字，她也只能含糊地哼一聲。

進入觀察室，我守候在妻子旁邊，陪伴她。到了晚上十點左右，我不得不離開，開車回到兩小時車程外的學校總部，因為第二天的課程是不能缺席的。我任教的分校遠在夏威夷，五小時航程之外。這次，學校「領導」考慮到我的家庭困難，特意送我回總校接受培訓，以便我送妻子去醫院。

汽車行駛在漆黑的山區公路上，我突然想到了一個生動的詞：「奔波於途」。在人生的旅途上，我喜歡這種不知終點的奔波和奮鬥。我也知道，今天，我已順利邁過了一道災厄之「坎」。我的二〇〇九年，應該順順當當。

我以此，祝福中國，也祝福美國。

第三輯
吾鄉吾土

水稻

那地方只盛產水稻。

土地肥得很，水渠多，堰塘也多，天再旱，對莊稼也不礙事。每年的秋收時節，禾場上便布滿一堆堆的稻穀，塵土飛揚的石頭公路上，板車、拖拉機滿載著糧食，吃力地行進，一幅豐收的景象。可以，無論每畝地產稻穀一千斤，還是一千二百斤；無論是種植傳統的稻種，還是換種五塊錢一斤的雜交稻種，那地方總是一個「窮」字。

說窮，當然顯得有點不仁不義，尤其是我這樣一個離鄉日久的遊子，說自己的故鄉窮猶如說自己的母親醜。故鄉位於千里沃野的江漢平原上，它所隸屬的那個省在地理書上有「千湖之省」的美稱。而我的老家，歷來被認為是「魚米之鄉」。除了米之外，魚也是故鄉的特產，「魚羹稻飯常餐也」，吃新米煮的大米飯，喝鮮魚的魚湯，是辛棄疾、陶潛這些古人歸隱田園鄉村時夢想的飲食。奇怪的是，儘管米儲於倉，魚游於塘，家鄉的父老鄉親仍是一個「窮」字。

這一切都怨該死的水稻。

水稻命賤，有水有土就能生長，偏偏那地方土質又肥沃，水源也充足，所以，每畝地打它個千二百斤，不算什麼稀罕事兒。糧站對水稻的收購價格，已逐年下降，最低時降到了一毛多錢一斤，而這期間，化肥的價格、水的價格，所有工業品的價格，都大大提高了。還有集體提留款，占每畝地收入的三分之一，還有名目繁多的攤派和扣款。結果，農民一年辛苦下來，只掙下了一倉口糧，供全家人吃到第二年的秋糧登倉。

當我在遠離水稻的外省省城，在一棟十七層高的大廈裡，在舒適寬敞的辦公室中，和一位同事談起故鄉的景況時，一位實習生睜大了驚奇的眼睛。她不理解茅盾的小說〈春蠶〉。為什麼蠶繭豐收了，老通寶這樣勤勞的蠶農卻破了產。我很不恰當地吟詠了屈原的兩句詩，來表達我對於我出生並長大成人的那片土地的深刻同情：「長太息以掩涕兮，哀民生之多艱！」那位年長的同事好心地勸我，不要隨便瞎說，年輕人還不懂得「禍從口出」的道理。

具有農業常識的人都知道，種植水稻，是整個農業生產勞動強度最大的一種。從插秧到割稻，人不知要蛻幾層皮。插秧的時候，尚在四月，田水仍寒，天不亮就得起床，穿著雨衣泡在田裡——那時，正趕上雨季，淫雨霏霏。沒有插過秧的人，不會知道腰板錐心疼痛是一種什麼滋味，「臉朝黃土背朝天」又是一種什麼滋味。田裡有時還有螞蟥，叮著農民黝黑的小腿肚吸個不停。割穀的時候，那又是另外一番苦，一年中最熱的日子，太陽毒毒地當背烤著，密匝匝的莊稼地裡，一絲兒風也沒有。你揮鐮割下第一把稻穀，背上的衣服就濕了一大片，也不知道是割下的穀多，還是灑在田裡的汗珠兒多。水壺就放在田埂的陰涼處，喝一口，茶卻熱得像開水。這樣悶熱的天氣，最容易下大暴雨。農民們一邊趕牛車，拖著沉重的石磙碾壓稻穀，一邊驚惶地觀望天色，生怕天邊陡地冒起一朵黑雲，遠處隱隱傳來一陣雷聲。冰冷的暴雨往往傾盆而下，這時的禾場便慌亂一團，任什麼人都必須豁出命去搶救登場的糧食。穀子淋了雨就要膨脹、發芽，那就意味著一年的辛苦已付諸東流。在這種時候，即使是正來月經的年輕女人，也不敢跑到屋簷下避雨，因而有不少人落下頑固的婦科病。

插秧、割稻是種植水稻的兩大忙季，而一個糧農最大的苦惱還不在於此。如何把一車一車金黃的糧食不扮笑臉、不求人地、體面地賣掉，才是農民最關心的問題。糧站通常建在公路邊，每逢收糧季節，公路上便排起了綿延數里的賣糧長隊，而途經此處的一切其他車輛，都不得不繞道而行。賣糧都帶著草席、乾糧和水，晚上就把席子鋪在板車、拖拉機下，一邊守糧，一邊睡覺。有時要等兩三天，才能輪到你。糧檢員拿一根尖尖的鐵管，終於插進你的糧袋，如果說一聲：「不合格」，你就只好肚裡罵娘，嘴上求情，最終還是不得不把糧食拖回去。

平心而論，解決全國農民的溫飽問題，確屬了不起；但在魚米之鄉，讓農民頓頓吃上大碗的白米飯，卻絲毫也談不上是什麼顯赫的成績。吾鄉的糧食產量據說已創了歷史最高紀錄，收購量也在不斷擴大，農民卻仍然有不少糧食堆在倉裡成為隔年陳糧。倉中有糧而袋中無錢，這種奇怪的貧困是多麼觸目驚心！吾鄉的祖先，沒有在那片土地上種下任何果樹，留下任何稍微值點錢的經濟作物、土特產品；那兒也沒有森林、礦產，只有一望無際的黑褐色的肥土，只有千年不衰的低賤的水稻，讓人們一代一代地種植、收割。古人說：「倉廩實而民知禮節」。以國家而論，近年來，全國的糧食連年豐收；以吾鄉而論，大小糧站都庫滿倉滿，露天糧堆高如樓房，「倉廩」不可謂不「實」，而社會風氣、社會治安卻每況愈下，已到了令人擔心的地步。

我在大城市的省報裡，是一個小職員，當然算不上有錢，回到我本應富饒美麗的家鄉，卻儼然一個「闊佬」。最近父親來了一趟成都，路上吃的是上車前買的饃，一共二十個，花了兩塊錢。到成都時，還剩下四個沒有吃完，便放在冰箱裡。我送他回去時，他又從冰箱裡把那四個早已發乾、變得像石頭一樣的饃拿出來，揣進舊帆布包中。我很生氣，一把奪過來扔進了垃圾桶。在陪父親回老家的路上，我買了一瓶高橙當飲料，幾袋成都產的香腸和涪陵榨菜佐餐，三塊錢一盒的盒飯，我們父子倆一頓吃三盒。父親享受著這些，似乎很為兒子頗有幾張大面額的鈔票自豪，同時又為一頓飯花掉十元錢深深惋惜。他說，吃這一頓飯的錢，差不多要買半袋磷肥了。他用農民特有的大嗓門發出的這句感嘆，使鄰座的旅客一片驚愕。

有一個細節給我留下了很深的印象，使我至今難忘。上一次回家，我帶著妻子，在路上吃的一串香蕉，到家時只剩下四根了，那天正巧我的外公來了，請外公、舅舅和我父母各嚐一根（那天我回家路過鎮上時，已是晚上，無法買到水果）。外公拿到香蕉，也不推辭，馬上剝去皮，兩口就吃完了，連聲說好吃，這才問水果的名字。我告訴他，這是香蕉，他臉上的神色表明他似乎聽說過。他快七十歲了，是侍弄莊稼的好手，但一輩子也沒有去過任何一座城市。給我父母的香蕉，他們橫豎不肯吃，說要留給孫子。我說，這東西雖然貴一點，兩塊錢左右一斤，我們仍然常買，一買就是四五斤，孩子不稀罕的。他們這才吃下了香蕉。

我在城裡，出了名，成了詩人和作家，上了報紙、雜誌、電臺和電視臺，我的父母仍在那個地方，種著幾畝水稻。他們都已衰老，母親又患著絕症。我一再寫信，勸他們把田退給村裡，只種點口糧田，讓我們子女寄錢回家贍養他們，他們終是不肯。從清朝起，我們家就世代種水稻，迄今已種了七八輩了，好像還沒有種夠似的。每當我從糧店裡，以極低廉的價格買回城裡人獨享的「商品糧」時，我都要把手伸進米袋裡，像老農那樣抓一把雪白的米攤在掌心裡仔細端詳。我認得出來，這米就是我父母種出來的，我家那幾畝責任田，構成了這個國家農業的一部分。

怕見家信

信封上的地址一徑寫下去，省之後是縣，縣之後是區，區之後是鄉，接著便是某某村第幾組了。貼好郵票你就算回到了出生的地方。那裡被你稱作老家，你把童年和少年都消磨在那裡，無論歡樂還是痛苦；你也把老人們埋藏在幾處墳塋裡，是你的哀傷，也是你的思念。

還有一些至親的人仍然生活在那片土地上。他們使你日夜牽掛，又時常煩惱。

有時候，我會無端地羡慕辦公室的任何一位同事，覺得誰都比我活得瀟灑、活得輕鬆。他們永遠不會收到那種從某某省某某縣某某鄉某某村第幾組寄來的，皺皺巴巴的家信。那種小小的白皮信封，只有鄉村的供銷社裡才有出售，上面粗糙地印著一些美人或花卉；而所謂信紙，大抵不過是薄薄的半張，通常是從學生的作業本上隨便撕下來的那種。

根據多年的經驗，我對於寄自老家的信，已經產生了某種畏懼心理，我害怕蓋著故鄉的郵戳，寫著寥寥數語的那半張紙。在我的編輯生涯中，我閱讀了大量的文字，但所有的文體，都不如從農村寄來的家信直截了當。它常常一下子就剝掉了你這個「偽城市人」的外衣，使你農民的根裸露出來，招來有限的尊敬和更多的不屑。我一直不明白，為什麼來自江漢平原上那個有「魚米之鄉」美稱的地方的家信，寄來的卻無一例外都是壞消息，有時甚至是不幸的消息？我很想知道，和我一樣在農村土生土長，後來又在城裡謀生的人們，在讀這篇文章之前，是否和我有同樣的體驗。

剛參加工作那年，便收到了一個遠房舅舅的死訊。在我看來，他是被人毒死的：跟他一起合夥做生意的幾個外地人，在他家喝酒，未吃完飯就提前離去了。舅舅突然劇烈腹痛，嘔吐不止；另一個舅舅急忙用拖拉機將他拉到鎮上的醫院搶救，半路上他便嚥了氣。這個開拖拉機的糊塗的舅舅，竟然將屍體直接拉到火葬場，化成了一堆灰燼。我回家去，看見他家臥室的地上，嘔吐的遺留物使泥土地面仍然潮濕一片。聽說有關部門曾派人來挖了一點濕土回去化驗，結果卻沒有下文。

不久，一個表妹投水自盡了，原因是包辦婚姻。父母強迫她嫁到鄰村的一戶人家，她寧死不從，結果招來的是一頓暴打。一個十七、八歲，活潑可愛的小表妹就這樣憤然投進了家門前的堰塘。讀著這樣的家信，我不知道自己究竟身處何世。接下來收到的另一則死訊，是關於另一個舅舅的。他死於肝硬化，借來的二百元救命錢，在醫院門前被騙子騙走了。他除了哭和等死外，沒有別的求生之路。他是我母親的親弟弟。母親講過這樣的故事：「一九五八年，饑饉的大躍進年代，母親在兩百里外沒日沒夜地修水庫，將攢下的鍋巴托人帶回家，給這個弟弟吃。這個受托帶鍋巴的人，竟然黑著良心，在半路上將這點鍋巴吃了個乾淨。母親回家時，看見她這個弟弟已餓得皮包骨頭，正在村西的野柿子樹上找果子吃。舅舅壯年而逝固然使我悲傷，她的遺孀及三個女兒孤弱無依，則更加使我感到憤怒。因為生前的恩怨，他的兩個親弟弟，同在一村，竟然不肯幫助這不幸的一家，他家的田地，還要有賴我的父親——他的老姐夫，從幾里外扛著犁耙去幫著耕種。」讀著這樣的家信，我感到全身發抖，從靈魂深處湧出一股無法遏止的寒意。有時候我真的感到慶幸，為我終於逃離了故鄉。

堂叔的死，是我心靈上的一個創口，在夜闌人靜的時候，它常常隱隱作痛。記得那一年，收到關於叔叔被毆致死的家信後，我一下子怔在收發室門口，頭腦裡變得白茫茫一片。我坐上火車，趕回老家，在各個機關之間奔走，一定要為叔叔的死「討個說法」。我這個有著所謂「詩人」聲譽和「黨報記者」招牌的青年，也不得不加入了申訴、上訪者的行列。我曾對同事們無憂無慮、除了小家庭外別無牽掛的生活感到由衷的羨慕。我說，像我這種有農村背景的「城裡人」，要想和農村割斷最後一縷聯繫，恐怕要付出兩代人的努力。這種志向顯得有點心胸狹隘、目光短淺，未免令人發笑，但同事們知道，我本來也未曾打算成為一個什麼了不起的人物。

故鄉是一個美麗的地方，那裡有豐饒的物產和淳樸的人民；但愚昧和野蠻仍然橫行鄉里，肆虐的還有貧困和疾病。前些天又收到一封家信，說是妹妹要繳學費、弟弟要幾千塊錢「農轉非」、家裡的老人冬天咳嗽得更加厲害；幾畝地也實在是無力耕種了，要我想辦法把它們退掉。信末附帶告訴我，村裡的一個小青年，到別人家偷雞，被人用獵槍打穿了肚子，死在了醫院裡。讀著這樣的信我又一次說不出話來。這個青年，我看著他長大的，膀闊腰圓，力氣抵得過一頭水牛，卻成了地方上的一霸，最後落了這樣一種下場。

長時間得不到家裡的音訊，我心裡就會感到空落落的。那種薄薄的、皺皺巴巴的信，蓋著故鄉那座小城的郵戳，會帶給我瞬間的親切感，使我在城裡，雖不事稻棉卻也不忘稼穡。我只有一個渺小的願望：希望那半張薄紙寄給我的，是關於故鄉的福音。

民如鳥獸

其實我並不喜歡這個標題。至少，它所立足的那個至高無上、俯瞰眾生的角度，與我的平民身份不符。在這個泱泱大國，沒有一寸土地歸屬於我的名下，也沒有一個人隸屬於我的統治。但我還是時常想起這個生動的詞、這個比喻，儘管我記不清它出自於哪一種古籍。

在擁擠的讓人沒有立足之地的車站、廣場，以及沒有立錐之地的車廂，面對神色疲憊、頭髮凌亂、衣衫不整，背著大紅大綠背包的人潮，這種感覺尤其強烈而明顯。我說不清楚，我究竟是同情他們，還是欽敬他們，抑或是同情中混雜著欽敬，欽敬中也隱含著同情？我清楚的是，我必須時時和自己的「城裡人」的優越感作戰。硬臥車廂容易讓人產生「上等人」的可恥錯覺。我不知道，除了他們，誰還算得上我真正的手足兄弟，或者父老鄉親。現在，他們拋棄了土地和家園，向遠方流浪，如同一波一波的難民，奔走在城市與城市之間。他們的境遇，使我的內心隱隱作痛，但同時我又為他們感到格外的慶幸，因為他們畢竟已離開家門，走在了路上。土地束縛他們，使他們祖祖輩輩，廝守著土屋、茅棚與莊稼。兩千年來，他們是主要的賦稅徵收對象，在饑饉的年代裡，首先餓死的和餓死最多的，也往往是種糧食的他們。兩千年來，無論社會怎樣變遷，他們沒有什麼根本變化，不過是種田、糊口、活命。而他們一生的大事，也僅僅是造屋、娶親、修墳，為這三樁心事累了一生。

我在一種封閉的文化環境中長大。這種環境的必然結果就是對外鄉人的不信任。偶爾從鄰村遷來一戶農民，也往往要歷經十數年，他們才被村民們一視同仁。除了當兵，我不記得誰曾經出過一趟遠門。現在，終於有一條漢子，帶著他的老婆跑到了深圳，他們已有兩年不曾回家了。關於他們的傳聞多如牛毛，沒有一條是褒揚他們的。無論如何，這個消息使我感到歡欣鼓舞。我衷心地祝福這個少年時的夥伴，在那塊寶地上好好地出息，成為故鄉的一個人物。

「青壯打工去，婦孺留村莊」，這有點類似於杜詩中的情景，只不過杜詩所述是兵荒馬亂的年代，而如今是一片和平與繁榮景象。接下來產生的社會問題是田園將蕪，田園已蕪。哪一個村子沒有幾十畝撂荒地，長出了青青的野草？當我穿行在鄉村裡，發現有些村莊只剩下婦女與老人時，我感覺到，不僅是村子，而是整個中國農業，幾乎已經成了座空城。但願我不是在危言聳聽。

「民如鳥獸」，古代的統治者對此總是嚴加防範。人民四散而去，管理起來自然麻煩，還是用幾塊土地、若干項賦稅將他們拴住為好。慶幸的是，世道終於變了，是鳥，儘可以飛翔了，是獸，也儘可以奔突了。農民對土地的人身依附關係，終於得到了部分的解除。自由的目的，是最終獲得生存的尊嚴，作為一個人，作為一個平等國家的公民，辛勤地勞動，幸福地生活。

現在，這些還無從說起。我不知道，這種背棄土地的「逃亡」或者說「淘金」，還將持續多久，最終會衍化成什麼結局，我為之欣喜，也為之憂愁。

我心悲涼

關於失學兒童、關於「希望工程」的報道、節目、文章、活動越來越多了。最有效果的方式便是從貧困地區選幾個孩子，接進城裡來，讓他們在攝像機前，一一回答諸如「在家裡一年吃幾次肉？」、「知不知道這種玩具叫變形金剛？」、「你身上穿的衣服是借的還是自己的？」這一類問題。主持人原本想喚起觀眾的同情心，結果更多地喚起的不過是城裡人的優越感而已。這種情景使我的內心受到了刺痛，彷彿我自己就是那些被幸運地選中，到大城市來逛幾天「西洋景」的貧困兒童。我看過幽默電影《三毛從軍記》。三毛流落上海，被一位有錢的貴婦人收為養子。貴婦人的心至少在對待這個孤苦無助的流浪兒身上，表現出了善良與同情。但這種善良與同情，出自一種居高臨下的角度，就變成了施捨，而接受施捨無論如何都是一種屈辱。所以三毛最終還是逃離了這個有吃有穿有地位的家，重新成了一名流浪兒、一名黑暗年代的失學少年。我不知道這類電視節目的製作者為什麼不直接把鏡頭伸向那搖搖欲墜的校舍，那些陰暗潮濕的茅屋，那些粗糙簡陋的家具，那些衣衫襤褸、目光呆滯的孩子。

也許是我鄉下人的身世，使我對這個問題表現出了異乎尋常的敏感與自尊。我讀小學的時候，每學期的學雜費只有兩元錢。為了催交這兩元錢，欠費的孩子放學後經常被留下來。老師在教室裡一邊踱步，一邊用「擤了鼻涕腦袋輕」這句俗語來啟發孩子們。那時我總是望著黑板上方的領袖像發呆。我很想問毛主席他老人家，為什麼我父母、爺爺一年到頭都在生產隊幹活，我農忙放假時也要掙工分，卻交不起這兩塊錢的學雜費？我的母親去砍柴，將柴草賣給隊上的瓦窯，一斤乾草才賣兩分錢，我也和夥伴們滿地裡挖樹樁，跑出幾十里外撿豬糞、狗糞、牛糞和人糞，賣給隊裡的糞池。我至今還記得這四類糞便的相差懸殊的收購價。有一次，母親用砍柴攢下的錢，為我做了一套新衣服。那是兩角錢一尺的薄薄的藍布，鄉村供銷店裡最便宜的一種。出於孩子的莫名其妙的虛榮心，我竟然嫌衣服太差了，拒絕穿它，並且蠻橫地對母親說：「你既然只能讓我穿這種丟人的衣服，又何必把我生出來？」母親一向脾氣暴躁，對兒女們常常打罵，聽到這話卻立刻倚在門框上嗚嗚地哭起來。這句惡毒的話提前結束了我混沌無知的少年時代，使我終身牢記貧困帶來的屈辱，但我卻不知道貧困的真正原因。

差不多有十年的時間，充斥於新聞媒體的，都是一些令人欣喜若狂的神話般的消息：農民包飛機旅遊啦，農民雇大學生當秘書啦，農民裝程控電話啦，農民買「奔馳」轎車啦。忽然之間，民工潮湧動起來了，那些出外打工的農民，橫看豎看也不像是包得起飛機，雇得起秘書，裝得起電話，買得起轎車的大款。中國農民生活的真實情形開始顯現出來，接著關於各省失學兒童的統計數字或估計數字也一一公諸報端了。再接著，是七十多種城裡人聞所未聞、聽了瞠目結舌、大長見識的攤派被宣布廢除。我努力相信，造成孩子們失學的主要原因，是自然因素，是地理位置。他們要是都能出生在大都市里就好了，至少也應該出生在大城市的郊區，在那些地方僅僅靠賣幾畝土地就可以一夜致富，蓋起兩三層的小洋樓。

當我在報紙上看到愛國僑胞陳世賢先生向四川儀隴、廣安等地捐資興學時，我既為陳先生的愛國義舉而感動，同時又不免有幾分羞愧。有時候細細想來，社會的變遷真令人匪夷所思。在短短二十前，陳世賢這個海外富翁，他所隸屬的那個「階級」，尚是我們「革命」的對象。他專門選擇這些出過革命家的貧困地區捐資辦學，一方面表現了他對革命的敬仰，另一方面對社會的失誤與不足（至少在教育方面），或多或少表現出了同情與補救的願望。

我比誰都有理由，資助一兩個失學少年。但迄今為止，我卻連一分錢都沒捐過。「希望工程」是一個了不起的創意，但我認為，它的真正價值是它的宣傳聲勢，旨在喚起全民族的教育意識，而不僅僅是愛心。「希望工程」從本質上講，只是一種類似於慈善行為的救助。前些天，成都搞了聲勢浩大的「希望工程」捐助活動，一天下來也只有七十三名失學少年得到了讀書的機會，這與全省十多萬失學少年相比，完全是杯水車薪，只不過使失學少年整體中產生了一些幸運者。假如某村有一個失學孩子，得到了一個城市家庭的資助，背著書包上學了，他的隔壁住著另一個失學孩子，卻沒能找到一個肯資助他的城市家庭，我不知道這個孩子望著自己的夥伴上學去的背影，會不會想到「公平」這個詞。

可是，即使讓所有的孩子都上了小學，又當如何呢？孩子們小學畢業，一旦考不上初中，就永遠失去了再受教育的機會，而在現代社會裡，一個只有小學文化程度的人，幾乎等於文盲。國家如果不用法律的手段，在經濟上花二三十年的血本，確保每一個孩子，至少受完高中教育，我們的民族就談不上有多大的希望，二十一世紀絕不會是中國的世紀。所謂現代化國家，就只是一廂情願的夢想，至多不過能實現都市的有限的現代化。

端午一哭

1

中國的傳統節日，大多具有趨吉避凶的原始寓意，如遍插茱萸、登高望遠的重陽節；清風皓月、覽景懷人的中秋節；一元復始、萬家團聚的春節；還有，祭江祭河、競游競渡的端午節……

二〇〇二年六月十四日早晨，端午節的前一天，我將一張照片裝入信封，投入街頭的郵箱裡，寄往湖北武漢的一家刊物，配發我為該刊撰寫的一篇文章。那張照片是去年夏天，我移民美國後第一次回老家探親時，在村子的「街道」上拍攝的。照片的背景，是土牆瓦頂的舊宅，破敗、單調、了無生氣。照片上，我站在中間，兩邊各站著兩個中年漢子，是我最熟悉的少年夥伴。在我一步步地遠離村莊，走到北京，走到成都，走到美國舊金山的二十年裡，他們卻堅守著村莊和土地，一步也不曾離開過。沒有誰比我更為清楚：這種「堅守」中，有多少無助、無望與無奈的因素。機遇、學識、眼界、性格限制了他們，像無形的、無處不在的繩索一樣，將他們捆綁在幾畝田地之上、幾間土屋之中，成為這個國家最基本的、最底層的納稅人。

在照片上站在我右側，個子略高於我的那位，大名叫「金興成」，小時候的乳名叫「大憨子」，是村裡的「孩子王」。他基本上算不得是我的朋友，在我小時候，他甚至還欺負過我，不只一次和我打架，但是，我卻將這張照片，掛在我書桌前的牆上，用一個小鏡框裝著。裝在同一個鏡框裡的，還有另外兩張照片，其中一張是已經無人居住的老家住宅，一張是穿村而過的一條褐色的土路，日漸衰敗的那座村莊在遠處隱約可見。

之所以選擇這張照片，是因為它見證了我在鄉村出生、成長的十八年歲月。如果說我的成長是一個動詞，它就是我那個動詞的「過去式」；如果說我的人生是一本書，它就是那本書的初版本；如果說腳下有一條蜿蜒兩萬里的坎坷路，我就是那條路上的不歸人。

我不是一個喜歡照相的人，但新聞記者的職業和寫作者的便利，使我和許多人拍攝過合影，其中有高官、有名流、有巨賈、有麗人。但獨獨被我選中，裝入鏡框、懸於書桌之前，我一抬頭就能看到的，卻是這幾張老宅、土路、兒時夥伴的照片。

我知道，這是我的根，我的出處。

2

我們的村子，呈「十」字形的格局。我們家在這個十字的西南角，而金興成的家則在東北角。同樣處於十字街頭，兩家的直線距離只有二十米。

我們都出生在一九六二年，只不過我出生在歲末，而他則比我大幾個月，出生在八九月份。推算起來，我們的母親懷我們的時候，席捲中國的三年大饑饉勉強算是結束了。等我們出生時，好大好實在的一場豐收啊！我現在都還記得，奶奶講給我聽的故事：當時為我的滿月舉行「滿月酒」鄉宴時，炸的油條據說裝了滿滿一木桶。那桶，可不是水桶，而是能裝好幾石糧食的「穀桶」啊！奶奶說這話時，臉上驕傲的笑容我至今想起來都覺得溫馨不已。

饑荒過後，村裡新娶的媳婦們紛紛懷孕。那是多麼人丁旺盛的一年，僅有四十多戶人家的村子裡，一年內竟生了近二十個男嬰女嬰。村支書的妻子是接生婆，忙得腳不沾地。接生是免費的，一碗荷包蛋、一包用粗糙的草紙包著的紅糖，是她剪斷臍帶後的謝禮。那一年，接生婆家的木箱子裡，怕是裝滿了這種紅糖吧？小時候，我就親眼看到有鄰居家的大嫂，到接生婆家裡借一包紅糖去走親戚，或是帶回娘家看望父母。在貧窮的年代裡，在僻遠的鄉村，我從小就看到人性的光芒在閃爍，看到善良的心靈在蒙昧和閉塞的環境中自生自滅。

風吹草長，眨眼之間，我們從光屁股的野孩子，變成了小學一年級的新生，用村裡雜貨舖程老爹的話來說：「小馬駒套上了籠頭，從此要各奔前程了呢！」金興成和我，還有其他的幾名男孩女孩，成了同班同學。小學並不遠，離我們的村子只有一里路。在上學放學的路上，我們通常都結伴而行，而這麼短的距離，卻長得足以讓孩子與孩子之間產生矛盾，甚至打起架來。有一天，下著雨，地上全是泥漿，我和他不知為了什麼事情打起架來。他雖然比我高一個頭，機靈勁和爆發力卻不敵我，結果，被我猛地摔到地上，滾了一身的泥。他哭著跑回家，口裡嚷嚷著，要叫他爸爸來收拾我。他爸爸是副隊長，我爸爸卻是地主的兒子。我嚇得沒敢上學，逃回家裡，將大門拴得死死，並用椅背緊緊抵住。我從門縫朝他們家張望，生怕他威風凜凜的爸爸向我們家走來，一腳將大門踢開。平生第一次，我對一種無形的東西——威脅，產生了恐懼。「威脅」這種東西，惟其無形、不定，才格外令人寢食難安。幸好，他的爸爸終於沒有上門興師問罪。事後，我的母親向他的母親賠不是，他的母親笑笑說：「小孩子打架，大人是不興插手的。大人要是計較起來，鬧得氣鼓氣脹的，還沒等消氣，小孩子們卻早已玩到一塊兒去了，狗兒離不開臭茅房呢！」

這是我最早聽到的一段關於「恕道」的話。它的精神內核與孔子所倡導的並無不同，只不過是村婦村夫的民間俚語說出的罷了。

其實，小孩子之間吵架、鬥毆之後的絕交，是童年時代的一個嚴重事件，絕非大人們所想像的那樣簡單。絕交，當然是類似於外交辭令的成人語彙，在鄉下，我們是用「結孽」這個詞來表示這種兒童之間的交惡的。兒童時代心胸狹窄、氣性大，「結孽」後的兩個孩子，一兩年互不說話是常有的事情。村裡比我們年齡大幾歲的一個孩子，在某一天的晚飯後，將我們拉到村中心的土炮樓底下，那裡是我們村的「廣場」，孩子們遊戲的「俱樂部」。

他問我：「你願意和他和好嗎？」他指了指金興成。

我點了點頭，囁嚅著說：「願意」。

這位「調停人」又將同樣的問題，問金興成。他也給予了同樣的回答。

他要我們拉手。鄉下的孩子，是不興握手的，所以，「握手言和」這個詞，用在這裡並不恰當。拉手，謂之「過電」，這「電」一通，隔膜、怨恨的心也似乎通了。但是，我們倆都遲疑著，都不太情願先伸出手去，一年多以前的那場架，誰在理，誰理虧，都還梗在小小的心裡。這位大孩子捉住我們的手，將它們強拉在一起，命我們叫一聲對方的名字。

在世界上，幾乎所有的調停都如此煩瑣，且必須舉行某種儀式。

我從小沒有乳名，所以，他只好喊我的學名：「程寶林」。

我畢竟狡猾一點，沒有本著完全對等的外交禮儀，用他的學名稱呼他，而是喊了一聲：「大憨子」。在我們鄉下，「憨」是比「傻」好一點的一個貶詞。

接著，我們背誦在鄉村裡流傳下來的誓詞或者咒語：「拉手過電，說話不變；吐泡口水，永不翻悔。」「呸！」、「呸！」兩聲，兩個結怨一年多的孩子，終於和好如初。

那是一九七二年的事情，那時我們都是十歲。

3

那一年，在我的家鄉，發生了幾十年不遇的大旱，堰塘裡的水全都乾了，連人畜飲水都發生了困難。我跟著金興成去抓甲魚（在其他地方，它的名字叫鱉、王八或水魚），每人的背上，背著一個小竹簍。太陽烤得大地滾燙，鄉村小道上的塵土，積累了幾寸厚，路上到處可見在尋找水源的途中被曬死的烏龜。

在抓魚摸蝦這方面，金興成是我的師傅，而在功課上，我是他的靠山。這種互補和互惠是一種極其真實的人際關係，貫穿我的小學乃至初中時代。在我們那個有「魚米之鄉」美稱的地方，捉鱔魚是孩子們的必修課，而金興成，大概算是捉鱔魚的天才吧。我跟著他，順著山坡上、小溪邊的稻田田埂摸去，他教我說：「泥鰍靠捧，鱔魚靠勾。」他示範給我看：將右手的中指伸出，勾住鱔魚的中段，緊緊勒住，扔到背簍裡。他進一步教我說：「水蛇洞冰冰涼，鱔魚洞暖烘烘。」

我跟隨著這位「師傅」，朝旱得裂了口的堰塘一路尋去，他指給我看泥上甲魚爬行的爪印，在爪印的盡頭，甲魚肯定潛藏在泥巴的深處，希望能躲過大旱和貪婪的捕鱉少年。甲魚是極有攻擊性的，咬住了指頭，能咬出血來，死也不鬆口。第一次抓甲魚，我無從下手，捏住甲魚的背，被甲魚扭過頭來，真正是「反咬一口」。在我的驚叫聲中，金興成幾步趕過來，從竹簍上抽下一根篾片來，朝甲魚的鼻孔一戳，甲魚立刻像觸了電一樣，鬆開口，在泥塘裡爬走。只見他跨前兩步，將那只肥大的甲魚掀得底朝天。甲魚露出白色的腹部，用頭頂著泥巴，企圖「翻身」，金興成伸出右手，捏住甲魚後腿之間的兩個凹陷處，輕輕地一抓，就將甲魚抓了起來。他說：「這就是甲魚的弱點。抓住這裡，任甲魚如何掙扎，都咬不到你的手。」一邊說，一邊將這只甲魚，扔進了我的而不是他的背簍。

小時候，挖野菜餵豬是我們放學後的主要勞動。記得是小學四年級的時候，我們一群野孩子挖野菜，走了十多里路，到了附近一個叫曾集的鎮上，肚子餓了，我們湊了一塊多錢，麻著膽子，擁進了鎮上唯一的一家餐館，點了兩個菜，每人要了一碗大米飯，七八個孩子圍著桌子，誰也不客氣地狼吞虎嚥起來，在黑乎乎的餐桌下面，擠著七八個裝著野菜的竹籃。吃完飯，抹抹嘴，金興成感嘆一聲：「想不到館子裡的菜這樣好吃。等長大了，有了錢，要天天下館子！」

這是我們平生第一次「下館子」。後來，我當了某大報的記者，成了一個龐大的體制內食利階層的一員，在十多年的採訪生涯中，見識過幾乎所有的山珍海味、美酒佳肴，從來沒有自己掏過一分錢的腰包。每當我坐在這種應酬的場合，說著言不由衷的假話，和素不相識的官場人物碰杯敬酒時，我是虛榮的，我更是愧疚的。那些在桌子上疊床架屋的冷盤、熱菜：雪山丹鳳（名貴的蟲草燉雞）、霸王別姬（甲魚燉烏骨雞）……端上桌時，已經沒有人肯動一筷子了。這個時候，我甚至覺得自己是有罪的。

4

我有機會坐上這免費的宴席，除了我個人的努力外，也多虧了運氣。

一九七七年，全國恢復高考，與之相一致的，是升高中也恢復了考試，而不是以前由生產大隊推薦。在此之前，像我這樣出生於「地主」家庭的學生，讀完初中就不用指望升高中了。

我記得很清楚，就像昨天的事情一樣：我考上高中、拿到錄取通知書的那天下午，我和一群男子正在村子東邊的一座堰塘裡挖排水溝，其中有一個叫劉汝謙的農民，是從武漢的中學發配回鄉勞動改造的「右派分子」。他欣喜地說：「寶林，你有機會讀高中，可是沾了×××的光啊！」這是他的原話，一字未易，刀子一樣刻在我的心裡。當時，×××先生剛在中國政壇復出，採取了一系列改革措施，鐵屋一般的中國、荒漠一般的大地，開始透出一絲絲、一縷縷曙色和春意來。

晚上收工回家，發現金興成的母親，站在她家與我們家之間的十字街口，沖著我們家跺腳痛罵：「現在真是變了天了，我們貧下中農的子弟不能讀高中，地富分子的子弟，倒能讀高中了！我看他讀了書後，是成龍，還是上天！還不是和我的兒子一樣，回到農村來摳牛屁股！」

這也是她的原話。這番話嚴重地刺激了我少年人的自尊心，使我二十多年來，從來不曾忘記過。奇怪的是，無論當時還是後來，我一點都不怨恨她。作為母親，在我的不識字的母親為我考上高中而高興時，識字不多的她，為自己的兒子失去讀書的機會而憤怒，是完全可以理解的。經過幾十年的歧視，村民們還不能完全接受和習慣這樣的事實：我們這樣的家庭開始享受這個國家給予的、或者說被剝奪得太久的公民待遇。她的話，是刺激或激勵我這二十多年來永不滿足、一定要混出點人樣的原始動力之一。

以前，只推薦貧下中農的子弟讀高中，當然是不公平的；僅僅靠一場考試，就決定了一個鄉村孩子的終身命運，這也很難說是公平的。不過，坦率地說，那時我還只是一個連縣城都沒有見過的鄉下孩子，不可能有這樣深的思想。

後來，改革開放以後，金興成當了我們村子的小組長，這幾十戶人家的頭兒。每次我從四川回到老家探親，他都不即不離地和我寒暄一陣，但從來也沒有按照當地的習俗，請我到他家吃過一頓飯。我請他到我家來吃飯，他也推辭過，後來總算來了。我看得出來，他在我面前有自卑感。發現這一點使我很難過。有一次，我的印象最深：鎮上主事的官員，得知我這個當地的所謂「名人」回到老家後，派遣鎮上唯一的一輛吉普車，行駛幾十里的鄉路，到村裡來接我們一家三口到鎮上與家鄉的頭頭腦腦們見面，並設宴款待我們。金興成看見「上面」這樣「抬舉」我，他作為同學、夥伴和一組之長，不作任何表示似乎面子上很過意不去。他請示了村裡的支書，決定請我到五里路外的鄉場上唯一的一家餐館「下館子」，時間定在我回四川的那一天中午。

到了那一天，我們村和周圍幾個村的農村幹部都齊齊地趕來了。他們都是來作「陪客」的。由於沒有交通工具，他們決定開村裡的拖拉機，載著我去赴鄉村的宴席。誰知，由市里當官的朋友派來接我的小汽車，提前開來了——我的家鄉不通公共汽車，我每次回家探親，總是城裡的官場朋友派車接送我，這種「禮遇」在增添我「衣錦榮歸」虛榮心的同時，也大大拉開了我和這位夥伴的心理距離。當我坐上汽車，從十字路口駛過，向城裡進發時，我回頭向金興成招手告別，只見他沮喪地用農民特有的姿勢蹲在地上，目送汽車絕塵而去。

九〇年代初的一個夏天，不幸降臨到金興成的家裡。他的大弟弟，長得五大三粗，成了橫行鄉里的一霸，動不動就打人、偷雞摸狗，許多村民對他又恨又怕。有一天，他帶著幾個小兄弟，到鄰村一戶人家偷雞，主人發現後，提著灌了鐵砂的鳥槍追趕出來，在野地裡，朝他的腹部開了一槍。他的大弟弟被用拖拉機送到一百里外的荊門市搶救，結果，死在了手術臺上，據說從他肚子裡挖出了一百多粒鐵砂子。

我回到村裡時，這件慘禍過去已經快一年了。從金興成講述的原委中，我判斷，開槍的那位村民，算作「正當防衛」可能是不公平的，但有關部門已經作出了決定，人早已埋進墳裡，當事的喪家既無錢又無勢，在城裡兩眼一抹黑，連一個「長」字輩的人也不認識，屈死冤死又能怎樣呢？我雖然覺得可能不公，但我只是回鄉來小住幾天的、在外省工作的普通百姓，我又有什麼辦法，幫他的弟弟奔走、呼號？除了陪他深深地嘆一口氣，我實在無話可說。到了晚上，我搬出椅子，在自己老家門口乘涼，金興成的父母也搬出竹床，坐在離我幾步遠的地方。我無法安慰他們：一個力壯如牛、才二十出頭的小夥子，「砰」地一聲就沒了，剛生了孫子的家庭，轉眼之間也散了，這一對夫婦的心裡，該有多少的悲哀和痛苦！他們就那樣無言地坐著，等待夜晚變涼。

其實，不幸降臨到他們家族，這並不是第一次。前幾年，金興成的親叔叔，在鄰村當「倒插門」女婿，就是被拖拉機壓死的。

5

另有一次，我帶妻子和兒子回老家的情景也難以忘懷。那天，我們從沙洋坐班車回家，在吳集這個鄉場下車後，還有五里土路，要步行才能回家。在公路邊上，守著二十多輛三輪摩托車，都是附近村裡的農民，到這裡來拉客掙點錢。平時，這五里路的車費是五塊錢，但那天，開車的農民要收十元。

那天，是農曆大年三十。

我正在和一個農民談價錢，只見金興成開著一輛舊三輪摩托車，「呼」地一聲停在了我們的面前，說：「上車吧，我送你們回家。」

我坐在金興成的後面，抱住他的腰，妻子則坐在跨斗裡。

那個我正與之談價錢的農民不高興了，說：「老金，你怎麼搶我的生意，不講規矩了？」

金興成說：「他是我的同學，一個村的，難道不興我送他回家？」他的話語裡有明顯的榮耀感。

坐著他的摩托車，片刻功夫就到了家門口。我掏出十元錢來，硬要塞給他。他臉氣得通紅，結結巴巴地說：「你不應該，這樣做，門縫裡看人啊！好幾年才回來一趟，我還收你的錢？你不怕人罵，我還怕呢！」說完，他掉轉頭來，又開著摩托車趕回鄉場上去等乘客了。說實話，在城裡，我當時最多也只算個月收入兩三千元的工薪階層吧，但與這位小時候一起光屁股長大的夥伴比，我簡直就是富翁。那天他收車回家後，我們幾個夥伴聚在一起打撲克，象徵性地「賭」點運氣，每盤輸盈一毛錢。我不會打撲克，輸了十幾塊錢給他，我的心裡，多少舒服了一點。

二〇〇一年六月初，我舉家移居美國後第一次攜妻帶子回老家探親。這時，父母已經到荊門城裡居住，弟弟妹妹都在那裡有體面的工作，經過兩代人的不懈努力，我們家終於全部跳出農門，老家的房子早已無人居住，空置在那裡，院子裡的栀子花白花花一片，卻無人採摘，草也長得半腰高了。

我們租了一輛麵包車，從城裡趕回鄉下，主要是為了給我爺爺奶奶上墳，也順便看看小時候的夥伴。車一進村，金興成、曾德平、熊傳軍、程應軍這幾個夥伴就圍了上來，爭著和我說話。我告訴他們，我在村裡最多只能停留兩個小時，他們便陪著我，繞全村走了一遍，我一邊走，一邊和遇到的村民打招呼、互相問候。我這才知道，去年一年，村裡竟然死了九口人，年齡最大的六十多歲，還有一個孩子，得了白血病。與我很要好的曾德平說：「我姐也不在了，病死的，五十多歲。」

我們一行人回到我家門前時，妻子和弟弟妹妹們已經將我家院子裡的桃子全摘了下來，裝了兩個大口袋。母親打算將桃子運回城裡賣掉。我吩咐母親，從車上搬下一袋桃子，將它滿滿地分裝進四個塑料袋裡，送給了這四個夥伴。

我對他們說：「明年夏天，我家院子的桃子熟了，你們可以隨便進來，摘回去給孩子們吃。院子的門，是沒有上鎖的，有一個門栓，拉拉繩子就開了。」

6

二〇〇二年六月十四日，美國時間晚上七點，在故國，在兩萬里的波濤之外，正好是端午節的上午十點，我打電話給在荊門的妹妹，向全家問候端午節。說了幾句閑話後，妹妹說：「哥，有件不好的事，想告訴你，又怕你難過。」猶豫了片刻，她說：「我們村裡的金興成，已經死了。幾個月前，他在一個工地上，被運土的卡車倒車時壓死了。」

就在這天早晨，我剛剛寄出了一張有他站在我身邊的照片，給一家刊物發表，晚上，就收到他的遲了幾個月的死訊。在這種可能是純然的巧合中，是否蘊涵著冥冥之中的造物弄人？為什麼短短十年間，一家竟有三個青壯年的男子慘遭橫死？這種偶然的意外中是否潛藏著命運的必然殘酷？一對年老體衰的農民夫婦，接連兩次遭受喪子之痛，白髮人哭黑髮人，他們靠什麼支撐自己度過殘年？

我的淚水在眼眶裡滾動。一個四十歲的男人的眼淚，為另一個終止於四十歲的男人，為他撇下的一雙未成年的女兒、兩個孤苦的父母，默默地流下來。

小時候的夥伴裡，已經「走」了第一人。

生命啊生命，竟然是如此的一葉驚秋啊。

老師

1

他調到這所鄉村中學，擔任初一（二）班的語文老師，按照老規則，自然也是班主任。他姓程，和我算是本家，輩份應在叔叔輩上，因為他的名字和我父親的名字只有一字之差。他到我們班上任教之前，就是當地有名的人物。他有一輛嶄新的綠色自行車。在七〇年代的中國民間，尤其是鄉下，這是令人刮目相看的，何況是一輛名牌「飛鴿」加重型自行車呢！車體上金色的「中國郵政」四個字，以其強烈的官方色彩，令我們這些鄉下孩子敬佩得要死。他是鄉郵員，卻一直不肯騎車，而是背著郵袋一溜小跑地趕路。每逢雨天，他就用塑料布將郵袋遮好，光著兩片腳丫子走在泥濘的路上。

常年堅持跑步送郵件，使他成了人們議論的話題。有一次禾場上放露天電影，加映了幾張幻燈片。幻燈片是由縣「革委會」製作的。銀幕上出現了他手拿「紅寶書」、身背綠郵袋的動人鏡頭，解說詞說他是「活學活用毛主席著作」的先進分子。我很為他高興了一陣子，因為他是我叔叔輩的本家。自古程姓就不像趙錢孫李那樣顯赫，除了程咬金這個傳說中的莽漢外，沒出過太多露臉的人物。

他到我們班上任教不久，有一天我家裡來了一位客人，我爺爺和這位老者在一起喝酒，奶奶拿出了珍藏的鹹魚干，煎得金黃，還有一碗油炒豌豆下酒。爺爺和這位客人以「兄弟」相稱，很是親切。爺爺是地主，大多數時候都是一副受苦受難的樣子，那天的氣色卻極好。爺爺介紹說，這位是程老師的父親，應該叫「爺爺」。我一聽，溜下板凳就跑了。程老師的父親是「貧農」，怎麼會和「地主」坐在一張桌子上喝酒呢？

他剛到班上上課時，給我的第一印象極深：他很黑、很瘦、也很矮，一點也不像一個「積極分子」應有的樣子。不過，我注意到他的腳很大、腿顯得長，這大概跟他長年累月風雨無阻奔跑有關。

他上任以後的第一件事，就是免去了我的學習委員之職。無疑，這對我是一件大事。從此以後，我再也不曾在我的祖國，擔任過任何職務。

知道他是一位詩人，那是不久以後的事。大概因為嗓子有點沙啞，他講課很乾脆，寥寥幾句，十幾分鐘便過去了，接下來便命我們做作業。他呢，則在黑板上沙沙地寫起舊體詩來。他擅長的似乎是五絕。粉筆詩剛登出來，旋即又被擦掉，不留一點痕跡，彷彿壓根兒不是為了讓學生們欣賞贊嘆，而僅僅是為了消遣，或是練習粉筆字。這種怪異舉動無疑增強了我們對他的神秘感，也誘發了我們的好奇心。有一次他破天荒叫我們抬起頭來，一起朗讀他剛剛發表在黑板上的一首五絕，開頭一句便是「父母乞街頭」。朗誦已畢，他便啞著嗓子給我們逐句講解。老師在詩中表示，父母還淪落街頭，乞討為生，除非臺灣解放，他誓不吃肉，終生不娶。我私下裡想，老師的父親明明在家裡種田，還和我爺爺喝過酒，怎能說是「乞討街頭」呢？那時，我還不知道這就叫「藝術虛構」。

稍晚以後，才知道老師還是一位歌唱家。也是在布置完作業後，一時又沒有新作可發表在黑板上，他便輕聲地唱歌。他沙啞的嗓音自然不算優美，但唱得動情、真誠。每次他都唱歌劇《江姐》中的〈紅梅贊〉，唱到激動處，他極想引吭高歌，無奈嗓音太啞，最後只得將幾個音符嚥下肚去。

有一次他正在黑板上抄他的詩，正好校長從教室外經過，探頭朝窗內張望了好一會兒。又一次，他正在唱那首〈紅梅贊〉，校長又從教室門口經過，探頭朝教室內又張望了一陣。他對此並不理睬，只管抄他的詩或唱他的歌。

有一次我交上了一篇作文，寫的大概是〈家鄉巨變〉之類的題目。這個題目，我爸爸讀初中時就寫過，現在當地的孩子還常寫。文章的優劣倒在其次，老師給我的朱筆批語，卻著實傷害了我小小的自尊心。他在作文後面的批語是：「要與剝削階級家庭劃清界限，不要繼承地主階級的衣鉢。」

這是我少年時代最反感、最怕聽到的話。然而，這是那個時代的套話、流行語。我原本指望這位本家叔叔輩的老師，在學校能暗中給我一點陰庇，看來，小小人兒的小算盤，徹底打錯了。

2

不久，老師就到當地鎮上一所師範學校深造去了，一個學期後才回來。回校後，他便舉辦了一場「學術講座」，講的是「價值」和「使用價值」的關係，闡述資產階級和一切剝削階級靠榨取「剩餘價值」致富的馬克思主義政治經濟學基本原理。這是我中學時代唯一經歷過的一次學術活動，聽得我雲裡霧裡，不知所云。

從此老師便不再寫詩了，潛心研究起政治經濟學來。那時候，全國正在批判小商品生產者，老師埋頭鄉間，面壁鑽研浩浩巨著，又一次成為當地議論的人物。

當時學校有三十畝水田，供學生「勤工儉學」之用。在無書可讀的年代，勞動便成了「上學」的代名詞。老師從師範學校回來後，發生了很多變化，嗓子更啞了，臉上多了副眼鏡。令人難以置信的是，他居然公開反對學校安排學生過多地參加勞動。他在課堂上不滿地說：「農村孩子，放學後回家要餵豬砍柴，星期天和假期要掙工分，什麼時候脫離過體力勞動？」有一天，他領我們去疏通一條根本不再使用的水渠，同學們胡亂挖了幾鍬後，便在草地上一躺。他坐在同學們中間，給大家「嘎嘎」地講故事，聲音聽起來像一隻公雞在叫。我至今還記得，那次他講的是抗日將領吉鴻昌被槍斃的故事，他慷慨激昂背誦的吉鴻昌的就義詩：「恨不抗日死，留作今日羞；國破尚如此，我何惜此頭！」我想，我大概會終生不忘了。

不久，該他上課時他沒有來，教導主任進來宣布：他已不在這裡任教了。

後來聽說他是因為聲音沙啞，而被調到了幾公里外的一所小學，擔任打鈴、掃地等庶務，閑暇時還鍥而不捨地研究政治經濟學，撰寫論文寄到高校的學報。老師的論文，自然從來沒有發表過。

大學畢業後，我分配到了四川一家報社，當了記者和編輯。有一天，我忽然收到了一封從家鄉寄來的掛號信。信竟是老師寫來的。他在信中說，他正準備徒步考察全世界，也就是說，隻身作一次環球旅行——他用括號對此作了解釋，目前存在的問題是當地群眾對此有非議，各級領導也不支持，自己也似乎很缺經費。在信的末尾，他特意用一個獨立的自然段，回憶他接手初一（二）班的情景——他記得他曾提拔我當了學習委員。這封信的「中心思想」，是希望我能在報紙上發一則消息，幫助他完成這一壯舉。在信中，他對自己十餘年馬克思主義政治經濟學研究的成果一字未提。

我沒有給他回信，我擔心我說的任何一句話，都可能傷害他的自尊心。我沒有想到，連信都不回，才是對他自尊心的最大傷害。此後近十年，我便再也沒有聽到老師的任何消息。

3

一九九七年春節，我回老家探望父母，因為第二年，我就要帶著妻子、兒子舉家移民美國了。在此之前，我已經到美國闖蕩過兩年，多少也算見過點世面。

我剛回到老家，就有人告訴我，老師「周遊世界」後，已經回來了。老師有一戶親戚，就住在我們村，於是，我托這位村民捎話給老師，希望能請他到家裡一敘。

老師很高興地來了，臉上甚至有一種受寵若驚的表情，令我十分難受。多年未見，老師已經小了一圈，比以前更瘦、更黑、也更矮了。他穿著一件黑色的對襟布襖，臉顯得乾瘦而狹小，背也有點駝，眼睛黯然無神，與村裡的任何一位農民，完全沒有區別，再也看不出來，他曾是當地的一位聞人、一名「學者」、一位上過幻燈片的風雲人物。

我在家裡擺好了一桌酒菜，恭請老師上座。老師千推萬托，橫豎不肯坐在八仙桌的「上上位」。在吾鄉農村，酒席上面向大門、背靠中堂的一側座位為尊，其中最右邊的座位為主賓座位，即「上上位」。推搡了半天，我們師生只好並排坐了側座的長凳。酒過三巡，老師嘆了一口氣，說：「我現在已經淪落為一個算命先生了。我算命、打卦、掐八字、望風水，在這周圍的村子裡，也算有了點名氣，種田之外，靠這些旁門左道、雕蟲小技糊口，也還不至於餓肚子呢！」說完，老師低頭喝了一口酒，便找我要生辰八字，說是要好好地給我算一卦，看我這次去美國的運程如何，如有不順，也好早點想辦法禳解。

我說：「我不知自己的生辰八字，也不太相信算命。無論運，還是命，天意固然不可排除，人謀卻更為緊要。」老師說：「是啊。我如果不是走錯了路，現在還不是好端端地當著老師，何至於落到替人算命的田地呢？」

老師在席間簡單地講述了自己「周遊世界」的經歷：就在他給我寫信的那一年，他籌集了一兩百元人民幣，帶了點乾糧，混火車到了雲南，在中緬邊境附近遊逛了幾天，就向邊境那邊的森林深處，漫無目的地走去。他的理想是親自到資本主義國家去，考察資本主義的社會和經濟狀況，用來驗證自己掌握的馬克思主義政治經濟學原理。他原本打算去世界上最大的資本主義國家美國，但隔得太遠了，實在渡海無門，他便就近選擇了足力可達的緬甸。他想，緬甸雖然小，到底是資本主義國家，「窺一斑而知全豹」，良有以也。他哪裡知道，軍人當政的這個鄰邦，是比改革開放的中國更「正統」的「社會主義」國家呢！

老師在亞熱帶的叢林裡走了一天，也不知走了多遠。第二天中午時分，他走到一棵大樹前，從樹後閃出幾個士兵，拿槍喝住了他，要他舉起手來。他一驚，發現這些士兵，並不是他熟悉的中國邊防武警，他這才明白：自己已經「出國」了。

他被投進了緬甸的一座監獄，睡在森林深處的木棚監房裡，等待甄別。他面臨著兩項指控：「間諜罪」和「偷越國境罪」。據他說，在監獄裡，他吃的是真正的「豬狗食」，幹的是真正的「牛馬活」——這是老師以前在課堂上描繪萬惡的舊社會的套話。

三年後，他被緬甸官方認定並非間諜，於是將他遣返。

家鄉的公安局，派人到雲南，將他押到武漢，又審問了幾天後，予以釋放，給他買了汽車票，讓他回家，並勒令他每隔一段時間，到當地派出所報到，報告自己的近期所作所為。不去按時「點卯」，輕者罰款，重者收監。

老師說：「我們同一批被遣返的，有好幾百人，被送到昆明後，政府安排我們洗澡，給我們每人發了一身乾淨的新衣服，吃飯時，桌上是三菜一湯，還有肉。天啊，整整三年，連肉是什麼味道都忘光了！」

我趕緊夾了一大塊粉蒸肥肉，放在老師的碗裡。

同學

自從我上了大學，便沒有去過鄉村的姑姑家。事實上，我上了初中後，便再沒有去過，但姑姑抱怨起來，總是歸因我上了大學，眼睛長到額角。在我的腦海裡，姑姑家土屋的格局雖已模糊，姑姑出嫁的記憶卻格外清晰。我那年十二歲，臨去作客卻沒有一條體面的褲子，奶奶便去鄰居家借了一條。那條褲子實在太大，褲腿要挽好幾圈才不至於被踩到腳底，明眼人一看就知道是借來的。這使我感到很傷自尊心。那一年我已不可思議地喜歡上了一個女同學。我認為我有權擁有一條跟自己小學四年級優等生身份相稱的褲子。那天來的客人很多，我毫不顯眼，直到很晚了，還沒有找到睡覺的地方。屋子裡到處鋪著稻草，地舖上胡亂睡著的，不像是親戚，倒像是一群難民。我終於被安排到隔壁借宿，和一個看上去比我大許多的孩子同睡一床。那孩子有一口難看的牙齒，稀落暴突，又黃又黑，使我產生了輕微的惡感，儘管我本該感謝他。我們一句話也沒有交談，便各自倒頭睡去。鄉村的孩子大多怯生，我也不例外。睡到半夜我被尿憋醒了，既不敢下床到屋外去撒，睡前又沒有弄清尿盆藏在何處，就這樣艱難地挨到天亮。

很快我就上了初中，姑姑家隔壁那個牙齒難看的大個子男孩，成了我的同班同學，我們仍然沒有說過話。我們曾經作為兩個小陌生人，在同一床舊舖蓋下，度過了一個漫長的夜晚。這非但沒有成為我們之間友情的基礎，反倒成了我們互不說話的原因。這或許是出於尷尬，出於羞怯，或者出於別的原因，直到某一天，有同學傳過話來，說他要揍我，原因是我曾在同學中散佈關於他牙齒的謠言。第二天我偷窺他的神色，並未有任何的不同，這使我格外膽怯，心懷恐懼。他為什麼不直接威脅我，而要借他人之口，通過只有國際上才使用的外交方式表達對我的敵意呢？他如果準確地說出他即將施行的暴行的時間、地點、程度，我也許會感到安全一些。我權衡了自己的實力：我又矮又瘦，活像草地上的一隻螞蚱，完全不是他的對手；而且由於我倒霉的家庭出身，我也找不到可以與我結盟的同學，無論上學放學，我都是獨來獨往。

時間一天天過去，高懸我頭頂的劍沒有掉下來，但威脅也沒有取消。我已經打定主意，他揍我的時候我絕不還手，我要放棄自衛的權利，以換來申訴的有利。我知道如果反擊，不過是兔狼相搏而已，反倒使我由「無故被毆」變成了「打架鬥毆」。他顯然不敢在教室裡或是學校操場上揍我，所以，他動拳腳的地方一定是那長達五里的鄉間小路，而且，一定是放學之後。我決定，無論他在何處訴諸武力，我都要當即跑回學校，帶著臉上可能留下的抓痕、鼻血之類的鐵證向班主任控告。我擔心的是他把我按在地上，用拳頭揍我的屁股卻不留任何痕跡。

終於有一天，天賜良機於他，放學後他追上了我，長長的鄉路上，只有我們兩人，沒有任何目擊者。他一把扯住了我的書包，質問我：「程寶林，你是不是醜化過我的牙齒？」

在七〇年代中期，「醜化」是一個很實用的、時髦的詞，同時，又是一項嚴重的罪名——一個被裁定「醜化」「最高領袖」「最高統帥」的人，所受到的最高懲罰甚至可能是殺頭。我分辨道：「我沒有惡意，我只是說，你的牙齒好像沒有刷過。」他反問道：「誰說我不刷牙？我從小就刷牙，一天刷兩遍。我的牙生來就是這樣的，你憑什麼醜化人！」他又一次使用了「醜化」這個詞。

我感到理虧，想起了借別人褲子穿，使自尊心受傷害的情景。我差一點想撒腿就跑，但這樣未免太不像一個男子漢。我暗想，讓他揍我一頓算了，反正四野無人，我也不丟多大的面子。

出乎我的意料，他並沒有揍我。扯著我的書包的手鬆開後，他向我提出了一個讓我驚詫莫名的要求，作為他對我解除威脅的條件——他要我把書包裡的作文本給他，他帶回家去，像鳩山先生研究李玉和的舊日曆一樣「研究研究」。我的作文「天賦」那時已被全班同學所公認，就在這個本子上，抄著我剛寫的一篇命題作文〈家鄉巨變〉，下星期必須交卷。儘管事實上，家鄉所謂的「巨變」，不過是拆除了一座戰時的土炮樓，修了一座倉庫而已，我卻妙筆生花，寫得跟大寨差不多。對於這一和解條件我心裡暗喜，急忙掏出作文本，帶著幾分自豪幾分討好呈獻給他。一篇作文能化干戈為玉帛，這誘發了我日後成為一名作家的夢想。

從此我們的關係變得正常，比陌生人親近比朋友疏遠，這種情形，直到我考上大學後因病休學為止。

我住在小鎮上的中學裡養病。有一天，來了一個客人，原來是他。他沒有考上高中，回家當了農民。這回他是到鎮上買化肥，順便來看我，提著兩瓶罐頭。在農村，給病人買禮物，通常都是罐頭，禮輕、情義重。我招待他在學校食堂吃了午飯，便一起沿著公路散步。由於談得很投機，竟然走到薄暮時分，走出小鎮十幾里。他談到了他讀過的一本蘇聯小說《愛》，把故事津津有味地複述給我聽。正是從他的口中，我才知道「愛」居然還可以分成「情愛」和「性愛」，二者我都還未曾感受。最令我吃驚的是，臨別時，他竟要我拿出我寫詩的硬皮筆記本來，為我題詞留念。那是我第一個專門寫詩的本子，封面上用包紮傷口的膠布貼成了《春草集》的字樣。他叨著筆，苦苦思索了足足一個多小時，然後奮筆疾書，寫下了一組文句不通的〈十六字令〉，計有三首，四十八個字，共有九個錯別字。他擱下筆，扛起早已買好的一袋碳酸氫氨化肥，大步踏月而歸。目送他月光下遠去的背影，我內心感動不已，又好像隱隱作痛。

大年初一他出乎意料地來了。那時，我已復學，重新成為一名受人羨慕的大學生。他本來是該去給未來的岳父岳母拜年的，半頭豬肉、幾十斤鮮魚都已按鄉村的規矩備辦齊全，女方忽然捎信來解除了婚約。情愛也罷，性愛也罷，一句話頓成泡影。他便乾脆來給我拜年，提著顯然屬於彩禮組成部分的一塊肉、幾條魚。吃過早飯，我們又在鄉間小路上散步，他談起自己的婚姻，始而大罵，繼而大哭，囁嚅中含糊吐出「舉世皆濁，惟我獨清」的警語，再一次令我如雷貫耳，驚愕不已。

不知不覺，在家鄉，我漸漸成了一個多少受點尊敬的人，儘管在城裡我仍然毫不顯眼。十多年不曾進過姑姑的家門，姑姑早已不只一次地抱怨。我也想去看看她家門前那像刀子一樣掛在樹上的皂角，記得小時候的一句順口溜叫「皂角樹上千把刀」。於是，這次我帶老婆孩子回老家，便決定去看望姑姑。

那棵老皂角樹依然，姑姑的老屋依然，只是姑父略有不同，更蒼老一些，原來的那位早已患肺病安息九泉。進得姑姑家門，便有一高大粗壯的年輕黑漢，從姑姑家側房中睡眼惺松地跨出來。我一看，正是他，這位初中同學。糟糕的是，十年未見，乍然相逢，我竟忘了他的名字，只好親熱地、含糊地抬呼了一聲，在互相敬煙的客氣氣氛中，絞盡腦汁地回憶他的名字。原來，他是在幫助料理村裡一個老太婆的喪事，一時閑著，聽姑姑說我要來，便在姑姑家的側房裡一邊睡覺，一邊等我。姑姑正在廚房忙活，我找個藉口去廚房問了姑姑，這才重新獲知他的名字。我沒有用「想起」這個詞，因為我根本就沒有想起。

我們就一些可以寒暄的話題談了一陣。他對我的瞭解很有限，只知道我從北京去了四川，至於在什麼城市幹什麼工作，都不甚了然。我便一一據實回答。想起他曾為我題詞留念，我本想告訴他我這些年來痴迷於詩歌，但話到嘴邊，又吞下去了。我問了他家庭的一些情況。他有兩個孩子，第二個是計畫外生育的，罰了一千三百元錢；種著幾畝地，前些年學會了吹嗩吶，婚喪嫁娶之類紅白喜事，事主都會請他，吃喝之外，還有煙、錢之酬，日子還過得去。我們又就小麥與油菜的收成、水稻和化肥的價格等話題隨便聊了一陣。對於這些話題，我雖然十分關心，卻畢竟陌生有年了。接著，我們便沒有什麼可談，就像我在他床上借宿那晚一樣。我感到前所未有的窘迫和難堪，但更多的是難過，不知是為他還是為自己，抑或是為我和他兩人。

離出殯的時刻還早，太陽才剛剛爬上樹梢，禾場上坐著一群鄉村裡深諳一切禮儀的老人，正在一邊曬太陽，一邊扎花圈，有一句沒一句地閑扯著。我的這位老同學走過去，坐在他們中間，熟練地劃著篾片，主持他們的談話，聲音很高，好像在罵著什麼。在太陽下我又看見他那一口很不雅觀的牙齒。過了一會兒，他又吹起嗩吶來。他的嗩吶吹得還不錯。我坐在禾場另一端的石磙上，遠遠離開這一群準備出殯的農民，感到石磙這種古老的原始農具，在冬日的早晨是那樣冰涼，又那樣沉重。

鄉村「塾師」列傳

我人生中最重要的老師，都生活在荊門——湖北這座不大不小的城市。這是我愛鄉戀土的重要原因之一。這些默默無聞的師者，充任著「傳道、授業、解惑」的燈盞，照亮了我人生最初的道路。

戴德祥

從鄉村代課老師做起，一直到後來成為地方大學管理幹部的戴德祥老師，是我從小學三年級到五年級的語文教師和班主任。我如今能夠成為一個寫作者，且以寫作為人生快事和終身追求，不能不說，歸恩於戴老師甚多。

在一切講「成份」的那個年代，「出身」不好的孩子，讀書的日子不太好過，但對我來說，語文課，尤其是作文課卻是例外。戴老師常常在全班同學冥思苦想的時候，用「雙手摸白紙，兩眼望青天」批評同學們的腹中無物，有時更是用「石磙壓不出個響屁」這種民間語言加以怒斥。我得到的贊揚卻常常是「讀書破萬卷，下筆如有神」。將我的作文在課堂上朗讀、在牆報上張貼，是常有的事情。其實，那時候，鄉村裡哪有多少書可讀，一個小學生的命題作文，又能「神」到哪裡去？但老師的這種鼓勵，卻激發了我當一名作家的雄心。

戴老師在我看來，是天生的民間語言學家。他的話，刀子一樣鋒利，生動得令人叫絕。比如，我們交不起每學期兩元錢的學雜費，放學後被「留學」，他就在教室裡一邊踱步，一邊啟發說：「擤了鼻涕腦袋輕！」有一次午間休息，我竟然爬到教室的橫樑上玩耍，被跨進教室的戴教師逮個正著，他對我吼道：「你活過月了，是不是！」嚇得我馬上向下溜，他立刻伸手將我接下來……

有一次，我心血來潮，上學時，竟然硬著腦袋，一口氣走了三十里路，到了沙洋鎮，嚇得全家人到處找我，父親天快亮時才在親戚家的床上將我「捉拿歸案」。戴老師命我寫檢討。我的檢討中，有這麼一句：「痛改前非，做毛主席的好孩子，長大了接毛主席的班。」戴老師語帶譏諷地說：「你接毛主席的班？那將王副主席往哪裡擺？」不知他是諷刺我，還是諷刺那個上海工人。

他紅筆一揮，加了幾個字，將句子改成了「接毛主席革命路線的班」。

我後來當了十五年的編輯，目前仍在當編輯。應該承認，戴老師是我的第一個編輯老師，在我上小學三年級時，給我上了一堂生動的編輯課。

可笑的是，那個我要和他「爭」著「接班」的什麼副主席，後來竟瘐死獄中了。

胡國棟

我中學的文學蒙師胡國棟先生，在我一九七九年秋轉入煙垢中學，上他的第一節課時，就給了我一個「下馬威」：他布置的作文，要求將寫在黑板上的二十幾個詞全部用上。我第一個交卷，邀功請賞似的，誰知道出於無心還是有意，這些詞連一個也沒有用上。記得當時是晚上的作文評講課，文、理科合班上課。我是新來的插班復讀生，沒幾個人認識我。胡老師對我的那頓狠批，讓我恨不得鑽到地縫裡去。全班同學，尤其是那幾個漂亮點的女同學，全都扭頭看著我，那滋味可不好受。正在這時，突然停電了。黑暗遮掩了一切，包括我的窘迫。黑暗也使得講臺上的胡老師陷入一種兩難的境地。在一團漆黑裡，再嚴厲的批評也會顯得有點滑稽。胡老師的炮火也只好弱了下去。

我在這所中學裡，因此一夕成名。

我上了大學後，因病休學，回到這所中學養病。元旦時，胡老師邀請我到他的班上，參加聯歡晚會。他將我寫的一首詩刻出來，發給全班同學，並要我點名，請班上的娛樂委員唱歌。我以為這名娛樂委員是他班上我暗暗喜歡已半年多的那位來自農場的女孩，誰知，站起來的卻是她旁邊的另一位女孩。這名娛樂委員唱了一首關於尼羅河的埃及民歌，我現在還會唱幾句：

月亮掛在碧藍的天空
尼羅河水在蕩漾
家鄉美麗的月光下
勞動的人們在歌唱

儘管她的歌聲十分動聽，我還是失望極了。我大著膽子，指著她身邊那位穿著比農村女孩洋氣些、講話也好聽些的女孩說：「我想請她唱歌」。

那女孩大方地笑了笑，站起來，唱了一首美國電影〈音樂之聲〉中的插曲：

高高的山岡上有個牧人
伸開雙臂放聲歌唱……

這就是我的初戀。這個紅衣女孩，是我的第一個夢中情人。青春歲月由這個晚上開始。

真想重回教室，再聽胡老師一堂課，再參加一次那樣青春激盪、心靈碰撞的聯歡會。

劉汝謙

將「汝謙爹」改口稱為「劉老師」，一時還真有點不習慣，難以出口。劉汝謙從師院畢業後，本來是在武漢的中學教語文，劃為「右派」後被發配回老家，當了一名抓牛尾巴的耕田人。農閑時他給農婦畫鞋樣，提個石灰桶寫標語；在田裡勞動時，他會出智力題考我們這些孩子（其中一個考題，我前不久還用來考過我念洋書的兒子）。下雨天他和村裡的一名棋友下象棋，有時也教我們兩招。橫看豎看，他身上沒有一點老師的影子。有一次，他到處找筆，打算記個帳什麼的，女兒驚訝地問：「爸爸，你會寫字？」

記得有一年，隊裡開年終決算的分紅大會，會議桌上，擺滿了剛打開盒蓋的毛主席像章。我那時還小，不知像章是拿來當獎品，還是拿來當報酬。隊長先讀一段報紙，遇到「階級鬥爭是綱，綱舉目張」的語錄時，對「綱舉目張」這個成語雲裡霧裡，扭頭問縮在牆角，頭戴一頂俗稱「狗鑽洞」滑稽黑帽的劉汝謙：

「大迂子，什麼叫綱舉目張？」

這是劉汝謙的綽號。迂者，近於愚、類於痴，其實，大智若愚的人才會「迂」呢！我的父親綽號「二迂子」，在「迂」的職稱上，與劉老師相比還差一級。所以，我對這個綽號，小時候頗為反感，現在倒覺得很親切而貼切了。

一個聲音從牆角傳出來：「綱就是漁網的繩子，目就是漁網的網眼。這是用打魚作比方，繩子撒開，漁網也就張開了」。

我學會了這個成語，儘管我迄今為止，從來沒有使用過，也絕不打算使用這個詞。

劉老師的妻子，姓程，與我是本家，在無論怎麼革命，到底都要講點宗族關係的鄉村裡，她的輩分與我奶奶平級。我從小總是被家長逼迫，所有年齡大的人，全都得以長輩稱呼，所以，稱劉汝謙為「汝謙爹」，是再自然不過的事情。

一九七九年，我在吳集中學讀高二，劉汝謙洗淨腿上的泥巴，到該校當代課老師，改教數學。不久又正式恢復工作，調到煙垢中學，改教地理。我正好是他班上的學生。我必須改口，稱他為「劉老師」。

十多年沒有摸過書，他居然還能教書；從來沒有教過地理，他一邊學，一邊教，後來居然成了名校龍泉中學的名師。這樣的師才，被埋沒在泥土裡十多年，如果不是世道漸明、乾坤正轉，他怕是要黃土埋人度此生了。

有一次，我在學校前的樹林裡，遇見一位女同學，兩人站在一起說了幾句話，正巧被劉老師撞見。他將我叫到辦公室，對我說：「只准專心讀書，不可心猿意馬！」

只有一次，有人跑到學校，告我跟政治有點關係的黑狀。那是一九七九年，極「左」思潮未退淨、改革開放未提出。他將我帶到一間無人的教室，嚴厲命令我：「只准老老實實，不准亂說亂動，有人在盯著你！」他用勒令「四類份子」的話，勒令我好好讀書，不要惹禍。

我考上了大學，幾乎走遍了大半個中國，後來又來到了美國。每次飛越太平洋上的國際日期變更線時，就會想起劉老師。地理教師劉汝謙先生一生行跡未遠，據我所知，他最遠的地方到過重慶的雲陽和奉節。

「世界很大！」地理教師劉汝謙首次跨進教室時，通常用這句話當作開場白。他那雙比一般人眨動的頻率至少快一倍的眼睛，一邊眨，一邊透出知足常樂的笑意。

趙邦榮

在煙垢中學裡，就數趙老師年齡大、資歷深、工資高、脾氣怪。老師們背後都喊他：「趙老頭」，顯出的是一份敬意。我們私下裡也喊他「趙老頭」，表達的更是一份敬愛，幸好一次也沒有被他捉住過。

老先生當時大概已經快六十歲了吧？他頭上戴一頂黑色的氈帽，身上穿的似乎是呢子棉襖，比其他的老師要洋氣、闊氣得多，也更具知識分子的氣質，很有點像三四十年代電影裡的老師。趙老師有一個特點：喜歡「吹牛」，彷彿普天之下的英雄豪杰，都是他的學生。而在我看來，這只不過是他對自己終身為師的一種自信、自豪和自我肯定而已，是一種相當正面、相當積極的人生態度。

趙老師是教歷史的。在我的記憶裡，他是全校唯一一個不備課的老師，走進教室，最多拿著那本薄薄的、其全面性、公正性和真實性都很可懷疑的歷史教科書。他也是唯一坐在藤椅裡講課的老師。那把藤椅，不是擺在講臺上，而是擺在講臺的一側，他就那樣架著腿，書也不翻，悠然自得地坐在藤椅上——開講，君子動口不動手，絕少在黑板上寫什麼。有時，校長或教導主任從教室外走過，他只是扭頭瞄一眼，仍坐在藤椅上雷打不動，胸前的羊毛圍巾，把一個老知識分子的尊嚴捍衛得嚴嚴實實。

趙老師的家在沙洋，所以，一到周末，他就要回沙洋去。他將自己宿舍的鑰匙交給我和另外三個班上成績拔尖的學生，晚上到他的宿舍學習，以便提高學習效率，順便也幫他照看宿舍。晚上我就睡在他的床上，見他的枕頭邊，有一台短波收音機，便偷偷扭開，躲在被子裡聽外國的廣播，聽的最多的就是莫斯科廣播電臺。那時候，幾乎所有的外國電臺，大概都是「敵臺」吧，聽的時候心驚膽跳，第二天見到趙老師，跟做賊似的。

有一次，公社召開審判大會，臨時法院就設在公社電影院裡。被告是一名三十多歲的單身農民，經常偷村裡女人的內褲、月經帶什麼的，結果被捉去，上了大堂。趙老師被指定擔任被告的辯護人。記得全校的師生都旁聽了這場審判。公訴人指控這名被告流氓成性後，趙老師站起來，為被告辯護說：「被告人是單身漢，家裡窮，沒有女人肯嫁給他，他自己又有那方面的生理需求。他偷的都是一些跟女性有關的東西，這是一種心理病態，大概叫戀物癖，是應該得到治療的。即使要判刑，也要從輕發落。」審判長在臺上有點坐不穩，粗暴地打斷了趙老師的辯護。結果，那名被告當庭被判處三年徒刑。

這是我平生唯一一次現場旁聽司法審判，印象深刻，很難忘懷。

那陣子，家裡窮得很，我連鋼筆都沒有，每天端著個墨水瓶，裡面插著一根只值一毛七分錢的蘸水筆走進教室。高考的日子近了，趙老師批評我說：「哪有學生端一支蘸水筆進教室的，看起來就是吊兒郎當，滿不在乎的樣子，不行！」一邊說，一邊從棉衣口袋裡掏出一支高級金筆，遞給我說：「先拿去考試。」

說完，他又馬上補充了一句：「考完再還給我！」

我用趙老師借給我的那支寶貴的金筆，考上了大學。

臨上大學前，我到沙洋鎮辦事，餓了，便走進十字街頭的「五一餐館」，準備買一碗最便宜的、一毛錢一碗的油麵充饑。一眼就看見趙老師端坐在一張餐桌上，面前擺著一碗有著鮮紅辣椒的「牛雜豆餅」。正在進退無著的時候，趙老師一把將我拉了過去，轉身就給我買了一碗同樣的、當時堪稱昂貴（五毛錢一碗）的「牛雜豆餅」。

我正尷尬著，趙老師豪爽地說：「我一個月七八十塊錢的工資，吃一碗豆餅算什麼。我又沒什麼負擔，錢全被我好吃好喝，吃掉了事！」過完「早」，我跟著他，到他位於小巷深處的家裡去坐一坐。我在路上，想給他買一瓶酒，他眼一瞪：「上大學到處都要錢，給我買酒幹什麼？以後畢業了，有了工資，如果有心來看我，不買酒小心我打你的板子！」

算起來，從中學畢業已二十年、大學畢業已十五年了，再也沒能見到趙老師。老師，祝您健康長壽！請告訴我，您最愛喝什麼酒？來瓶威士忌怎麼樣？

王志勝

一九七九年的高考，我以兩分之差落榜。我的恩師、吳集中學的教導主任常維柏給我寫了一張便條，要我到煙垢中學復讀，便條上寫的便是「王志勝校長」的稱謂。

王校長是華中師範學院數學系畢業的，正牌的大學生。他的話不多，聲音不高，臉上總是鬍子拉碴的樣子，非常威嚴。我有點怕他。有一次，全校學生做廣播體操，我躲在教室裡，在黑板上演算數學題。王校長怒氣衝衝地跨進教室，對我吼道：「學習成績好就可以搞特殊嗎？身體不好，學習再好，也是枉然！」一把就將灰頭土臉的我，扯到了站得規規矩矩的全校師生面前。

在此前的吳集中學讀書時，有的老師就常常說我是「半邊膀子」，語文好，數學差，將來高考肯定吃虧。到了煙垢中學，我決心將數學這另外「半邊胯子」快速長出來。在該校復讀文科班的這一年裡，我幾乎將一半的時間，用在了數學上。王老師的講解，總是深入淺出，很容易理解。學校沒有什麼教具，講到解析幾何時，王老師拿出來的立體圖形，都是他用細鐵絲做成的。

高考在沙洋農場中學舉行。臨出發前，王校長對全體考生和帶隊教師講話，強調考試紀律，特別增加一條：任何人不准對外校的學生透露我的身份。他聽說沙洋街頭的一些痞子、破罐子破摔的壞學生，準備在考試時，讓各中學的尖子學生吃點苦頭。那時的全縣統考、摸擬考試、校際觀摩考試多如牛毛，我大概在全縣的高考班裡，有了點名氣。

在沙洋農場中學的考場上，我遇見了自己在沙洋中學復讀的老同學王長城（現為中南財經政法大學教授），兩人繞著操場的跑道走幾圈，交流臨考經驗。王校長趕緊將我叫到一邊，警惕地問我那人是誰。得知是我的同學後，他的臉上才露出了放心的神色。

成績單下來了。我的數學考了九十九分。有一道題目，得數是分數，本可以約分為整數的，我忘了這一步驟，被扣了一分。在當時文科考生普遍害怕數學的情形下，這一成績是驚人的。

後來王校長調任後港中學校長，任職十年。我每次去看望他，晚上就和老師睡在一張硬板床上，真正是師生「聯床共語，抵足而眠」。凌晨六點多鐘醒來，老師已不在床上，地上的木盆裡，躺著兩條活蹦亂跳的長湖大鯉魚。師母馬媽媽說：「是你王老師趕早市買來的，燒給你吃。」問老師到哪裡去了，馬老師指著宿舍前面燈火通明的教室說：「上早自習去了。」

教室裡傳來一片琅琅書聲。

幾年前，從美國回去，過年時到王老師新調至的工業中專看望他，見他的浴盆裡游著幾十條魚，知道又有鯉魚吃了。王老師抓過一把鐵鍬，說：「走，跟我到田裡挖薑去。」原來，他將買來的生薑埋在地下，免得壞掉。誰知他忘了做記號，不知埋到哪裡去了。

師母魚都快起鍋了，薑還沒有挖出來。師母就在陽臺上探出身子說：「你們兩個是在考古，還是在翻地？」

季聖英

吳集中學要舉辦游泳比賽了。所謂游泳池，就是學校附近的堰塘，中間用竹篙插了幾排，算是比賽的泳道。沒有發令槍，拿一隻小鞭炮代替。「啪」的一響，傳來的便是一片「撲通撲通」的聲音。農村的孩子，游泳是不懂什麼蝶泳、自由泳的，一式的「狗刨」。還有游法更怪的：兩隻腳在身後撲撲地打水，激起高高的浪花，可身子仍在原地打轉，離終點簡直有十萬八千里遠。

再怪也沒有季聖英老師怪。「槍」都響過四五秒，她還站在堰堤上，一個勁地彎腰笑個不停。盛夏正午的毒日頭，照得她身穿游泳衣的身體，煞是好看。季老師年方二十一二歲，正在戀愛，在我們這些十五六歲，介於漸明人事和混沌未開之間的半大小子眼裡，完全是仙女一般。全校師生正在發楞之間，不知是她腳下一滑，還是被誰推了一把，季老師一下子就溜進了水裡。她尖聲喊起來：「我是秤砣落水，要沉底了。快來拉我一把！」師生們笑成一團。

她應該用英語喊：Help me! Help me!（救救我），因為她是全校唯一的英語教師，更是唯一的女教師。她的年輕漂亮，就是一朵花。

一九七六年，吳集中學有史以來第一次開設英語課。鄉下孩子，面子薄，對於洋的東西，總有點不好意思。季老師帶我們讀句子：I am a student, He is a worker， 我們總是報之以沉默，竊笑或怪聲怪調的搗亂。季老師當時教齡不長，又是初次教英語，加之比我們大不了幾歲，便很有點鎮不住場子。更客觀的原因是：當時的社會氣氛，還在文化大革命的末期，「不學 ABC，照樣幹革命」的流毒，還遠遠沒有肅清，跟今天城市裡幾乎學英語成風是大不一樣的。幾堂課下來，學生成了一盤散沙，或是放了綿羊。

我對英語有興趣。事實上，我對於開設英語課，已經盼望很久了。可是，在這種課堂氣氛上，我也不敢表現出學英語的熱情了。當時，我還不知道英語中有一個很難翻譯的詞組 peer pressure ，表達的就是這種來自同伴的壓力。季老師發現了這一點，立即鼓勵我，主動提出要將她的教學參考、語法書借給我，放農忙假時帶回去閱讀。

這所學校前面一排是教室，後面一排是教師宿舍。中間用冬青樹圍著的，名義上是花園，但早已被廚房的師傅種上了蘿蔔白菜。我記得很清楚，有一天快放學時，同學們都在「花園菜地」裡拔草，季老師命我跟在她的身後，到她宿舍拿書。我就像個倒霉的孩子，勾著頭，從勞動著的同學們中間穿過，到季老師位於角落的宿舍去。菜地裡發出一片怪聲怪氣的叫喊，有幾個死頑皮的男同學，還吹響了戲謔的口哨。我的臉皮發燙、因窘迫而通紅，卻不敢扭頭逃走。

季教師的宿舍非常整潔，還散發著淡淡的香水氣味。她拿出幾本書交給我，我接過來，連道謝都忘了說，拔腿就跑。後來，在農忙假中，我的腳受了傷，不能下田插秧，隊長就派給我一個輕活路：照看一大片剛栽的油菜田，免得被雞啄光了。我右手揮動拴著白塑料布的竹篙，右手捧一本《英語語法基礎》、跛著腿在田埂上追雞逐鴨的情景，歷歷在目。

闊別二十年，前不久回家鄉，專門到季聖英老師府上拜望。季老師端詳我遞上的名片，上面有「翻譯」這樣的職業。我說：「我在美國，現在靠您教的英語吃飯呢！」季老師謙虛地說：「哪裡是我教的，是你自己勤奮、刻苦。」

我說：「您是我的第一個英語老師，通往英語世界的第一扇門，是您打開的。」

季老師笑了，笑的樣子一點也沒變。

常維柏

我十八歲時，常老師四十歲。那年我考上大學後，因病休學回家，常老師因脊椎方面的病痛，臥床已經年餘。常老師與我同村，妻子也是程姓，與我父親同輩，我用當地的土話，稱為「姐姐」，相當於姑姑吧。兩家人雖不沾親，但關係好得比親戚更甚。常老師難得回家，他的三個孩子都小，我就偶爾謹遵父命，幫他們家挑幾擔水。大人往水缸裡倒水，扁擔不必下肩，而我，因為年紀小，要先放下扁擔，用雙手將水桶提到缸沿，輕輕地湊近，試兩三下才「嘩」地一聲倒水入缸——爺爺千叮萬囑，千萬不要將常老師家的水缸碰破了。這時，「姐姐」就會一邊道謝，一邊將一把炒豌豆塞到我手裡。後來，「生產隊」改成了「村民組」，牛也分到了戶，我們和常老師家共有一頭水牛，我家占三條牛腿、常老師家占一條（套用如今的行話，我們家對這頭牛有控股權）。兩家人輪流照顧牛、使喚牛，從來沒有鬧過你多我少的糾紛。

擔心我無法回到大學讀書了，常老師差人將我喚到病床邊，囑咐我說：「你如果日後落在農村裡，我推薦你去荊門師範找某某老師。他是全縣語文權威，還由縣教育局編印過他的《中學語文語法範例》呢。你拜他為師，以後病好了，謀個吃粉筆灰的差事，也算是一條出路。」當時，我樂觀地相信，老師的病肯定可以治好，所以，並沒有將這番話當成遺囑。

一九八〇年的夏天，公社教育組借了中學唯一的一輛柴油汽車，將常老師送到武漢治病。我也同去求醫。說那是一輛汽車，其實並不確切，說它是一輛拖拉機，同樣不確切。總之，這樣一輛四不像的「突突」冒黑煙的交通工具，載著教育組的一名幹部、常老師的妻子、我，向救命的武漢駛去。常老師躺在棉被裡，不停地呻吟：「痛啊，受不了啊！」看著他蠟黃的臉，沁出密密的汗珠，我的心裡真是刀剜一般。病魔剝奪了他身上師者的尊嚴、長者的尊嚴。他就那樣一路呻吟著到了武漢。我們住在一家全是大統舖的旅館裡，半夜裡迷迷糊糊醒來，看到他的妻子正在替他揩洗床上的排泄物、擦乾淨身體。她是那樣一聲不響地做著這一切，我從中看到了持久而堅韌的人性。

一九八一年初，我在荊門醫院裡住院，一個親戚來探視我，告訴我說：「常老師今天早晨去世了！」兩行眼淚，默默地流下我的臉頰。一個十八歲的臥病的青年，為一個剛剛四十歲、以終極的方式結束臥病的中年人，默默哭泣。我出院後，專程到百里外的火葬場，將寄存在那裡的常老師的骨灰盒請出來，將自己寫的一首悼亡詩〈一個人的四十本日曆〉，焚化相祭，告慰他的在天之靈。三年後，常老師的骨灰存放期滿，被移回家鄉，入土安葬，距我爺爺奶奶的合冢不遠。

前不久，我回國探親，為爺爺奶奶掃墓，也在常老師的土墳頭，燃放了一掛鞭炮致祭。

這時才驀然警覺：當年那個十八歲的青年，如今馬上就要四十歲了。

留守孩子

早晨六點起床，到書房上網。平日總睡懶覺的兒子，今日卻起了一個大早，拿著數碼相機，將我家的「四合院」拍攝下來。昨天下午他就拿著尺子，丈量了房屋，打算將它製成立體圖片，放在網上。

打開電腦的同時，也打開電視。我訂購的中國長城節目平臺，有中央電視臺的電影頻道，我常常看。今晨的節目，是《留守孩子》。畫面上是熟悉的江漢平原，劇中人講的是典型的襄樊口音。這兩樣因素，觸動了我內心深處，對故鄉那片土地上孩子們的一份牽念。

影片的故事情節其實很簡單：幾個父母都在外地打工的孩子，因無人管教，而常常在學校、社會上肇事。故事的高潮是，這幾個孩子，租了一輛貨車，南下廣東，去尋找自己的父母，而被警方攔截下來。

有一場戲特別感人：一位姓王的父親，在廣東打工，因孩子在老家不聽話，被學校請回來。他的妻子跟老闆跑了。在荒野裡，他跪在兒子的面前，哭著說：「我在外面給人家當孫子，回到家裡來，給自己的兒子當孫子。我哪裡像個人啊！」說到這裡，淚水滾滾而下。

影片基本上是用「原生態」的方式拍攝的，演員在我看來，大多都是業餘的，臺詞也是基本上未加修飾的襄樊土話，真實、自然。比如，「去」，在影片中，並不念 QU，而是連漢語拼音也拼寫不出的，類似於「客」（KE）的發音。而在上面所引的那段臺詞中，「兒子」、「孫子」，也是我們湖北荊、襄一帶特有的彈舌音。

鄉音，是靈魂深處的一種終身的情感元素。記得二十多年前上大學時，從北京坐火車到襄樊，換乘襄樊到荊門的火車，一上車，家鄉口音就頓時多起來。而在荊門汽車站，在電機廠燒鍋爐的朋友范士雲，已經幫我買好了到沙洋的汽車票。一塊多錢的情誼，累積到今天，已無法用金錢計算。坐上汽車，身邊就全是荊門土話了。這時，如果要和周圍的人聊幾句，我就必須將操了半年的普通話改過來。開頭的幾句土話，略顯生硬，舌頭似乎有點不聽使喚。慢慢地，隨著老家漸近，自己的土話也越發流利了。

現在呢？我不會講，或者說，不再講荊門土話，已經二十年。我在城裡的歲月，遠遠超過了我在鄉村度過的十八年。轉眼之間，到美國這英語之邦、美元之國，也已經十多年了。在這樣一個陽光燦爛的早晨，我的院子裡，自種的果樹都已掛果，而菜地裡的西紅柿，也沾滿了露珠。兒子在院子裡跑來跑去，用相機東拍西拍。前幾天，他剛剛從舊金山一所不錯的高中畢業。這個國家，用納稅人的錢，為他提供了九年的義務教育（小學四年級到十二年級，因為他是在成都讀完小學三年級後來美國的），沒有交過一分錢的學費，而且，還享受一頓免費的午餐。

他知道生活的艱難嗎？知道在肥沃的江漢平原——他的祖先世代生死的土地上，還有許多孩子，靠年老的爺爺奶奶照料，而父母，則在遙遠的南方，出力、流汗、累死累活，全部的目的只有一個：為孩子過好的生活。

我沒有對孩子講，最近在國際上影響巨大的山西「黑窯工」事件。在光天化日之下、朗朗乾坤之中，竟然會有身為父母的人，將別人的孩子，甚至是智障的孩子強迫擄走，在狼狗和皮鞭下，幹超出體力負荷的活，卻沒有一分錢報酬。

我希望兒子能問問我：SLAVE 是什麼？

被當作牲口的人。

我希望兒子進一步問：SLAVERY 是什麼？

把人當牲口對待的制度。

在《留守孩子》的片尾，光明呈現：當地政府撥款，提供房屋，為留守孩子提供集體住宿、管理。社會，終於承擔起了自己的責任。我希望，這是真的，而且，是普遍的措施。

在中國，越是貧困的地方，政府的辦公樓修得越豪華、氣派。這樣的圖片，我們在網上已經司空見慣。河南的某個鄉政府，將自己的辦公樓修得像天安門；安徽的某個貧困縣，政府機關漂亮得像美國的國會山莊。而在我居住的這個美國小城，只有兩萬多人口，大學程度以上的居民，就達百分之七十以上。今年是該市建市九十周年，全部的紀念活動，不過是在全城的部分電線杆上，懸掛了「El Cerrito, 1917-2007」字樣的廣告。誰能想到，市政府，就在幾棟活動木板房中，如果不是掛著一面星條旗的話，找都難以找到。

在中國，一個人成才的成本，實在是太大了，大到了大多數農村家庭難以承擔的程度，而不可思議的是，這種成本，完全是家庭承擔的。而孩子，是國家和社會最應該承擔的責任，因為，在一個現代國家裡，他們是最可寶貴的財富。這是比任何 GDP 都要珍貴得多的東西。為什麼要把中國建設好？正確答案只有一個：讓中國的孩子，以及孩子的孩子，孩子的子子孫孫，過得至少不比世界上最好的國家的孩子，孩子的孩子，孩子的子子孫孫，差，如果不是更好的話。

再說了，再高的 GDP，如果都變成了奢華的辦公樓，而絲毫也沒有惠及新一代的中國人——中國的孩子，如何讓他們，在今後的人生中，愛這個國家，愛這個制度、愛中南海裡的那一群人。

種瓜得瓜，種豆得豆。

2007年6月22日

故土蒼茫

1

承蒙城裡朋友的美意，派了一輛車，專程送我回到百里外的鄉下，看望親友、祭奠親人。本來，從萬里外的異國歸來，第二天就該回鄉下，在那裡住幾天的，可城裡飯局、應酬之類的事情也多，一天天拖下去，拖到了今天，才得以成行。

請了母親同行，陪同我的，還有一位遠道從洪湖回老家休假的文友。他帶著一架數碼相機，打算為我短短一天的故鄉之行，留下一些鏡頭。

去接母親時，敲門，開門的卻是一位眼熟的鄉下漢子，五十多歲的光景，衣著不甚整潔。遲疑著，想不起該怎麼稱呼，母親說：「這是姑父，你不認得了？」

我趕緊以「姑父」相稱。兩年多以前，患子宮頸癌無錢醫治的桃姑去世時的慘景，經過母親描繪，一直留在我的記憶裡，刀子鏤刻一般。

記得二妹說過，桃姑最後一次到荊門城裡，是住在她家裡的。她帶桃姑去檢查，確診是晚期癌症。留桃姑住了三天，臨送她回鄉下時，二妹拿了二百元錢給她。誰知道，桃姑穿的褲子，是花五元錢從舊衣攤上買回的便宜貨，褲子口袋有一個漏洞。二百元錢到家時，只剩下了一百元。桃姑哭了一場，不知是為自己的絕症，還是為那丟失的一百元錢。

桃姑一直支撐著，幫剛成家的兒子幹家務活，晚上躺在床上，痛得呻吟不止。母親去看望她，說，那喊痛的聲音，真慘；人要是這樣活著，真不如死了好。

桃姑臨終，走得很不順。接到「人快要不行了」的電話，親戚們都帶著奠儀：一百元左右的喪禮錢，趕到桃姑家。正值家鄉的梅雨季節，天上下雨地下流，到處都是泥巴。桃姑一人躺在臥室裡，臉上爬滿了蒼蠅，呻吟的聲音越來越弱，可那一口氣，就是嚥不下去。一連拖了七天，男主人是桃姑的兒子，也就是我的表弟，開始抱怨親戚們來得太多、住得太久，畢竟，在貧窮的鄉村，招待一群親戚一連幾天的吃喝，算是一筆不小的開支。母親留了一百元錢，回到了城裡。聽說第二天，在親戚們走得所剩無幾時，桃姑，終於閉上了眼睛。

因為有司機在等著，我顧不上和姑父話幾句家常，拉著母親就走，囑咐姑父，在我們家多住幾天。上了車，讓母親坐在前面的座位上，母子倆的話題，就從姑父開始聊起。

母親說：「你這姑父，自從桃姑去世後，就在自己的家裡呆不住，常常到親戚家，這家住幾天，那家住幾天。前不久，他剛剛來過，還是我替他買了車票，送他上車回家的。」

聽母親的口氣，姑父的「走親戚」，帶有一點「避難」的意味。

說起來，姑父其實並不算是我們家太親的親戚。桃姑與我父親，是堂兄妹。她結婚後，生了一個兒子，不到兩年，丈夫就病故了。後來招贅的這個姑父，和桃姑並沒有生育。他將那個兩歲多的兒子養育成人，幫他娶回一個嫌棄自己的妻子，幫他耕種家裡的田畝。孩子成家立業的日子，就是他當不了家、說不上話、成為家裡的「外人」的日子。

這一切都怪他的身份。他是「倒插門」女婿。雖然兒子是他從兩歲就養大的，但按吾鄉的舊俗，卻不能隨他姓，而仍然姓的是去世的生父的姓；家裡的幾間瓦房，都是他辛苦修起的。妻子去世後，兒子和兒媳順理成章，成了家裡的主人，而他，成了與任何人都不相干、沒有絲毫血緣關係的外村人。幾十年的日子，竟然沒能改變這一點骨子裡的自卑。

兒子對這個養父，大體上還算過得去，只是稱謂上有些含糊，不願意喊他「爸爸」，尤其不願意當著老婆的面。母親說，有一次，她親耳聽到我這個表弟，吩咐姑父，把一件農具拿給他，大大咧咧地，連個「爸」字都沒有，直通通一句話：「你把鋤頭給我拿過來！」

兒媳的臉色，對於這個當了一輩子後爹的人來說，決定了他晚年的命運。姑父後來常常離家出走，到親戚家逃難一般混日子，主要原因就在於，受不了兒媳的冷言冷語冷面孔。

2

車出荊門，一路南行。在車上，母親的話題，由姑父轉到了舅媽的身上。舅媽姓甚名誰，我並不知道，我姑且稱她「無名舅媽」吧。她是我母親堂兄的未亡人，算起來，該是我的遠房親戚了。她的大女兒，我小時候喚作「迎春姐」，是一個好心腸而笨的鄉下姑娘，小學都未能畢業。在我高考前夕，母親曾親口跟我說起過，想讓我將她娶過來當老婆，我在散文〈終身大事〉裡，記敘過這個令人哭笑不得的故事。後來讀《紅樓夢》，一看到賈府裡的「迎春」，我心裡都會泛起一點異樣的感覺。按鄉村的標準，自學中醫的堂舅，生前算是有學問的人，誰會想到他竟然死得不明不白呢？

我讀大學的最後一年，收到過堂舅的一封信，這也是堂舅給我的唯一的信。信是用半文言寫成的，大意是說，指望我志存高遠，鴻鳴九天，為我們家族、家鄉爭光。他在信中特別說，世代農耕，詩書未傳，到我這一代，就要詩禮傳家了。

那時候，少不更事，沒有保存信札的習慣，更沒有想到，這就是堂舅的絕筆。堂舅的信已無可尋覓，最後一次見到堂舅的情景，卻記得格外清楚。那是一個雨天，我和母親去堂舅家附近的水庫捉魚。堂舅見了我們，趕緊跑到他從隊裡承包的梨園，摘了一口袋半生不熟的梨子，叫我扛回家，讓弟弟妹妹們吃個夠。鄉村生活，從來都是與水果無關的，以至於現在，我居住在有「水果之州」美稱的加利福尼亞，常常對遠較蔬菜便宜的水果無動於衷。

後來，堂舅當了村委會的主任，想致富，在家裡用木頭渣子，養起了蘑菇。蘑菇並非吾鄉的農產，比不得蘿蔔白菜容易栽種。堂舅不知通過什麼渠道，認識了幾個外地人，據說是天門的，負責蘑菇種植技術的推廣、以及蘑菇的收購。九〇年三、四月間的某一天，這幾個外地人，到了堂舅的家裡吃飯。飯沒有吃完，堂舅的肚子就劇痛起來，倒在地上，痛得打滾。而那幾個外地人，慌忙站起來，連飯也沒有吃完，就匆忙走掉了。堂舅在與這幾個人的交往中，從來沒有將他們的姓名、地址等告訴自己的妻子，當妻子的，也從來沒有過問。在鄉村裡生活，侍弄的是土地和莊稼，農民們從來沒有想到過，世事的凶險和人心的歹毒。

舅媽一看倒在地上的堂舅，急忙請人去附近的另一個村裡，喊來了我的親舅舅，一個讀過初中、擁有一輛手扶拖拉機的敦實小夥。他和堂舅的兒子一起，用拖拉機載著堂舅，向三十里外沙洋鎮的醫院奔去。在路上，堂舅的呻吟聲越來越弱，可他就是不肯說出和他一起吃飯的那幾個人的身份和姓名。當然，他說出來，也可能毫無用處。一個老實巴交的農民，哪裡會想到，壞人通常不會用自己的真名實姓。

沙洋鎮的火葬場，就設在快要進城的公路邊。拖拉機走到火葬場附近時，堂舅嚥了氣。一向對於時間和效益沒有太多概念的鄉村人，有時竟然有超過常理的時間和效益觀。我的親舅舅，將拖拉機轉了一個彎，順路將屍體拉到了火葬場，而堂舅的兒子，當時已經是可以拿主意的成年人，居然沒有表示任何異議！

如果當時，他們是將屍體拉到鎮上的醫院，存放在太平間的冰櫃裡，或是直接拉到鎮上的派出所，要求對屍體進行解剖，堂舅就不會不明不白，白白死掉了。

沒有見過世面，不知道該如何與官員、政府打交道；怕花錢，也沒有錢；怕費事，更不敢惹事，信奉「多一事不如少一事」生存哲學，這許許多多的因素揉合在一切，構成了中國農民對生命的整體性輕賤，哪怕是自己親人的生命。

記得當時我得知消息後，曾從四川趕回去過。在堂舅臥室的泥巴地上，還殘留著一道濕痕，是堂舅嘔吐後的穢物留下的。據說，當地的派出所，曾來挖過一點泥土，說是拿回去化驗，結果，沒有任何下文。

拖拉機返回村裡時，不到五十歲的堂舅，已經化成了一小堆骨灰。

在路上，母親談起的，當然不是堂舅的死。那畢竟是十多年前的事了。時間，比風雨和流水，對於記憶有更強的磨蝕力。在一片太平盛世的唐堯之頌中，不是什麼凶事、血腥的事，都似乎從來不曾在這片大地發生過嗎？不想讓人民記住的事情，人民有忘記的義務和責任。

母親說：「你這舅媽，遭孽喲！」

3

「遭孽」，是荊門的土話，大致相當於「可憐」。其實，「孽」本是一個佛家用詞，說的是無邊苦海中，人所必然遭遇的劫難，所謂「在劫難逃」，本意指的就是，眾生皆苦，活在塵世間，誰也逃不脫一個「難」字。

母親說：「你舅媽現在獨自住在一間土屋裡，幫兒子看守魚池。大兒子和兒媳，斷了她的口糧供應。她的日子，苦啊！」

車窗外一掠而過的，是初冬的丘陵，田野簫索、清瘦；因為長期沒有下雨，堰塘顯得格外淺。偶爾有一輛摩托車迎面而來。吾鄉的公路狀況大有改善，農民的收入也略有增加，鄉村裡，幾乎年輕人都有了一輛價值三、四千元的摩托車。據說，像這樣的農閑季節，村民們在傳統的打麻將、「鬥地主」（一種簡單的牌戲，用於賭博）之外，近年又迷上了「賭碼」，也就是地下賭莊，以香港的六合彩為賭博的根據。

母親說：「前幾年，你舅媽到深圳，給在那裡打工的大兒子照料小孩，後來，摔了一跤，將胳膊摔斷了，就回到老家。後來，大兒子也回來了。舅媽幫他們放牛，可是，牛卻老是用角頂她。鄰村一個老太太，就是這樣被牛頂死的。她不敢再放牛，兒媳婦一怒之下，就將她趕出家門，到遠離村子的魚池邊孤零零的一間土屋裡居住，照看兒子承包的魚池。她想用二兒子給的一點錢，找村裡的親戚買點米，親戚們都不敢賣給她。」

我很驚訝地問：「這是為什麼？」

母親說：「她的這個大兒媳，動不動就要跳堰塘尋短見，誰敢惹啊！」

仗著我是大表哥的身份，我說：「這次見到他們兩口子，我要批評。對這種不孝之人，一定不能姑息。」

母親急忙從汽車的前座扭過頭來，責罵我說：「你一個字都不准說！你說了，一拍屁股，跑到美國去了，叫我今後怎麼到這村裡來？親戚，都讓你得罪完了！」

我知道，母親指的是另一個舅媽，在這裡，我姑且稱她「蘭舅媽」吧。

她是我親大舅的遺孀。十多年前，舅舅肝病去世，遺下舅媽，和三個嗷嗷待哺的孩子。我父親體諒她家庭困難，常常在忙完自己家的農活後，趁著天未黑定，趕幾里路，到她家裡，幫她忙裡忙外。可是，她對我的外公外婆，卻非常不客氣，常常辱罵兩位老人。

十多年前的一個春節，她到我家來拜年，碰巧，我的外公外婆也來了。奇怪而尷尬的是，她與我的外公外婆，也就是她的公婆，同在我家的屋頂下，互相卻連招呼也不打。我實在看不下去，就在餐桌上，當著幾位親戚的面，將蘭舅媽批評了一通。

我的大意是說：舅舅去世後，我們全家都盡力幫助你，其前提就是，你應該善待外公外婆。你如果對外公外婆不好，讓兩位老人受氣，這就失去了幫助你的基礎。

蘭舅媽一臉的難堪。從此以後，她便與我們家斷絕了來往。母親一說起這件事來，便怪罪我多嘴、多事，得罪了她的弟媳。後來，我才得知，蘭舅媽覺得我身為晚輩，當眾批評她，傷了她的臉面。

「這樣的親戚，不來往也罷！」這是我對母親的回答。

顯然，母親對這樣的回答，很不滿意。

4

車過蔡廟時，母親順口說了一句：「小金住在這裡呢！」

小金是我的另一個舅媽，不過，準確地說，是「前舅媽」。十多年前，我曾寫過一篇散文，標題就是〈小金〉。她的命運，如果要簡單地寫，可以用兩三句話寫完；如果要寫詳細些、深刻些，就非得要一本厚厚的書才行。

一九六八年或是一九六九年，她作為武漢知青，被下放到我舅舅們的村子，愛上了其中一個堂舅，在生下兩個女兒後，被落實政策，從村裡上調到蔡廟這座小鄉場的衛生院當護士，又與該院的一位有幾個孩子拖累的醫生發生了婚外情。離婚、結婚；再離婚、復婚，幾番折騰後，她終於決定，就在這個小鄉場上，和這個男人，過完剩下的日子。

算起來，沒有見到小金，已經二十多年了。一直想看看她的生存現狀，這個心願，今天終於有機會了卻了。我請司機，將汽車拐到衛生院去。我當年生病，從北京休學回家，她從武漢探親回村時，曾經給我帶過兩瓶藥。

衛生院裡一片荒涼，毫無生氣。一排破敗的平房裡，靠南端晾著幾件衣服，好像有人居住。我敲門，一個病懨懨的聲音，極微弱地喊道：「推吧，門沒有關！」

環顧室內，幾件簡陋的家具、一臺電視機，此外，未見任何電器，真正家徒四壁。裡間一個瘦小、乾癟的老年男子，一瘸一拐地挪動著腳步，迎了出來。我從來沒有見過他，我母親卻是認識他的。男子隨著小金的口氣，稱呼我母親，說：「大姐，你怎麼來了？」

在小金與我堂舅婚姻存續期的十年裡，武漢知青小金，就是用這個稱謂，以武漢腔稱呼我母親的。

母親說：「兄弟，你的身體好些了嗎？」

在板凳上坐下，男主人說：「衛生院裡效益不好，我辦理了內退手續，到山東打工，在私人開的診所裡看病。今年春上，中風後偏癱，半邊身子不聽使喚，我只好回老家來了。小金也已經退休，孩子們都到外省打工去了，家裡就只剩下了我們倆，冷清得很。」

得知我們是順道來看望小金，男主人說，她到街上的茶館打麻將去了。我們一行三人站起來告辭時，男主人竟然快要哭出來的樣子。當年鬧得沸沸揚揚的婚變中的主人公之一，如今，一場大病後，人都像萎縮了一圈，真正有風燭殘年之感了。

到了街上，向行人打聽小金在哪家打麻將。鄰居見我們的裝束，一看就是外地人，便警惕起來，不肯告訴我們。我聲明是親戚，鄰居們才指給我看。

進入一戶人家，見側屋裡開了兩桌麻將。煙霧騰騰中，一個高大的女人，在門口坐著。有人喊了一聲：「小金，有人看你來了。」她瞄了一眼，一下子推開面前的麻將，走過去，拉起母親的手，說：「大姐，你怎麼找到這裡來了？」

對於小金和我堂舅之間的恩怨，母親以前是很不寬容的，也曾經以農村人的慣常作法，罵過小金。這次，她能隨我前來看望，想必已經原諒了小金，這個喊她「大姐」十年的永遠的外鄉人、從前的城裡人，一個被荒誕的時代，移植到一塊錯誤的土壤裡的激情女性，一個本質上的苦命人。

我們走到大街上時，小金的丈夫，那個偏癱的老年男人，竟然拄著拐杖，顫顫巍巍地趕到了大街上。在給他們拍了幾張照片後，我拿出一本自己的書來，寫了一行字，送給小金，作為留念。

我寫下的字是：「送給曾在我的青少年時代給過我正面影響的金秀梅女士。」

我沒有以「舅媽」稱呼她，因為她不再是我的舅媽。而她給我的正面影響，毫無疑問，指的是她來自武漢、身為知青這一事實。她加入我們這個足跡不超過方圓五十里的鄉村家族，促使我很小就萌生了一個強烈的願望：人應該永遠嚮往遠方。

5

辭別小金夫婦，汽車繼續向鄉村駛去。

在外公外婆家的禾場上，見到了「無名舅媽」的長子，那個聽憑老婆將自己的老娘逐出家門的表弟。我吩咐他，到遠處的魚池那裡，將他媽媽請來，一起到我們中午落腳的一戶親戚家吃午飯。他應了一聲，默默去了。

不一會功夫，「無名舅媽」來了，穿戴一新，像是走親戚的樣子，手裡端著一個紅色的塑料盆，裡面醃著約摸五、六十個鴨蛋。一見面，她就親熱地對我問長問短，並一個勁地感謝我母親，說她最心疼人，這不，這身新衣服，還是一年前，我母親在荊門城給她買的呢！得知母親自從我們家境漸好後，開始對窮親戚有所周濟，我的內心甚感欣慰。

鴨蛋是她端來送給我吃的。不過，昨天剛剛醃起，要二十多天才能醃熟，而我，再過幾天，就要回美國去了。

她當然不會知道，美國的海關，不准許攜帶任何中國臘肉、醃蛋製品入境。

我問她的胳膊還疼不疼。

她將左手伸出來，放在地上，比試給我看，說：「手還是握不緊，沒有力氣，但胳膊不疼了。」

她在深圳摔斷了手臂後，到當地的醫院掛號求治。醫生一看，說：「這起碼要八千元。」

對她來說，她一輩子都沒有見過這麼多的錢。

憑著不要命的勇氣，也靠著命「硬」，她竟然吊著這支骨折的胳膊，獨自一人，擠火車、換汽車，回到了老家。到鄉鎮的衛生院，兩個醫生將她的胳膊猛地一拉，然後，上了夾板和石膏，臨了，收了她七十元錢。

「天啦，曾集衛生院的七十元，就相當於深圳醫院的八千元。真是不比不知道，一比嚇死人。」「無名舅媽」說到這裡，哈哈大笑起來，語氣裡滿是自豪。我絲毫也看不出來，她是一個被惡媳婦趕出家門，連米都不給的受虐待鄉村婦女。

「無名舅媽」笑起來的時候，樣子有點怪：她的左眼顯得特別大，因為右眼是緊閉的。我從小就知道，「無名舅媽」是獨眼人——她的右眼是瞎的。

這次我才知道，她從小就「遭孽」，最早歸因於日本人的「造孽」：她還是個吃奶的嬰兒時，有一天，在沙洋的榨街（沙洋漢江堤外的一處熱鬧街區），正逢日本鬼子的飛機轟炸，她的母親被當場炸死，她的右眼也被炸瞎。

幾天後，當我乘坐的越洋航班，飛過日本的領空時，我朝夜空下日本的大地和城市多看了幾眼。

屋前宅後

1

半小時前，和母親通話，敘了一陣家常，母親說：「我告訴你一個村裡的壞消息。我們家對面的貴成叔，被汽車撞死了！」母親的聲音出現哭腔。

五月十三日那天下午二時許，貴成叔和另一位村民，在沙洋駕一輛三輪摩托車。一輛滿載的油罐車從後面超車，將三輪車撞翻，貴成叔被當場撞死、這位開車的村民被撞傷。

母親說，聽到噩耗，自己的腿都僵硬了，挪不動步子。打電話回村裡，話筒裡傳來一片嚎哭，鞭炮炸得耳聾。母親想讓父親回去吊唁，接電話的村民說：馬上要到火葬場去，趕不及了。母親便拜託村裡主持喪事的鄉親，寫上我家的奠儀。

貴成叔與我們家，是門對門的鄰居，兩家的距離，不過二十步。他住著堪稱村裡最好的一棟磚房，還有一個大院子，收拾得很整潔，種著些蔬菜。種地之外，兩口子開著一個雜貨店——實際上，店面就是自家的客廳（我們那裡稱為堂屋）。

去年十二月底的一天，我從美國回老家，抽空回村裡走了一趟，到貴成叔的後院看了看，臨走時，買了一條煙和一點餅乾，孝敬村裡的程家長輩，另外買了三掛鞭炮，幾包紙錢，到村子的公共墳地，祭奠自己的爺爺奶奶等先人。貴成叔正在打麻將，一見我，馬上走到街上來，伸出一隻缺了大拇指的手，將我的手握得緊緊。

他失去大拇指那夜的情景，我記得清清楚楚。那是一九七四年的秋收時節，生產隊通宵打稻穀。本來，吾鄉的水稻，都是傳統的脫粒方法：將稻穀平鋪在禾場上，用牛拉起石磙碾壓。但上面為了落實毛主席「農業機械化」的指示，用柴油機發電，拉起燈泡，村民們啟動新買的脫粒機，一整夜脫粒。二十多歲的貴成叔，是村裡的拖拉機手，當晚負責站在脫粒機邊，將一捆捆稻穀餵進飛轉的機器。一是對這機器還很生疏，二是累了一天，貴成叔的手，不小心伸進了脫粒機，一隻手掌立刻變得血肉模糊了。作為同樣熬夜「大幹社會主義」的小學生，我耳聞目睹了當時禾場上的一片慘叫和驚呼，看到了被血染紅的金黃的稻穀。

後來，我上了大學，畢業後到四川工作。有一次，帶著女朋友回老家探親，回去時遇到大雪，由村子到沙洋這大約三十里的路程，沒有任何交通工具可以搭乘。貴成叔開著他的手扶拖拉機，滑滑溜溜、泥裡水裡，滾了三十里，終於將我和女友送到了汽車站。他本來只要收點柴油錢，我還是硬塞給了他十四元錢。

因為跟機械打交道，他的家在冬天人氣特別旺，因為他肯生火：將濕的樹兜、木頭，帶著雪抱進來，放在堂屋的一個破臉盆裡，然後，拎出一罐廢機油、髒柴油來，澆在木頭上，一團火，帶著一蓬煙，就升騰起來了，屋子裡，立刻擠滿了前來烤火的村民。於是，嚷著打牌、搓麻將的、買零食、便宜煙的，好不熱鬧。

最近這些年，我的村子，開始走惡運，走霉運，不足一百人的村子裡，凶死、病死的，自殺而死、夭亡的，已經快二十人了。人命如土，冥冥之中，難道真有什麼命運之神，不肯放過這個名不見經傳的小村莊嗎？

2

先從村子東頭第一家說起吧。

月媽姓甚名誰，我記不得了。小時候印象最深的，是她偷東西的壞名聲，傳遍了四鄉；後來，是她的大女兒未婚先孕，又是一片罵名；在她的丈夫失踪幾年後，她居然又生了一個孩子，村裡的傳言，難聽得令我不好在此轉述。他的小兒子，是到沙洋附近當「倒插門」女婿的。這在鄉村裡，也是難以抬頭的事情。誰知這個小兒子，入贅以後，奮發圖強，在別人的村子裡，居然當了村幹部，而且，負責計劃生育工作。

有一天，他帶著拖拉機，到一戶農家，請那家懷第二胎的孕婦，去作流產手續。說是「請」，當然是客氣的說法。在農村，常常全體村幹部上屋揭瓦、進屋拉豬，才將孕婦強拉到衛生院的。「人權」這個詞，農村人誰喜歡說？誰稀罕聽？這個倒插門女婿，一個外鄉人，與當事的男主人爭執起來。男主人跑進屋子裡拿殺豬的尖刀，旁觀的村民齊聲喊「跑」，這個一根筋的村幹部，硬撐在那裡，說：「我就不信他真敢拿刀子捅我！」那人拿了刀子來，照他的胸口，死命一刀。

後來，我看張藝謀、葛優他們拍的電影《有話好好說》，覺得極其深刻。我以前留意到貧窮與愚昧的關係，而忽略了貧窮、愚昧與野蠻的交錯關係。

捅死他的人，後來被判處死刑。殺害計劃生育幹部，和中國的國策作對，死有餘辜。在一個死刑被嚴重濫用的國家，這樣的判決，沒有任何人說個「不」字。

朝著村子的中心，隔了一片廢墟，就是我的少年夥伴金興成家了。他幾年前，在工地上被一輛卡車壓死；而他的弟弟，十多年前被鄰村的一個凶漢用鳥槍打死，開槍的人被公安局認定為「正當防衛」，沒有承擔絲毫法律責任。金興成的慘死，已在我的散文〈端午一哭〉中，寫得很傷心了。而他的家，斜對著我的老屋，距離也不過二十多步。

而與我少年時代的臥室隔一條兩米寬小街的，就是開雜貨店的程順道家。前年，他的二兒子，不到四十歲，死於胃癌。我半年前回村裡，見到順道爹（按輩份，他是我爺爺輩，但與村裡任何一家，鄰裡關係都不太好），老得簡直難以相認了（見散文〈歸葬〉）。

在我家老宅的西邊，現在是一片菜地，種著白菜和葱。這是程家彥老爹的宅基地。十多年前，兒子打牌，輸了一百多元錢，他勸不住，喝農藥死了。一百多元錢，值得喝農藥嗎？但他確實就喝了。農藥家家都有，又便宜，農民再窮，也是捨得的。

3

現在，輪到說說我家南邊的那戶人家了。

那是原隊長曾祥生家的老宅。

祥生爹當年可是村裡的風雲人物。他領導的我們生產隊，在七〇年代初，是周圍幾十里人人羨慕的富村，工分值將近一元（每個壯男勞力，出工一天，足額工分是十分，年底分紅時，折算成現金，就是工分值），而周圍其他的生產隊，工分值只有四、五毛錢。

他是村裡除了書記之外的第二號人物，威風得很，除了政績外，還有一個弟弟，在解放軍裡當營指導員，駐扎杭州。

七〇年代中期，他的大兒子，被回鄉探親的弟弟帶到杭州去了，一個多月才回來。他帶回了一百多本連環畫，裝在一個小箱子裡，可把我們這些連縣城在哪裡都不知道的孩子讒壞了。

「山外青山樓外樓，西湖歌舞幾時休！」

「欲將西湖比西子，淡妝濃抹總相宜。」

這位教導員回鄉探親時，帶回了一臺煙盒大小的紅梅牌收音機，和一枝烏黑錚亮的手槍。他要「打槍」的消息，在村裡早已傳遍，可是，這個由大上海移防杭州的軍官，似乎一點也不著急。日子一天天過去，誰也沒有見過他的槍。

有一天，傍晚時分，村裡一陣喧嚷，大人小孩都瘋了似地，朝隊長和軍官的院子裡跑。我也擠進了人群。

軍官從褲袋裡，抽出一個烏黑的鐵傢夥來，對著院子後面的一棵大皂角樹，扣動了扳機。「砰砰砰砰」，四槍，槍槍命中樹幹；這時，軍官將槍遞給隊長，說：「哥，你也來一槍」。

隊長接過槍來，無比驕傲、無比謹慎地開了一槍，子彈飛到天上去，打下幾片樹葉。

那片嘩笑，是我童年親眼見證的超級榮耀。

隊長已去世多年；他的妻子，獨自住在老屋裡，沒有任何親人照料。孩子們都在城裡，混得不好，沒有誰有能力將老媽接去贍養。

軍官轉業後，回到家鄉，當了國家糧食部門的領導。前些年，一個湖南的糧商來買糧食，現款不足，這位前軍官，憑著人對人的基本信任，仍然準予足量發貨。那人很快就匯來貨款。這樣先貨後款，幾次之後，那個糧商就算在這家國營糧食部門，建立了可靠的信用。

有一天，他再次光臨，賒走了一整列車十多個車皮的大米。

一去無蹤。

上級對這位前軍官停職，每月只發二百零六元生活費，勒令他外出追債。可是，這個湖南糧商，聽說早已逃到東南亞去了。

抑鬱成疾，前軍官很快中風，拖了半年，追隨哥哥，走上了黃泉之路，才五十多歲，尚未退休。

前一段時間，從母親口中得知，這位前軍官的遺孀，在隨軍去杭州之前，是母親村裡的好友。我們家成份不好，母親珍惜當年跨越「階級」的這份友情。我立刻索取了她的電話號碼，打了一通電話給她。誰知，這個已經至少二十多年，甚至三十年沒有見過我的女人，得知是我從美國打電話給她，竟然哭起來。囁嚅中，她說：「你維協爹死得好不甘，我們現在的日子過得好遭孽（可憐）。他密密麻麻，寫了六大本。他的一生，都寫在上面，想給你看一看。」

我正在籌備為我的村子，寫一本村史。這當然是極其珍貴的原始材料。

手稿送到了我妹妹手裡，擔心寄丟，我囑咐妹妹暫時妥善保存。妹妹說：「好重啊，怕有五、六斤！」

4

屋前宅後，鄉親們一一凋零，都不是得享天年之後的善終；想到自己的爺爺奶奶，畢竟都是臥病而死；自己的父母，雖然有病，畢竟健在，在城裡勉強學過城裡生活。老宅逐年垮塌幾間，漸成廢墟，我的心裡，有欣慰，更有悲哀。

行文至此，我停止在鍵盤上的敲擊，再度撥通父母家的電話，嚴厲地「訓斥」父親：他捨不得一元錢的公共汽車票錢，騎著一輛連剎車都沒有的自行車，以鄉下人的騎車技術，在汽車的車輪間接送自己命根子一樣的孫女，已經兩次被出租車將車架撞扭曲，將雙手撞得鮮血淋灕。我堅決禁止他在城裡騎那輛破自行車，而他堅決不相信，他在美國的長孫子，只要少買一次零食，就足夠他一兩個月的全部公共汽車錢。

心疼錢，不心疼命，這是中國農民的基本特徵。

心疼糧食，不心疼身體，這也是中國農民的基本特徵。

對我老宅前後左右那些死於非命的鄉親來說，「命」又是什麼呢？難道僅僅只是命運的偶然嗎？

十多年前，我曾寫過一篇散文〈怕見家信〉；現在，打國際電話回家，我怕電話那端傳來的，是今天「貴成叔被汽車撞死」這樣的凶信。「兒行千里母擔憂」，反過來，兒在千里萬里之外，心也為父母而牽掛，而擔憂啊。

開車的不惜命，騎車的不怕死；飯菜溲而不捨，小病拖而成大，這僅僅只是經濟問題嗎？

半夜無眠，遙望故鄉，又添新墳。

母親說：「你貴成叔，還指望明年過六十大壽呢！」

一樹紅霞曾照我

昨天，二妹終於將老家的照片傳來了。

紅瓦白牆的三小間正屋，緊鄰著一間黑瓦的廚房。院子裡，停著一輛嶄新的小汽車，是二妹夫前年在股市上的收穫。院子裡還種著些蔬菜，在無雪的冬天，仍然青翠著。令我驚訝而嘆息的是，父母在門前的大街上，靠著院牆的一角，也種上了蔬菜。順著牆根看過去，老隊長曾祥生家，了無生氣，大門緊閉。那個一輩子好強的村幹部，去世已經好些年了，老屋也早已無人居住。他的隔壁，是打成右派的劉汝謙老師的老屋，二〇〇五年十二月我回去時，屋子尚在，現在，從照片上看，已經被拆掉了。這就意味著，又有一戶人家，搬離了歇張村。

小時候，我家的門前，有一株在當地從來沒有看見過的樹，是我的父親不知從什麼地方弄回來的。樹葉細小，夏天裡開出的花，那才叫紅艷而燦爛啊！父親說，那是「怕癢樹」。你如果抓樹皮，樹葉就會收縮起來，像怕癢似的。於是，村民都來抓癢，卻不見樹葉閉起來。

我們家的老爺子，是我爺爺的叔父，脾氣古怪，頗見不得美麗的東西。那樣燦爛的一樹紅霞，硬生生被他幾斧頭砍倒了。怪我那時候還太小，鎮不住老人家；現在，如果老頭子還活著，而那棵樹也還在，不知他會老成什麼樣子，而樹又該有多麼茁壯。在我的記憶裡，那一樹丹雲般的花，是少年時最燦爛的夢想。

後來我才知道，那種樹真正的名字，叫「攀枝花」。

而我現在生活和工作的夏威夷，簡直滿街、遍地都是攀枝花啊！在熱帶濕潤豐沛的雨水滋潤下，攀枝花樹冠如傘，遮覆四野，就像這個島的綠傘一樣，只不過，這些傘上，開著經久不敗的鮮紅、淺紅的花朵。

我當年的詩友，曾同樣清貧，但如今已成為富豪的詩人潘洗塵，去年在黑龍江的縣城老家，為父母修了一棟兩層的，完全是西式別墅的洋樓，讓父母養老。我沒有辦法和他相比。我能向父母略盡孝心的，只有這三間簡陋的磚瓦新房，聊補我迄今未能與他們相守一年半載的悲哀。他們生活在那裡，自得其樂，種點蔬菜、旱糧，養幾隻雞鴨，在村裡，也算是令人羨慕的有福之人了。而這三間瓦房，居然算是村裡最好的房子了。

叫我如何不念之斷腸，故鄉啊，我的故鄉！

有幾張照片，令我感動和欣喜：二兒媳正在為婆婆梳頭。母親神色，頗有點理所當然。她穿的新衣服，已不是農村婦女的打扮，是誰的孝敬，我不知道。我知道的是，我從來沒有給我的父親母親，買過任何東西。承擔父母的贍養費，與親自買來衣物鞋襪，看兩老穿在身上，作為兒女，心裡的滿足感應該是不同的。

另外一張照片上，正月初一，全家人（另外有我一家、大妹一家和遠在廣州的小妹一人不在場）在陽光燦爛的院子裡吃早飯。我仔細盯著照片上的菜，沒有找著我愛吃的那幾樣。我知道，年的滋味，已然不同了。照片上，父親慈愛地盯著正在吃飯的小孫女程貝婭。這個漂亮而乖巧的小女孩，我記得上次回家時，她被兩個姐姐逗哭了，害得畫畫表姐挨了罵，也哭了。唉，我們家的這些小女孩，我還沒有機會逗逗她們，她們轉眼就開始長大了。這不，在院子裡洗頭的姪女程貝莉，不也長成高中生了嗎？

感謝上蒼，使我父母雙全；使我弟妹眾多，人人都可自立；使我有姪女、外甥與外甥女，樣樣齊全。

感謝中國，使我在歇張村裡，有一處簡陋的紅瓦白牆的村屋，讓父母安度晚年。

感謝美國，使我有一份不算豐厚的薪水。但只要每個月節從中節省出一百美元，父母在那個貧窮的村落裡，就可以過著「地主般」的生活。

我抱憾終生的是，養育與教育了我的爺爺奶奶，連這樣的日子，也沒有過上哪怕一天！

來家吃飯

平生對於有「家」尊稱的人物，素來懷有敬意，但「美食家」卻在其外。以口舌之享，而位列名流，這算哪門子本領呢？然而，美食家越來越多，這卻由不得你。有閑錢，有閑趣、有閑時的士紳階層重新浮出在中國大陸的各個層面，這不能不說是社會進步的好兆頭。試著想一想，城裡人面帶菜色，鄉下人翻成餓鬼，不過是四十多年前的事情呢。

吃過大餐，也吃過西餐，最難忘的，還是鄉村的宴席。

按吾鄉的舊俗，大年初一到初四，是親戚間互相走動、拜年的日子。從初五開始，就該請「春客」了。請春客的對象，不外乎兩類，一是鄉村裡的頭面人物，如赤腳醫生、獸醫、小學的校長或老師，都是些一年四季或許某天有所仰仗的人物；另一類對象，就是平素關係良好的鄉親，以同宗同姓者居多。在漫長的一年裡，從下秧，到收稻，家家都會有需要幫襯的時候，比如，誰家的幾畝地，正好缺半分田的秧苗；關係好的鄉親，就會想辦法勻一點出來救急。作田的人，讓好端端的一小塊稻田空著，秧苗返青後，滿坡的綠油油中露出一小塊「癩子頭」，那可是莊稼人的羞。

時光退回到二十多年前，那時考上大學，在鄉村裡可是第一件了不得的大事。放寒假了，鄉村裡罕見的大學生如歸巢燕子，又聚集在一起，交流各自所在城市的新鮮事及大學校園裡的種種趣聞。像吹皺一池春水的楊柳風，走在田埂與鄉路上的大學生們，成為有孩子上學的家庭裡，家長教育孩子奮發上進的活典型。於是，請「春客」期間，我們這些大學生，自然就混雜在赤腳醫生、獸醫與小學校長之間，成為鄉村人家的「貴客」。我永遠記得這樣的情景：我和鄰村的範軍，正在一戶人家吃午飯，另一個村子的另一戶人家派來催客的孩子，早已站在我們背後，非要將我們從八仙桌上拽下來，去他家吃第二頓午飯。

地道的鄉宴，我是喜歡的，魚是大魚，肉是大肉。魚用粗大的瓦缽，粉蒸；肉也是用粗大的瓦缽，粉蒸。家鄉的粉蒸肉，膘肥、肉厚，蒸到絕妙處，入口即化，滿口留香，一般人最多只能吃兩片，我卻可以連吃四片。瓦缽的底部，通常都有墊菜，殷實些的家庭，墊的是紅棗，否則，就只能墊紅薯了。但無論紅棗還是紅薯，經了肥肉的油水蒸熏，吃到嘴裡都是一樣的甜軟。不用說，這裡面有主人家的那份情、那份心，在難得出什麼大人物、人們的腳步很難走出五十里外的鄉村，這兩個從北京、武漢回家的大學生，簡直就是「文曲星」呢！

唐代的幾位大詩人，都寫過關於鄉宴的詩，而其中成為千古絕唱的，在我看來至少有三首，分別是李白的〈下終南山過斛斯山人宿置酒〉、杜甫的〈贈衛八處士〉，與孟浩然的〈過故人莊〉。白詩以飄逸名世，詩情如行雲流水，萬觴珠玉，不擇地而出，恬靜、安寧，有深隱不露的禪意：「相攜及田家，童稚開荊扉；綠竹入幽徑，青蘿拂行衣。歡言得所憩，美酒聊共揮」顯然，李白薄暮時分上門叨擾，熱情以美酒相待的，是與這位大詩人素昧平生的「田家」。太平盛世時主人的好客與詩人的好酒，就這樣憑著這首詩流傳下來，讓我們平添幾許對田園時代的向往。而杜詩則不同。流離之苦，家國之傷，在他的詩中留有深深的刻痕：「昔別君未婚，兒女忽成行！怡然敬父執，問我來何方。回答乃未已，兒女羅酒漿。夜雨剪春韭，新炊間黃粱。主稱會面難，一舉累十觴」。二十不見，杜甫與舊友相逢，那份驚喜，那份親切，那種人生如夢、聚少離多的感慨，在雨中新剪的韭菜、剛剛生火烙好的高粱餅這種地道的農家飯菜面前，顯得如此深刻和真切。而最具田園風味的「鄉宴」詩，還是荊襄詩人孟浩然的〈過故人莊〉，寫的是老朋友誠心誠意地請他到鄉間飲酒作客：「故人具雞黍，邀我至田家。綠樹村邊合，青山郭外斜」「開軒面場圃，把酒話桑麻」這兩句，將鄉宴中的談話內容也透露出來，結尾的兩句，尤其令人擊節：「待到重陽日，還來就菊花。」如果當時的田家（農民），被苛捐雜稅、無窮無盡的攤派與徵收壓得喘不過氣來，想必孟浩然不至於秋高氣爽的重陽佳節，還要再次前往，賞菊之外，又是一頓鄉村的土雞之饗。

這些年來，先是當記者，後是出洋，各種各樣的宴席，都見識過、享受過，那些在豪華的酒樓、餐廳裡的宴請，那些凡是需要預訂、需要菜單的口腹之享，我大多都漸漸淡忘了。我記憶深刻的，恰恰是困頓日子裡的款待與友情。上大學的那些年，在小城沙洋工作的高中朋友張俊軍家，成為我們幾個大學生食宿的中轉站。家裡都窮，喪偶的張伯伯，端給我們吃的菜裡，就有清綠的醃韭菜，雜以幾片青椒，用香油一拌，下飯得很。那時候尚未戀愛，管它嘴裡有沒有韭菜的味道！

到沙洋的李伯伯家吃飯，是我第一次長見識。李伯伯名叫李邦闊，是家鄉有名的中醫師，當時在沙洋人民醫院工作。他的醫術，使中國減少了一個農民，而增加了一個詩人。每逢春節，我都會去沙洋看望他，提著如今看來不免土氣的禮物：一兩壺鄉村榨坊裡的香油啦、一兩隻自家養的雞啦，或是兩三塊家裡製作的糍粑。到了晚上，李伯伯家的客人三三兩兩來了，都是小鎮上有頭有臉的人物。我這個剛放寒假回到老家的鄉下孩子，坐在席上，聽這些小鎮要人的高談闊論，最驚訝的不是別的，而是李伯母的廚藝：她竟然可以端出二三十道菜來款待客人。當李伯伯將我介紹給客人時，以充滿信心、滿含期許的語氣說：「這孩子將來要成才的！」

我一生中的奮鬥，從某種意義上來說，不過是為了不讓李伯伯這樣的好人失望。他的話，是激勵，是鼓勵，更是抽打我惰性、自足心態的鞭子。我常常想，我要對得起李伯母的那一桌好菜——一個鄉村少年從未見識過的那種豐盛，那份情意，值得我以終身的奮鬥，回報他們那份樸素的善良。

去年暑假萬里歸鄉，我稀罕的是，能有哪位朋友請我到他或她家裡吃頓便飯。說是便飯，便是真正的便飯：飯只需一碗，菜只要兩三樣，如韭菜炒豆皮、炒豆餅、粉蒸肉、清炒雞頭米梗（學名為芡實）。如果有鄉間土釀的糧食酒，則飲上一小杯。無須勸酒，更不必讓座，主人與客人，就那樣隨意而飲，盡興而食，所費不過十元，鄉情自值千金。能到朋友家坐坐，看看其妻兒，瞧瞧其家居，閑話家常，無論清貧還是富足，無論華堂還是陋室，對我這個海外遊子來說，都是回家的感覺。酒樓裡的盛情，沾了我素不喜歡的那種排場、那種官場味，實在不是「把酒話桑麻（詩文）」的好地方。再說，我對家鄉未有尺寸之功，吃一頓家鄉的「官飯」，直接間接，加重的都是父老鄉親的負擔，虛榮的人或許覺得榮耀，我只有愧疚之感。

每逢春節來臨之際，中央電視臺的新聞節目裡，總是會播出這樣的新聞：某城市酒樓除夕「團圓飯」宴席已經預訂一空；今年與去年相比，選擇到餐館酒樓吃「團圓飯」的家庭，又增加了多少個百分比。電視臺唯一不報道的是，城裡一桌「團圓飯」，最高價位是多少。如果報出來，怕是要引起農民們一片嘖嘖驚嘆之聲。驚嘆歸驚嘆，他們卻不會有忿然不平之色。隱忍與認命，是他們的宿命。再說，數億農民中，又有幾個人悟出了自身整體性貧困的真正根源呢？

若干年前，我的一位姨婆，和另一位老婆婆一起，結伴去走親戚，路過我家。當時我正好回家探親。午飯時分，我們家備好了飯菜，請姨婆和那位不相識的老婆婆一起用飯。誰知那位老婆婆橫豎不肯，我好說歹說，老人家總算吃了點。第二天，兩位老人走親戚回來，又路過我的村子。我們留她倆吃了飯再走，這次，無論我們全家如何相請相勸，那位老婆婆死活不肯入座了。她說：「你們又不會走到我家門前去，我還不起你們的這份人情，我不吃飯。」

我當時楞在那裡，半天說不出話來。鄉村裡的一頓便飯，既無山珍海味，也無大魚大肉，不過是些自家菜地的蔬菜、村里作坊的豆腐而已，這位老婆婆何至於「堅辭不受」，寧肯坐在旁邊，看著與她同行的姨婆吃飯，讓我全家人深感「禮數不周」？

深刻的解釋只有一個：幾代農民的極度貧困，將一飯之惠，看成了必須回報的恩德。我讀初中時，我的一個親姑姑，住在學校附近，我每天都要從她家後面的小路走過。有一天，她在半路攔住我，要我到她家吃了飯再回家。我跟著姑姑進了家門，姑姑端出一碗飯和一碗青菜來。我三口兩口吃完飯後，姑姑問我：「你還添點飯嗎？」十幾歲的我不懂事，點了點頭。姑姑拿著空碗進了廚房，久久沒有出來。

後來，我終於明白了。我抓起書包，奪門而出，從此再也沒有到姑姑家吃過飯——我的姑姑，沒有第二碗飯添給我，卻不好啟齒。這記憶中窘迫的一碗飯，使我對「貧窮」有了刻骨銘心的記憶。

讓人民有飯吃，吃好飯，這是古代為人君者，當代為民「僕」者一以貫之的責任。人民營養不良，甚至餓死於途，這樣的「君」，就是昏君；這樣的「僕」，就是惡僕。

回家吃飯

春節期間，一向懶得寫信的老弟，給我來了一封電子信，說從大年三十起，兄弟姐妹全家就聚集在父母家，吃母親做的年飯，飯後打打「家麻雀」，無論輸贏都不亦樂乎，連吃三天後，才拖兒帶女，各自散去。老弟在信末還充滿同情地感嘆一句：「這種口福你就享不到喲！」

遠隔萬里，身處異國，「雖不能至，心向往之。」這種闔家團聚的歡樂氣氛，令我深感欣慰。父母雙全且無病無災，這真好！兄弟姐妹手足情深、家家平安，這真好！雖不富裕卻也沒有衣食之憂，孩子們不必羨慕同學的新衣，這真好！讀完老弟的信，我感嘆一聲：「庸人之樂，乃天下人之樂也！」我對於雖薄有文才，卻極少雄心的老弟，倒生出些許的羨慕來。

十八歲那年，我用網兜提著一個搪瓷的洗臉盆，背著大紅大綠的背包出門遠行。此後，和父母相聚、與兄弟姐妹相處的日子，就少而又少了。青春歲月時，很少想這樣一個問題：我出門在外，父母肯定會刻骨銘心地想念我、牽掛我。可是，一過四十歲，如同翻過了一座山一樣，雖然我奮鬥的雄心未減分毫，回望老家的目光，卻是越發地沉鬱、溫潤與熱切了。有時候我想，在我漸行漸遠的人生行旅中，其實錯失了許多彌足珍貴的人間快樂，比如，和兒時的朋友們去家鄉的鄉鎮上「殺館子」，以我可笑的一點財力，沒有哪一家館子是令我望而卻步的——兄弟們呼嘯而入，大碗喝酒，大口吃肉，該是何得的快活！再比如，帶著眾多的姪子姪女、男女外甥逛商場，享受一番「大伯」、「大舅」呼喚之聲不絕於耳的「威風」，又該是何得的快活！再比如，根本不會打麻將或撲克的我，和眾多的弟弟與妹夫們，來一場「窩裡鬥」，反正誰贏誰輸，「肉都爛在鍋裡」，圖的是千金難買的全家樂氣氛。記得有一年回家探親，一家人聚桌牌戲，老弟和二妹夫贏了我一點錢。老弟說：「你認輸就算了，別把買飛機票的錢輸光了。」我回答他說：「你放心，『瘦死的駱駝比馬大』」。一聽這話，老弟就「嘿嘿」地笑起來，和妹夫聯手「圍剿」我的勁頭就更大。

求「庸人之樂」而不可得，這大概也算是將人生的目標定為「迎風遠揚」的一種犧牲和代價吧？父母雖在而不能相守、兄妹雖多而鮮能相聚，這更是一個普通人、一個本質上的凡夫俗子所不得不面對的現實。所以，「每逢佳節倍思親」時，我內心深深祝福的，不僅是我的家人，而且，是全世界所有人的家人。能生活在一個吉祥的，而非暴戾的國家，受仁慈的，而非專橫的政權統治，繳納合理的，而非暴斂的賦稅，擁有充分的，而不是部分的人權，享受有度的，而非濫用的民主，這就是天下的福份，這就是人間的樂園了。

我突然發現，「回家吃飯」這四個字中，竟然蘊涵著如此深厚的內容。有許多人，他們在官場中討生活，多的是席間的敬酒與罰酒，無論「敬」與「罰」都不外乎「升」與「貶」；有許多人在商場討生活，多的是席間的討價與還價，無論「討」與「還」，都不外乎「賺」與「賠」；還有許多人在海外討生活，每天要面對一大堆五花八門的帳單，生存的壓力與精神的孤寂，是這些無根之萍的兩大勁敵。在自己的國家，回父母家吃飯，這看似簡單不過的事情，對這些人卻極為難得。

去年夏天，回了老家荊門一趟。承蒙家鄉朋友的抬舉，我這個海外遊子，受到了家鄉的熱情款待。大大小小的宴請，讓我受之有愧。遺憾的是，在家鄉半個月，原本指望能陪父母到菜場買菜，幫父母下廚，邀約兄弟姐妹全家聚會，這一心願竟然泡了湯。我不敢說「為名所累」這樣的大話，因為，憑心而論，我僅限於家鄉的這一丁點文名，也純然歸因於家鄉的高看與文友的謬賞，全然不可當真。故鄉當真的，是那份給遊子回家的感覺。可是，我回到荊門這個老家，卻回不了父母那個陋室中的家。這卻是我難以出口的隱衷啊！

春節前，打電話給母親，問她準備了年貨沒有，順便請教家鄉特有的一種被稱為「卷」的菜是如何做的。其實，我大致知道其製作方法：將豬肉和魚肉剁碎、放入葱花、豆粉、雞蛋等，攪勻，搓成卷狀，以蛋清抹在面上，入蒸籠蒸熟，切片裝盤，即可上桌了。這道菜，類似於午餐肉，卻比午餐肉鮮嫩可口多了。我以前在四川，後來在美國，都多次抽空試做過，無一成功。向母親討教後，如法炮製，味道、形狀還是相差萬里。家鄉獨有的菜肴，或許只有家鄉的肉、魚與水，才能做出它的真滋味，這話，信不信，由你。

聊可欣慰的是，那次，在大弟家，承弟妹的美意，倒是讓我吃上了兩樣稀罕東西。一樣是「地皮」，老家小村裡，村民們稱為「地鹼皮」，我覺得這個「鹼」字多餘，且有點不美，姑且將它略去。家鄉梅雨季節，陰雨連綿，長達兩、三月。鄉間田埂上，常常可見這種黑色的菌類，一小片一小片撿起來，一遍又一遍地淘洗，端上桌，就是真資格的天然食品呢！如今我居住在舊金山，雨季從頭一年的十一月，延伸到次年的二月底，我家門前就是有「都市森林」之稱、全球最大的人造公園——金門公園，草地上時常可以見到白嫩的蘑菇，卻從來沒有見過這種「地皮」，否則，我一定要採點回家，讓兒子開開眼界了。那次吃到的另一樣好東西，叫做「咋辣椒粉」。「咋」是家鄉土話，標準漢語裡沒有這個詞彙，但標準鄉愁裡卻少不了這樣東西：黑黑的麵粉，加上又紅而黑的乾辣椒，經過多次的翻炒，變得又焦又香，舀幾匙蓋在飯碗裡，就可以香香地吃掉兩大碗米飯。如果這種粉裡，還加進了切得細碎，且泡得酸度絕佳的藕丁，我保准舍熊掌而就之，毫無悔意，只呼「快哉」！

在我的記憶中，幾近赤貧的鄉村生活，真正讓我感到美麗、溫馨與寧靜的，其實是老百姓的諸種手藝，這其中就包括了我的好友、荊門籍詩人韓少君詩中所寫的「使泡菜罈子充實」的那些民間技能。那是生活的至高藝術。下次回老家，我要向母親當面請教，如何製作「卷」、臘雞、乾魚、酸菜……向父親學習如何做豆餅、糍粑。母親當然是竈間的好手，但是，與過世多年的奶奶相比，卻是差了一截。我這樣說，母親肯定不會見怪，因為這是母親親口承認的。時光是如此的殘酷——我漸入中年，父母已然呈現暮年老態了。我終有留不住父母的一天，卻至少可以憑籍著學自父母的這幾樣手藝，把各自成家立業的兄弟姐妹們聚攏在一起，重溫那幾十年的呵呼、牽掛、責罵甚至毆打，一點點一滴滴，都是愛，只有愛。

無端想起小時候的一幕情景：我家隔壁，住著一戶程姓長輩，官居大隊支部書記，是全大隊共八個小隊、數千人口的最高領導。那時候，農村沒有電，到處黑古隆冬，村民都睡得早，大概八點多鍾，村裡就很少有人走動了。每當我們上床，迷迷糊糊之際，總是會聽到村子中心，傳來一陣聲震四鄰的呼喚：「國慶，回家吃飯！」呼喚他的，不是他的奶奶，就是他擔任接生員的母親。一般要喊好一陣，才會聽到這野孩子從遠處不知誰家回應一聲，接著就是一陣「蹬蹬」的腳步聲；如果是他的父親親自站在街頭喊他，通常是這樣喊的：「國慶，回家吃飯！再不回來，老子一砣子（拳頭也）把你的腦袋砸到脖子裡去！」乖乖地，不等第二聲，那野孩子就跑回家了。

「國慶」乃是乳名，他的大名叫程昌鑫，是我的本家老弟，聽說目前在家鄉的拾橋鎮當個鎮長之類的官，比他當了一輩子支書的老爸，可是大了好幾級。雖是芝麻官，官場的應酬，卻並不像芝麻那樣小。我寄望我的這位老弟，也記得小時候母親夜晚喚他的那一聲高喊：「回家吃飯！」家裡的飯，大多是粗茶淡飯，比不得場面上那些雞鴨魚肉，山珍海味，但可以吃得舒坦，吃得放心，因為那是真正的「安生茶飯」。

「民以食為天」，這是古話。可是，自古以來，偏偏就有那樣混帳的人，忘了這句話，以為自己就是天。

沙洋：地圖上有圖釘的地方

1

在我小小的書房裡，貼著一張中國地圖，是去年五月到大理開會時，從一個賣白族裝飾品的女子手裡買的。地圖的中部，按著一枚紅色的圖釘，標示出這個地方對我的重要性。

這個地方是沙洋，湖北中部，漢水西岸、江漢平原腹心的一個普通縣城，歷史上曾經極其繁華。它隸屬於荊門市。在我四十多年的人生歷程中，這是世界上與我牽扯最深、我卻居住時間最少的兩個地方：我從來不曾連續居住超過一個月。

小時候，村裡開雜貨舖的瘸腿老爹，偷偷托人運回了花生，半夜裡，在我家裡將花生炒熟，裝在玻璃瓶裡出售。老人總會給我們家的孩子，每人裝一口袋熟花生，並告訴我們，花生是在「湖」裡買的。問「湖」在那裡？回答是：沙洋那邊。

再問「沙洋在哪裡」時，大人就會說：「打破砂罐問到底」了。

2

小時候，我家唯一的一戶城裡親戚，住在沙洋的榨街附近。跟奶奶去走這戶親戚，是我最興奮、最期待的事情。

奶奶有時候坐板車去，有時候騎馬去，有幾次，我們祖孫是走著去的。那戶人家的女主人，是我奶奶的姑姑，我稱「姑太太」。

大約四、五歲時，姑太太給我買了一個洋娃娃，碧眼、金髮，白白如藕的胳膊和腿，躺下時眼睛會閉上，站起來眼睛就睜開了。村裡的大人開玩笑說：「你長大了就娶個洋媳婦吧！」十歲的時候，姑太太又出錢，帶我到照相館裡，為我照了平生第一張照片。為了省錢，姑太太安排同去作客的一位大我好幾歲的表姐，和我一起照相。我留著小分頭，穿著肥胖的黑色棉褲，和比我高一個腦袋的表姐隔得遠遠地站在一起。

村裡愛開玩笑的大人又說：「怎麼，不娶洋娃娃，娶童養媳麼？」

於是，羞於將照片示人，終至遺失。

一九八八年春節，我回家結婚，在沙洋棉花公司上班的姑太太的兒子，摸出皺巴巴的八元錢，悄悄給我，說：「就這點心意，別說出去，讓你姑奶奶知道了，要鬧意見。」他說的是他妻子，一個在我看來非常熱情、誠懇的婦女。

我上大學那年，我親奶奶來看我，裹了一層又一層的手帕裡，拿出來的，是兩塊錢。

我知道，我這一生，無論是從前的貧窮，目前的不窮不富，或將來的可能富裕（請注意，我用了英語中 potential 這個限定詞），我對於錢，從來都不敢不心懷敬畏。

3

前不久，回到沙洋，應邀到當地有名的中學演講。演講之前，當地寫作界的朋友，在一家風味小館款待我。當我得知餐館的老闆，以前正是在鎮棉花公司工作時，便向他打聽那位給我八元新婚喜錢的親戚。

餐館老闆說：「他得了肺癌，過世好幾年了。」

我放下筷子，不禮貌地離席而去。餐館老闆和另一位作東的當地朋友，帶我穿過整個鎮子，去看望他的遺孀。

那位遺孀在大橋橋頭，守著一個毫不起眼的銷售裝修石材的店面。寒風從江面吹來，街頭冷清，無復我少年時的熱鬧。

我想告訴她：我新婚時，收到的賀禮，包括他們夫婦的八元錢。

那是無法計算利息的一筆巨款。

4

二〇〇三年的夏天，我也曾回過家鄉。武漢的朋友開車送我，路過沙洋時，在一個瓜果攤前停下車，我想買兩個西瓜帶回村裡。瓜果攤的主人是一對老年夫婦，和我村裡的所有老年夫婦一樣的打扮，一樣的口音。

稱好一個西瓜，正準備稱第二個時，老婆婆抱起一個西瓜，手一滑，瓜滾在地上，摔得稀爛。老漢一見，馬上埋怨起老伴來：「你怎麼這樣不小心，兩三塊錢的瓜，就摔成這樣了！」

我將爛西瓜捧起來，放在老漢的秤裡，說：「別怪老婆婆，這個瓜我買了。」

老夫婦詫異地看著我。我說：「我那邊有朋友，正好給他們吃。」我手指了指，幾個開車送我的朋友，正在路邊朝水果攤張望。

另外買了一個西瓜後，我正要離開，老婆婆抓起水果攤上的兩個小蘋果，非要塞到我的手裡。我放回去，快步走開，內心感到非常溫暖。

俗話說：一方水土養一方人。水、土與人的關係，說到底，就是人與故鄉的關係、個體的人，與全體的人民的關係。在大夏天裡，在蚊蟲叮咬中，守著路邊一個小小瓜果攤的一對老年夫婦，代表的是故鄉，以及，故鄉的人民。

而我，萬里異國，最愛吃的，還是沙洋的西瓜，和香瓜。

5

前不久的沙洋之行，值得回憶的，至少有三件互不關聯的小事。

和兩位朋友相約，去一家街頭大排檔吃晚飯。朋友點了兩樣菜：一盤炒豆皮、三條小白魚，長約兩寸，當地俗稱「白刁子」，小時候常常釣到。魚我是愛吃的，朋友卻開玩笑，只准我吃一條。

飯端上來，我想喝酒，白酒，家鄉土釀的那種。

大排檔的老闆，一個年約六十歲的精壯莊稼人，趕緊給我端來一杯，大約一兩多。我問：「多少錢一杯？」老闆哈哈一笑：「兩斤以下，您敞開喝，管夠，不收錢！」我突然覺得好快活，有點像到了梁山泊的快活林。

可惜，酒的醇度不夠，缺一點勁道。但喝著可以隨便喝的酒，真有回家的感覺。

飯畢，朋友們坐在那裡，等我買單。這令我格外開心。總共十九元。我掏出一張二十元的鈔票來，遞給老闆，叫他不必找零。我待朋友、朋友待我，這樣清清如水的友情，是多麼歷久彌新啊！

朋友問我：到哪裡逛去？

我說：去漢江堤上走走。

過馬路時，十字路口，新設的人行橫道紅綠燈前，亮著紅燈，一位老農騎著自行車，徑直朝紅燈騎去，這時，正在等候綠燈的一位農村打扮的中年女人，一把將自行車的後架拉住，說：「還沒有變綠燈，你不能走，當心被汽車撞到。」

正在一同等候綠燈亮起的我們，一起扭頭看那個多事的、多嘴的路人。

在這個家鄉的小鎮上，住著縣長、縣委書記、公安局長、許多多多威赫赫的人物。他們每天都在說話，做事，大概許多都是很宏大的話、很重大的事。

但是，在我心裡，比不上這個女人做的一件事、說的一句話。因為她的多此一言、多此一舉，直接訴諸的，是一個人，關乎他的生命，牽涉他的全部家人。

這就是官方所強調的「以人為本」。這個官方，從「整人為本」，到「以人為本」，可以說是革命性的進步。

6

漢江的大堤上，月色朦朧。漢江在遠處流淌，明滅的燈火、隱約的犬吠，故鄉與故人的親切氣息，一陣陣飄來，如暗香浮動。

熱烈交談，或者，沉默不語，都沒有關係。少年時，江堤上楊柳依依，今我來思，雨雪未霏，而鄉情已解。「千江有水千江月」，是哪個古人，寫出如此天才的詩句？「古人不見今時月，今月曾經照古人」，這樣深含哲理的詩句，又蘊涵著怎樣的時空流轉、物換星移的感慨？

我啃著一節甘蔗，隨意地將甘蔗渣吐在江堤的草叢間。買甘蔗時，忘了討一個小塑料袋來裝殘渣。好在江堤浩大，雨水豐沛，這點殘渣很快就會消解無形。但我在隨意吐渣的過程中，略微感到的一點不習慣、不自在，恰恰是回到童年的感覺啊！

人走得再遠，也不外乎：回到家鄉，回到童年。如果這不是孔子的話，那就一定是我自己的話。

布衣自有憂國心

引子

說也奇怪，近來，時常想起張傳華這個人來。他的樣子，一點也記不清了，但這個人，我卻永遠也不會忘記。中國農民，十億之眾，張傳華是罕見的異類，至少在我看來如此。如果非要我在家鄉城鄉的百萬人民中，挑出我最敬佩的人，而且，只準挑選一個，毫無疑問且毫不遲疑，我會說，這個人是張傳華。

1

一九八六年夏天，我從成都回到家鄉探親。這是我大學畢業，在巴蜀之國當了記者後，第一次回到家鄉。幾個同學聚在一起，吃鄉村伙食。我兒時最好的朋友吳榮全高興地告訴我：前幾天到上海出了一趟美差。

當時，連我這個省報記者，都還沒有去過上海，在煙垢（現為高陽）這個小鎮派出所當合同制民警的吳榮全，何以有機會到上海去出差，而且是美差？我一問，這位老友喜孜孜地說：「去上海把一位流竄犯押回來。」

這個「流竄犯」便是張傳華。

吳榮全說：「他是我們這裡棗林村八組的村民，跑到上海復旦大學的學生食堂裡，和外國留學生交談，被學校的保衛部門抓了起來。上海市公安局將他拘留審查，通知我們把這個流竄犯押回原籍。」

我問：「他不過是一個農民，到大學去幹什麼？為什麼還要和外國人交談？」

吳說：「這正是我們公安部門要瞭解的情況。後來查清楚了，他說是搞社會調查，原來是個神經病。」

我對朋友說：「我得去見一見這個你所說的神經病。」

2

過了幾天，我和另一位在沙洋工作的同學相約，從沙洋騎車到十多公里之外的棗林村，尋訪張傳華。此前，我已經在附近農場一位朋友那裡，打聽到了張傳華的基本情況。她也說：「這個人是個神經病，你去找他幹什麼？」

天氣酷熱，我們在村民的指點下，找到了張傳華的家門。跨進屋裡，只見空空如也的房間裡，蹲著一個看上去約摸四十多歲的黑瘦男子。他就是張傳華。見到兩個身穿白襯衣的青年人前來找他，他顯得既意外，又局促。

我自我介紹了姓名和工作單位後，用一種老熟人的語氣說：「老張，倒點水來，讓我擦擦臉。你看我一臉都是汗。」

他的妻子趕緊從水缸裡舀出一瓢水來，倒在一個又破又舊的塑料臉盆裡。張傳華從屋子裡的一根竹竿上，取下一個黑乎乎的毛巾來，遲疑著，不知該不該遞給我。

我一把將那個又髒又破的毛巾抓過來，浸在了臉盆裡，「嘩嘩」地洗起來。

當我將擰乾的毛巾遞給熊傳華時，這個中年莊稼漢的臉上，露出了憨厚的笑容。

張傳華用他河南腔很濃的當地土話問我：「程記者找我做啥呢？」

我說：「聽說你與一般的村民很不相同，我想交你這個朋友。」

蹲在門檻上，這個穿著一件紅色背心、從河南遷移而來的農民，簡單介紹了他自己。他是馬良中學的首屆初中畢業生。讀書時，就喜歡看書，思考社會問題。分產到戶，實行聯產承包責任制以後，地裡的活輕鬆一點了，自己也有了一點可以自由支配的時間，他就利用農閑季節，到安徽等地瞭解那裡的農村情況，搞一些社會調查，打算寫出調查報告，提交給政府決策部門作為參考。

我問他：「你的費用從哪裡來？」

他有點不好意思，說：「沒啥經費。我都是帶乾糧，坐火車免不了混車票，沒法子。」

我問他：「在復旦大學食堂被抓，是怎麼回事？」

他說：「我想和大學生探討我關心的幾個問題，他們很有興趣，買了盒飯給我吃，正巧有幾個外國留學生，見我這身打扮，在學生中間吃飯，很好奇，就湊過來談了一會。不知怎麼就將我拷走了。」

3

張傳華關注的，主要是以下幾個問題：一，鄉鎮幹部的直接選舉制度和競選方法；二，中國計劃生育政策及對中國未來社會的影響；三，中國的西部移民及開發規劃。

他領我到附近的一個十字街頭，一條鋪著青石、凸凹不平的鄉村公里從這裡穿過。在一面臨著馬路的牆上，貼著他用大紅紙書寫的自己打算競選村幹部而對村民的承諾。牆上風吹雨打，已經斑駁，字跡無法辨認了。他說：「剛貼出時，看的人可多了。村民們都說，我不是踏實的莊稼人，怕是腦子出了毛病呢！我哥就在村裡當幹部，瓦房都蓋了幾大間，你看我有個啥。我哥都罵我狗咬耗子瞎操心，跟我不來往了呢。」鎮上的官員，聽說有村民，膽敢公開貼出競選宣言，嚇壞了，派人來把我貼的全撕掉，光剩下了這些爛紙片，還罵我是刁民。」

「狗咬耗子瞎操心」這句俗語，如果用慷慨激昂的詩句來表達，那一定是「位卑未敢忘憂國」。

他說：「我一直對軟科學很感興趣，想在解決社會問題、社會矛盾方面作些研究和思考。可惜自己文化程度太低，在農村，信息又閉塞，恐怕搞不出什麼名堂。村裡人都說我是神經病，你說，我是神經病嗎？」

我用開玩笑的口吻說：「如果你是神經病，那麼，中國像你這樣的神經病，不是太多了，而是太少了。」

他給我講了在上海某看守所的親身體驗。他說：「我剛被推進號子，看守的警衛一離開，號子裡關的其他收審人員就一擁而上。不知是誰，用一件棉襖將我的腦袋蒙住，我身上挨了不知多少拳腳。」我問：「為什麼會這樣？」

他說：「為了一盒飯。取下棉衣，就有人吩咐我，開頭幾天，吃飯時，飯菜要分一半給某個人。什麼時候能吃整盒飯，就看你識不識趣。」

4

過了兩三天，張傳華騎著一輛叮噹響的自行車，擰著用草繩拴好的兩三條魚，到二十多里外的我家看望我。種田之外，他打點魚賣錢，作為社會調查的路費。

這次，我們談了更多的問題。我大致瞭解了他的基本思想。關於基層幹部的直接選舉問題，他主張由村民提候選人，而不是由鄉鎮指定。關於計劃生育國策問題，他認為，獨生子女在今後會造成很大的社會危機，性別比例失調的嚴重性不容忽略；關於西北移民開發問題，他主張國家應設立專門的移民部門，負責將中國東部地區的人口，有計畫地移民到西部貧困、落後地區，解決中國經濟發展不平衡、人口密度不均勻的問題。

如果是在今天，我不敢說，他的思想有多麼新穎，多麼具有獨創性。但是，我敢說，這個只有初中文化程度的農民，他的心裡裝著這個國家。早在一九八六年，他就開始思索這樣沉重、如此重大的關乎國計民生的問題，這無法不讓我肅然起敬，儘管我知道，他很可能搞不出什麼名堂。

過了幾天，他又到我家裡來，帶來了他寫的三篇論文。論文是用小學生的練習本寫的，歪歪扭扭的字跡、大大的字，漲滿了格子。他知道我過幾天，會在返回四川的途中，到市政府拜訪當時主政荊門，人稱具改革開放魄力的市長錢亭章先生。他問我能否將這三篇論文轉交給錢市長。或許，這並不能上達天聽，至少，他表達了一個最基層的國民，對國事的關心。

雖然有點為難，我還是答應下來。幾天後，我當面將這三篇稿子，交到了錢亭章先生的手裡。

5

最後一次見到張傳華，完全是巧遇。

一九八七年二月，我爺爺病倒了，家裡一邊準備後事，一邊發電報給我。我和妻子千里迢迢趕回老家，發現爺爺還似乎有救。於是，用一輛板車，鋪著稻草、墊著棉被，我和父親拉著車，妻子跟著我們，將爺爺拉到離我家約三十里的沙洋人民醫院，找那裡的李邦闊醫生，看還有沒有辦法。

這條碎石公里，必經棗林八組的村旁。

走著走著，迎面來了一輛自行車，仍然是叮噹作響的那種。突然，車停在了板車旁，一個黑瘦的莊稼漢，用濃重河南腔的當地土話問道：「這不是程記者嗎？」

握手之後，他掉轉車頭，說：「我來幫你爸爸拉車，送老人家去醫院。」

我和他就這樣拉著板車，走了十多里路，將我爺爺拉到了醫院。見到天快黑了，我們已將爺爺送進急診室檢查。他說：「我得回去了。希望老人家病好起來呢。」

托他的吉言，我爺爺後來又多活了一年多。

夕陽西下，那輛叮噹響的自行車，消失在我的視野裡，但那個黑瘦的、不知天高地厚的農民，就這樣，將一天的晚霞烙在了我的心裡。

我常常想起《左傳‧莊公十年》中的一段精彩對話：

「肉食者謀，又何間焉？」

「肉食者鄙，未能遠謀。」

說第一句話的，是當時的鄉民；說第二句話的，是一個叫曹劌的人。魯莊公察納雅言，贏得了一場戰爭。

可堪慶幸的是，張傳華的舉動，最多不過被鄉民視為神經病。退回到三十年前，他的舉動，怕是要惹上一場大禍吧。這個稼穡之外，兼謀國事的莊稼人，就這樣成為我人生的一面鏡子，讓我時時攬鏡自照，每每汗顏不已。

我的歐張小學

1

那個年代，鄉下孩子，上學都晚。一九七〇年，我入讀小學，年已八歲。

記得去註冊的那天，我正在村子西邊的水渠邊玩水，兩腳是泥。父親去喊我，我不願意上學。父親就動手拉，我緊緊地抱住水渠邊的一棵樹。見此情景，村西的武漢移民李敘義便趕過來，和我父親一起，將我扛在肩頭，扛進了村南的小學堂。

我所在的村子，當時的行政名稱是荊門縣吳集公社歐張大隊第三生產隊。位於一處高崗之上的這個村落，堪稱全大隊的政治經濟文化中心：供銷社、榨坊、打米廠、衛生站，都設在這裡。尤為重要的是，大隊的最高政治領袖——程書記、行政領導——范大隊長，都住在這個村子裡。

當然，最重要的是，歐張小學也設在這裡。

在我兒時最幽遠的模糊記憶裡，村子南邊，應該有一片茂密的水杉林，大約有百十株。那些水杉，都像一條壯漢腰身那樣粗。它們是何時消失的，我已無可追憶，但那裡後來變成了棉田，現在，則是幾戶村民的宅基地了。

僅僅四十年，一個小村就已面目全非。

小學的格局我已全然忘記。我只記得，學校裡有很多腰鼓。

讀了一年後，學校搬遷到離村半里許的路邊，曲尺形的教室，土坯、青瓦，屋後有土台，種滿了槐樹。夏天裡，雪白如銀的槐花開得燦爛，摘槐花的河南女人就挎著籃子來了。我們本地人的籃子，竹編，長方型；河南人的籃子，圓形，柳條所編。這些河南淅川縣的丹江水庫移民，給我們帶來了別樣的習俗，也帶來了別樣的河南子弟，和我們一同跨進教室，漸漸被我們同化，成為地地道道的湖北人。

我記得學校搬遷那天的情景。老師規定，學生要將自己的凳子隨身攜帶，拿到新校舍去。田間小路上，浩浩蕩蕩，都是抬著桌子、扛著凳子的小小村童。

我在新校舍裡，讀到小學畢業，時為一九七五年夏天。

2

我所在的年級，第一個老師，大概是高宗銀老師。他瘦瘦的，但精神頭很足。我記得，批林批孔那一年，學校在我隊倉庫牆上辦牆報，戴德詳老師，也是我的班主任和語文老師，親自拿了漿糊和刷子，將抄在白紙上的大批判詩文，貼在牆上。高宗銀老師的一首「寶塔詩」也在其中，全詩第一行一個字，逐行加字。最奇的是，這首詩的最後一個字，都是「頭」字，我至今還記得這樣一句：「雙手十個黑指頭」。

我胡寫的一首七律之類的詩，也貼在牆報上。這塊牆報，與我家的直線距離，只有幾米。而我家的牆上，靠近門框的右上角，也貼著一張白紙。那也是我的手筆，是替我識字不多，先後在國民革命軍和中國人民解放軍中服役的地主爺爺寫的交代。那個時代，這等於賤民標誌。

見到我的詩上了牆報，衛生站的醫生熊同義老先生，慈愛地摸著我這個哮喘病孩的頭（哮喘病折磨我直到初中，才不藥而癒），說：「這孩子將來要成詩人呢！」這是我平生第一次聽到「詩人」這個詞。後來，我讀高中時，和熊同義先生的小公子熊慶勇同睡一張床。這種兄弟情義，不是歲月可以消磨的。

上學，最怕注冊那一天。鄉村學校的老師，談不上有什麼教育心理學的素養。報名時，老師高聲問：姓名、性別、年齡，接下去就要問要命的家庭成份了。

「地主。」程姓的小學生勾著頭，囁嚅著回答。

「沒有聽清楚，大聲點！」後面排隊的家庭成份好的同學，發出一陣哄笑。

「地主」，聲音提高一點，心裡想的是：「老師，您難道不能替學生，悄悄地填上嗎？不是說師生如父子，一日為師，終生為父嗎？」我的爺爺就是這樣教誨我的。

其實，這也怪不得老師。在那樣一個荒誕、瘋狂的時代，怎麼能夠指望鄉村小學老師身上，體現出悲憫情懷和公平觀念。

在這種環境下，戴德祥老師對我的語文，尤其是作文的贊揚和鼓勵，對我保持健康的心理和自信，起了至關重要的作用。經常是這樣：我的作文已經在班上被宣讀了，同學們還在冥思苦想。村裡的女同學，大多都來借過我的作業，特別是作文本。記得住在村北的黃艷，比我大一歲，懂人事也早些，在借我的作文本，像鳩山先生拿李玉和的密電碼，回去「研究研究」時，還用小女孩的手，很滑稽地摸了摸我的兩頰。這大概算是兩性間的第一次「親密接觸」吧？

當時的校長姓蘇，五十多歲，胖胖的、和藹的中年人。他是我們的算術老師。有一天，他跨進教室，赫然發現，黑板上不知是誰，畫了一個圓圈，上面有十二個角伸出圈外。那些年，我們都喜歡在黑板上，玩一筆畫成五角星的遊戲。不知哪個同學多畫了幾筆，成了十二個角。

蘇校長大驚失色，開始追查，卻又不告訴我們，那是什麼圖案。

很多年以後，我才恍然大悟：那是類似於「青天白日滿地紅」旗幟上的那個圖案。幸虧當時沒有查出結果，否則，會有怎樣的大禍降臨，天才知道。

3

一九七四年初夏時節，我小學四年級時，平生第一場政治災禍從天而降。說是第一場，是因為在一九七九年，還有更可怕的第二場。

事情的來龍去脈，我暫時在此略過不提。我只寫結果。

這時的校長，已經是曾令才。曾老師在我的印象中，愛紅臉，不善言辭。

那時，我們生產隊用現金，鼓勵小學生撿糞。隨便說一句，在七〇年代初，我們村堪稱周圍幾十里最富裕的生產隊，十個工分值，高達九毛多。據隊長曾祥生說，如果不是上面干涉，應該超過一元。在全國許多地方，日工分值只相當於一兩毛錢的情形下，這種收入堪稱奇蹟。我們村的孩子每天放學後，四散而去，撿豬糞、狗糞、牛糞與人糞，賣給生產隊。這些臭大糞中，牛糞最賤，人糞最貴，充分體現了以人為本。

學校在堆積如山的糞堆前，召開了現場大會。當著全體師生的面，曾令才校長發表的演講中，有如下的句子：「雖然程寶林同學思想反動，犯了錯誤，但要允許他改正錯誤。他撿的糞，生產隊還是要的！」

全校師生哄堂大笑。

那時，駐扎在我們生產隊的路教工作組長，名叫丁科，組員是一個年輕的女人。他們要將我抓為「階級鬥爭典型」的提議，可能遭到了大隊支書程應海的抵制。我永遠記得那是一個雨天，我眼巴巴地等在村子東頭，口袋裡，裝著一張皺巴巴的紙，上面寫著「交待」二字。見到輩分為本家大伯的程書記，我將紙條塞給他，扭頭就跑。

今年二月，回到老家，給我的爺爺奶奶上完墳，專門留了一掛鞭炮、一疊紙錢，在他的新墳前，給他叩頭。在我今後的書裡，他也將占很大的篇幅。由於「階級」問題，在一九八〇年我考上大學之前，他從未在我家吃過一頓飯。後來，他則每請必到，我也到他家吃飯了。那道人為的野蠻、邪惡之「線」一消失，人親的，還是人。

後來，讀了很多國內尚難見到的書和文章，才知道，我們那裡的「階級鬥爭」，算是相當「溫良恭儉讓」的，想想湖南道縣、北京大興對「地富反壞」家庭的屠殺和滅門吧。

考上大學後，我和鄰村的范軍（原歇張小學民辦教師，比我高兩級的小學、中學同學），成了周圍村裡的「香餑餑」。春節前後，前來請我們吃席的，應接不暇，而作陪的，都是鄉村最有頭面的人物，我至今還記得的，有小學校長曾令才老師、家住二隊、在吳集街上的獸醫（暫忘了名字）等等。我和范軍也到曾令才老師家拜年、吃飯。幾年前的撿糞現場會，誰也沒有再提。後來聽說，曾令才老師調到吳集中心小學任教，和附近的一位農婦產生了一段頗為驚世駭俗的戀情，不知確否。現在，曾老師已經作古，壯年而逝，令人嘆惜。

4

我在歇張小學讀書的頭三年，胡登英老師教我們算術。她就住在我家隔壁，是程應江叔叔的妻子。那年她生第二個女兒時難產，曾嚇壞了我。按輩分，我喊她「小媽」。可是，剛上小學，改不過來，在學校也喊「小媽」，就被她罵一頓：「在學校要喊老師！」

她的語言很生動，班上學生吵鬧，她就說：「鬼炒螺螄」；學生考了六十分，她就說「見鬼六十一！」有一次，我趁辦公室沒人，偷老師的紅筆，在算術作業本上，自己給自己批了個大大的「好」字，卻忘記了這本子還得交上去。她發現這個非法的「好」字後，將我喊到辦公室，一指頭就戳到了我的額頭上。

范維玉老師在鄉村女性中，可以說是很出眾的，不僅皮膚白皙，打扮「入時」（按當時青灰色世界的標準），而且講話比較洋氣。我總覺得，她的背景，和城裡有點什麼關聯。她教給我的知識，我印象最深的是，睡覺不要趴著，還說了一通道理。自此以後，我便再也沒有肚皮貼著床單睡覺了。

我讀小學時，就知道「代課老師」這個詞，因為，全校其他老師，都是民辦老師，只有戴德祥，是代課老師。他在一九七三年接任我班的班主任、語文老師，我以為他那一年才開始任教。前不久，蒙老師設宴款待（因入洋國多年，失禮得很），席間談起，才知道他一九六九年就在歇張小學當代課老師了。他是一個英俊的鄉村青年，多才多藝，能唱，能拉，能跳，能彈，還寫得一手好字。下次回老家，一定要去府上拜望，還要討一幅墨寶，懸之書房，紀念我們的師生之情。

俗話說，「山不轉水轉」；「三十年河東，四十年河西」。整整四十年後，已入中年的我，在這西洋國裡，作了一個用英語教漢語的語文老師。今年二月，在回鄉之旅中，抽空去看了看以前的歐張小學。它在很多年前，已經搬遷到離我村子一里許的另一處高崗上，土牆變成了磚牆。但由於計劃生育，生源減少，學生集中到吳集上中心小學，這所有幾十年歷史的小學終於壽終正寢。校舍被很便宜地賣給了幾戶人家。我們和住戶聊了一陣，操場也改成了水田。

從這所小學走出去的各類人才，怕是已難以勝數。可惜在基層教育界，還難以有檔案管理、校史資料收集等意識。老師的心血、學生的成就，對社會的貢獻，除了人心深處還有一本帳外，一切都煙消雲散了。一九七五年我們小學畢業時，連一張畢業合影都沒有留下，更不用說畢業證書了。

舊時代，入讀私塾，要拜「天地君親師」的匾。「天地」恆在，「君」已不存，取而代之的，應該是「人」，不是一族一地之人，也不僅僅是一國之人，而應該是孟子所說「四海之內皆兄弟也」的普天之下芸芸眾生。而奉親之下，就是尊師了，這種傳統文化，陳腐也好，落後也罷，總歸是中國人的人倫之根，道德之本。

匆草此文，呼應家鄉文友令麟兄關於歐張小學的兩篇大作，並敬獻我的全體小學蒙師。

二〇一〇年六月十八日，夏威夷無聞居

民間飲食

1

一碗豆漿，濃濃的，釅釅的，擺在桌上，黃豆所特有的腥味，煮沸之後，竟然變成了帶有一絲兒甜味的醇香。加上一根火候絕佳、不焦、不綿、色澤金黃的油條，就算是一頓不錯的早餐了。如果奢侈一點，再添上一小碟不鹹不淡、口味恰好的八寶菜，可以任一雙竹筷愜意地輕輕掂起，那就更別提有多美妙了。

這樣一頓老北京的簡單早餐，擺在梁實秋先生面前，或是林語堂先生面前，甚至愛挑剔的南方人魯迅先生面前，想必都是沒有怨言的。擺在我的面前，我又有什麼好說的呢？我或許會稍稍嫌豆漿太燙了一點，於是鼓起嘴巴，朝碗裡吹一口氣，豆漿馬上漾起一圈微不足道的漣漪，而豆漿的香氣，卻飄散到遠遠的牆角去了。北方的冬天，天寒地凍，人心卻暖得像一爐炭火。做小本生意的店家，指望的就是那些挑蜂窩煤的、拉腳的、教書的、寫文章換銅板養家糊口的，一回又一回地光顧這小小的早點舖。也有愛吃燒餅而不是油條的——帶有芝麻的那種，剛剛出爐，饞人得很，食客只好等燒餅銷冷一點才開始享用，這時又怕豆漿冷得失去了香味，這點麻煩，還真是惱人。

這樣尋常的情景，常常讓我神往。後來就發生了戰亂。在歷史書上，讀過這樣的句子：「整個華北已經放不下一張安靜的書桌了！」，其實，豈止書桌，就是這放豆漿、油條或燒餅、一小碟八寶菜的小小餐桌，也擺不安穩了。文人們或死於窮病，如朱自清；或死於暗殺，如聞一多；或死於不甘其辱，如老舍。尤堪哀嘆的是半個世紀前，自京華的煙雲中逃難，被迫困居海島的那些人，他們跪在北望故園的海濱，遙祭祖先的墳塋，掂香、俯拜，縈繞在鄉夢裡的，大概就有這一碗白如母乳的豆漿吧？

做豆漿其實是簡單不過的事情：先將黃豆洗過，用清水泡一晚上，第二天，鼓脹飽滿的豆子粒粒圓潤如珠，放入齒紋極細的手搖石磨裡，磨成純白的豆漿，燒沸即成。記得居蜀的那些年，城裡當然沒有那種古老的石磨，先進的磨漿機卻也沒有。我使用的是一架絞肉餡的工具，在一邊將黃豆放入這鐵制的磨子、一邊搖動轉柄，看豆漿汩汩流出的過程中，我的心裡一片安寧祥和。我想像自己是北宋汴京（開封）一家豆漿舖的東主，為了省下雇工的那點碎銀，而親自在作坊裡勞作。我磨出的豆漿，名氣只要傳播到鄰近的幾條街巷，受到引車賣漿者之流喜歡，也就知足了。這種毫不起眼的民間食物，是否能傳到皇城之內、天子耳中，又有什麼關係呢！

現在，身居美國，我用一架從街上舊物攤上買回的果汁機制作豆漿。自己動手，圖的不只是「新鮮」二字。看著豆漿經過幾個簡單不過的程序，成為早餐桌上妻兒的飲品，我的心裡會湧現出一股巨大的幸福感和成就感：我這一輩子，或許沒有能力給這至愛的兩個人，提供錦衣玉食、悠遊卒歲的富貴生活，但我卻可以終身為他們泡黃豆、磨豆漿，提供一份含有故國之思、充滿人倫親情的早餐，而在這種自得其樂的勞作中，我看到了一粒黃豆所具有的凝聚力，無疑，那是土地的神力。

誰要敢說：「百無一用是書生」。我就要告訴他：我還會做豆漿呢！

2

前幾天，從美國打國際長途電話給住在湖北老家的母親，專門請教做豆餅的方法。母親在電話那端笑著說：「怕是這電話費貴得很呢，下次回家再教你吧？」話雖這麼說，母親還是三言兩語，講了講做豆餅的程序：將綠豆和大米，按相同的份量混在一起，加水泡漲，然後，磨成米漿，在鍋裡攤成薄餅就行了。

說起來容易，做起來卻相當困難。泡豆、磨漿，這些程序都不成問題，但到了下鍋的時候，卻根本無法攤成薄薄的一層豆餅。米漿不是粘在鍋上燒糊，就是凝結成一團。我懊惱地放下鍋鏟，長嘆一聲：「人說巧婦難為無米之炊，有米之炊，也非易事啊！」

豆餅是家鄉的特產，只在一個方圓很小的範圍內，為鄉民們所喜愛。豆餅不是日常的食物，只有逢年過節、或是娶親添子辦喜事的時候，農家才會做豆餅。在我的童年和少年時代，如果說也曾有過幸福時光的話，那一定是跟竈膛的火苗與鍋中的豆餅有關。做豆餅的時候，坐在竈前添稻草的是母親，而站在竈臺上烙豆餅的，則是奶奶——整個村莊慈悲與憐愛的化身。攤好的豆餅，一張張疊在鍋臺上，使得那些年裡堪稱赤貧的農家，升騰起短暫的快樂氣氛。我常常會忍不住那股饞勁，偷偷伸出小手，將豆餅撕下一塊塞入口中，而奶奶或母親並不會責怪，因為她們知道，過節的時候，小孩子是可以少一點禁忌、少一點規矩的。

不同的豆有不同的吃法。蠶豆最大，可以油煎，吃的時候，是不許吐皮的，必須連蠶豆皮一起吃下，這是農家的規矩，更是貧窮的教誨；蠶豆也可以製作成豆瓣醬，辣辣的，灑著油亮的紅辣椒，是下飯的好東西：黃豆除了能做豆腐外，還可以做成炒麵、豆豉；

而在豆的家族中，就數綠豆最小，最不起眼了，然而，據鄉間的醫生說，綠豆其實全身都是寶呢，比如，清熱消暑的綠豆汁，就是炎夏的絕好飲品。記得那一年的夏天，我從美國回去，和妻子由廣州而杭州，遍遊了華東的幾座名城。在魯迅故鄉那家有名的「鹹亨酒店」，店堂裡竟然只有我們兩個顧客。買了孔乙己愛吃的茴香豆、炸豆腐乾，剩下的，就是冰鎮綠豆湯了。兩元人民幣一碗，我們兩人各喝了四碗，那種通體暢快，冰透肺腑的爽勁兒，真是美不可言，何況，這是「鹹亨酒店」的綠豆湯呢！

記得還是住在成都的那些年，有一次，父親千里迢迢到成都看我們，尤其是他的長孫子。我對父親說起，自己想吃家鄉的綠豆餅。父親嘿嘿一笑，說：「這還不容易？」我立刻騎上自行車，片刻工夫，就從農貿市場買回一小袋綠豆。在我母親眼裡，父親這人，一輩子窩囊，嘴又笨、手又拙，而在我們這些做兒女的眼裡，父親這叫「大智惹愚，大巧若拙」，因為無論生活多麼困苦，他總是一副樂呵呵、知天樂命的態度，而這大概也算是很難企及的人生境界了。那天晚上，我終於吃到了父親親手煎的豆餅。他的手藝，雖然比不上奶奶，但與母親相比，卻也差不到哪裡去。

如今，在美國，我過著簡單的生活，住在簡陋的公寓裡，這異國的麵包奶酪，哪裡抵得上故鄉的豆漿豆餅。真希望早一點買一套寬敞點的房子，好將父母接到美國來小住一陣，也順便讓他們把做豆餅的手藝，帶到這豆類豐富的國家。當我將煎好的豆餅，送給左鄰右舍的美國鄰居時，該如何用英語稱呼這故鄉的特產，這還真是一個值得思考的問題。

江漢小鎮青未了

1

從網上看到，湖北省荊門市沙洋中學高三（十一）班學生陳瑞——一個從九歲起就因遭受強烈電擊而被截去雙臂的苦命孩子，在二〇〇一年的高考中，用雙腳答題，考出了理科五百七十七分的優異成績，比該省理科第一批重點院校錄取分數線高出二十二分，然而，卻沒有大學肯錄取他。他用腳給省長寫信，這才獲得重視，最終被湖北大學錄取。

在兩萬里外的美國，讀到這篇感人至深的專題報道，我內心的感動真是無以言表。因為，這篇報道中提到的沙洋，正是我的家鄉；這個不肯向命運屈服的當代學子所畢業的那所當地有名的中學，現任書記（前任校長）楊興虎先生正是我的中學同班同學。我至少有雙重的理由為陳瑞感到驕驕傲，因為沙洋教養了這樣的好男兒；這樣的好男兒，又增加了沙洋的榮耀。

2

沙洋是漢江孕育出的明珠。

由陝西漢中地區起源的一條大河，流過襄樊後，進入一望無垠、沃野千里的江漢平原。這條河，民間俗稱「襄河」，地理書上的正式名稱是漢江。對於漢江，有一個形象而準確的界定：中國最大的河流長江的最大支流。在「九省通衢」的武漢彙入長江的這條大河，用億萬斯年的奔流、沖刷、淤積起了華中地區最富饒的糧倉和棉倉，那就是地底石油資源十分豐富的江漢平原、中國古代楚文化的主要發祥地。

漢江真是一條有趣的河流。在漢江以東，是人傑地靈的天門，那裡盛產棉花，人民心靈手巧，吃苦耐勞；在漢江以西，是民風淳樸的荊門，那裡盛產水稻，人民安土重遷，不思遠行。由於天門地勢低窪，漢江洪泛，十田九淹，迫使當地的人民流離失所。他們打三棒鼓、唱花鼓調，竟然走遍了世界的許多角落，形成了中國內陸地區唯一的僑鄉。而荊門地勢較高，盡享漢水之利，鮮受漢水之害，自古以來，即有「魚米之鄉」的美稱，商品經濟素不發達，人民很少有生存的緊迫感，所以，出門闖蕩世界的人不算很多。可喜的是，隨著近年來我國經濟的飛速發展，荊門人民終於也坐不住了。身殘志堅的陳瑞堪稱不認命、不服輸的荊門人的一個突出例子。

3

小時候，最盼望的事情，就是奶奶帶我到三十里外的沙洋鎮上走親戚。鎮上的親戚，我喊「姑奶奶」，應該是我奶奶的姑媽吧？很和藹的一個老太太，給了我平生唯一的一個洋娃娃，帶我到鎮上的照相館，給我照了第一張相，而那時，我已經整整十歲。那張照片早已遺失，我童年的模樣，更是無可追憶了。

第一次去沙洋，是騎馬去的。爺爺找隊長借了生產隊唯一的一匹白馬，馱著奶奶和我，踏雪向沙洋鎮跋涉。那大概是五六歲的事情吧？對於城市，我一點概念都沒有，心時充滿了神秘感和向往。

我記得，有一次馬跌進了一個很深的雪坑裡，將我和奶奶從馬背上摔下來，摔在厚厚的雪裡，我們祖孫笑成一團。從那以後，我的記憶裡，就似乎再也沒有下過這麼厚的雪了。

上了小學後，我到了沙洋，總是會穿街過巷，到碼頭附近的鎮文化館去逛一逛。文化館就在鎮上唯一的電影院旁邊，進門是一張乒乓球桌，內屋幾張桌子上，擺著幾種報紙，報夾子被用鐵絲拴著。這是我平生第一次體會到「文化生活」這個詞的涵義。

我少年時代最有趣的經歷之一，是每次到沙洋後，便溜到渡船上，免費坐船在漢江上航行，從此岸到彼岸，再由彼岸到此岸。渡船似乎只對汽車收費，行人是免費的。渡河的經歷，誘發了我渡海的願望，我曾在一篇〈萬里送行舟〉中，抒發過這條故鄉河流對於自己的人生啟迪。

那時的漢江兩側，三月的油菜花鋪天蓋地，澄碧如練的這一川逝水上，真的有四五片白帆順風遠揚，我還依稀記得有一片帆，不是白色的，而是補滿了補丁的暗灰色。那艘木船，如今泊在了何處？或許已經完成了自己的航程？這是我時常玄想的一個問題。

4

沙洋是我邁開人生第一步的地方。我由故鄉而北京、北京而成都、成都而舊金山的人生「三級跳」，起跳的地方正是沙洋。

一九八〇年七月六日，我和同學們住在沙洋的漢江旅社裡，準備第二天參加高考。考場設在很遠的沙洋農場中學裡，我們要排隊走好長一段路。天不巧下起了雨，將我唯一的一件體面衣服——「的確良」襯衣淋得濕透。我在旅社房間的燈泡上，烤我那件寶貝襯衣，烤著烤著，不小心烤糊了一大片。母親賣了好幾擔茅草給隊上的瓦窯，我才有這件襯衣穿。正在擔心回家遭母親責罵，村裡的一位鄰居來找我，給我捎來五元錢，奶奶托他帶來，也不知是從誰家借的。在極端的貧窮裡，我是最富裕的人，與我並無血緣關係的奶奶，給了我世界上最多的愛。我明白，愛的貧困，是最大的貧困，而且，是終極貧困。

我有兩個恩人住在這個小鎮上。

第一個是當時沙洋汽車站的站長魯志鵬先生。與我素不相識的他，聽說我考上名牌大學因病休學後，感到十分可惜，托人找到我，請我住到他家裡，幫我找醫生治療，給我精神上的鼓勵。在此後的十多年裡，我事之如伯伯，也以「魯伯伯」稱呼他。在我的一生中，他是「善良」這兩個字的詮釋者之一。

第二個是沙洋人民醫院的中醫師李邦闊先生。李醫生係小鎮名醫，經常在醫學刊物上發表論文。經魯站長介紹，他免費承擔了我的治療，以他特製的中藥，治好了我的頑症。我寫他的文章在光明日報發表後，遠在北京的病人，都曾托我找他求醫。

小鎮因了這些人、這些事，在我的心裡，重於泰山。

5

小鎮沒有任何古跡，也談不上有什麼文化名人。小鎮的全部風景，都在人心深處。

然而，小鎮盛產一樣東西，卻是別處難比的，那就是香瓜。香瓜有白色和青色兩種，每個約一公斤左右，削去皮、切成瓣，香氣四溢，淳甜無比。在沙洋的大街小巷裡，到處都是挑著香瓜的小販，沿街叫賣。我後來走了許多地方，什麼蘭州的玉蘭瓜、新疆的哈密瓜、甚至美國的甜瓜，統統比不上沙洋的香瓜，不是香氣差一截，就是甜味少許多。

我常常想，如果家鄉的瓜農，能得到瓜果專家的幫助，改良香瓜種子，進行集約化生產，將「沙洋香瓜」注冊成商標，讓它成為皮薄、肉嫩、味甜、氣香的名牌瓜品，成為北京、上海、廣東，甚至舊金山的乾鮮果品店的搶手貨，成為高檔宴席後的果品（如今餐後的西瓜或橘子，絕無香瓜那種純濃的自然香氣），那該是多麼好的一件事情。

此外，沙洋的茶葉、糯米、蓮藕、菱角、鮮魚、芝麻，以及當地鄉村裡自產的香油，都是土特產裡的好東西，而且，很有些民間特色。城裡來的人，到了沙洋，很少有不捎些回去的。至於西瓜，就不去說它了。沙洋的土質很適合種植西瓜，日照充足、熱度適中，因此這裡的西瓜也很好，只是，人們很少幾百里、幾千里，買一個西瓜帶回去的。

一生走不出小小的村莊（跋）

我的寫作生涯開始於上個世紀八〇年代初。在十多年內，以詩歌活躍詩壇；九〇年代初，我開始散文創作，成為最早自覺關注「三農」問題的作家之一。在上海文化出版社出版的《一個農民兒子的村莊實錄》中，有一些篇目如〈端午一哭〉、〈歸葬〉、〈民如鳥獸〉、〈水稻〉、〈我心悲涼〉等，滿含悲憫、傷感、無奈的複雜情緒，基本表達了中國農村的現實困境和農民的真實生活。令我欣慰的是，二〇〇四年八月初，這本書剛剛問世，就獲得了媒體的密切關注，《文匯報》、《天津日報》、《海南日報》、《湖北日報》、《東方早報》、《東方航空雜誌》、《讀者導報》，《大眾日報》、《四川日報》、《華西都市報》、《黑龍江日報》等重要媒體，都迅速推出了介紹，後來，這本書更被上海振興中華讀書指導委員會以票選方式，列入當年上海讀書節的六十本推薦圖書之一，並最終入選「信息網絡杯上海市民最喜歡的二十本書」書目，可見，說真話、吐真情的書，在中國仍然是擁有讀者的。

我生活在美國，卻寫出這樣一本為中國大陸農民講真話的書，根源於我的成長經歷。我六〇年代初出生在湖北省荊門市鄉村。那裡是著名的江漢平原邊緣，沃野千里，水渠縱橫，堰塘密佈，主要農產品大米的產量極高。我從小學五年級就開始在課餘時間參加生產隊的集體勞動，掙工分。年終分紅時，在煙霧瀰漫的屋子裡，擠坐著充滿期待的農民。我驚訝地發現，竟然有那麼多的家庭「超支」，也就是說，辛苦為生產隊勞動了一年，居然欠了生產隊的債，而他們從生產隊所得到的實物，不過是很少的、嚴格控制的一點口糧而已。從那時起，幼小的我，開始思索中國農民貧困的根源問題。上大學後，農村開始實行家庭聯產承包制，我每次放假後回家，從父母、親戚和鄉親的言談中，瞭解到農村出現的一些問題，如農用工業品的持續漲價、農產品的連年跌價、農民賣糧的艱難。有一次，我媽媽含著淚說：「你爸爸為了賣一板車糧食，在公路邊排隊，睡了三天三夜，差點賣死了。」另有一次，我的一位當鎮幹部的中學同學親口告訴我說：農民舉著扁擔，在糧站追打基層幹部，罵他們：「你們開春逼我們完成水稻播種面積，秋收後糧食卻賣不掉，賤得跟狗屎一樣。你們的肉我都可以吃幾斤！」這些過激的話深深地觸動了我，促使我從開始散文寫作以來，把關注的重點放在生養我的農村、與我休戚相關的農民及農業問題上。現在我雖然已定居美國，仍然利用美國資訊發達的優勢，密切關注中國農村的社會變遷和發展，經常打電話給我留在農村的同學、朋友、親戚，以這種方式保持和農民、農村的血肉關聯。

經過二十的奮鬥，我們家可以說全部都跳出了「農門」，留在村子裡的老宅，已經無人居住，陸續倒塌了。我在美國舊金山，從事的是英文寫作和翻譯工作，與中國農村隔了兩萬里之遙。但是，從骨髓裡、從靈魂深處，我還是一個農民的兒子。這不是矯情和做作，而是內心話。在我看來，中國農民是中華民族的主體，是中國過去幾十年工業化、特別是重工業化進程中的最大貢獻者和犧牲者。他們的貧窮，與其說是歸因於地理的、環境的、自然條件的制約，不如說，更本質的原因在於農民與土地的關係受到了制度性的、具有社會慣性的禁錮。一九四九年以前，中國農民還可以自由進城投靠親友，進店舖當學徒、進工廠當徒工，五〇年代初，一紙禁令堵死了這樣的進城之路；一九五八年人民公社化之後的二十多年內，農民不僅失去了對土地的產權（ownership），甚至失去了自主經營權，農產品也完全退出了流通領域。農民唯一剩下的權利就是出工、流汗。約十億農民在這樣漫長的歲月裡創造的、積累的巨額社會財富，構成了中國今日綜合國力的基礎和啟動改革開放的家底。二十多年來城市經濟的飛速發展，正是在這筆財富的基礎上達成的。最近，我打電話給居住在家鄉荊門的父母，母親憂愁地說：「大夏天，卻刮大風、下大雨，正在揚花灌漿的水稻，怕是遭殃了。本來今年的政策好了一點，許多攤派取消了，還有了點補貼，種莊稼的人眼看要得點實惠，指望又不大了。」

母親的話，帶給我的是沉重的心情。她雖然已無田可種，心卻牽掛著村裡的莊稼人。這就是我眼中、心裡的中國農民。今後，即使我將重點轉向英文寫作，我的寫作重點仍然是中國的鄉村。在我的家鄉，那個日漸衰落的小村，就這樣成為我生命中最重的地方。

釀文學18　PG0554

父母的歌謠

——程寶林鄉情散文選

作　　者　程寶林
責任編輯　孫偉迪
圖文排版　譚嘉璽
封面設計　王嵩賀

出版策劃　釀出版
製作發行　秀威資訊科技股份有限公司
114 台北市內湖區瑞光路76巷65號1樓
電話：+886-2-2796-3638　傳真：+886-2-2796-1377
服務信箱：service@showwe.com.tw
http://www.showwe.com.tw
郵政劃撥　19563868　戶名：秀威資訊科技股份有限公司
展售門市　國家書店【松江門市】
104 台北市中山區松江路209號1樓
電話：+886-2-2518-0207　傳真：+886-2-2518-0778
網路訂購　秀威網路書店：http://www.bodbooks.com.tw
國家網路書店：http://www.govbooks.com.tw
法律顧問　毛國樑　律師
總 經 銷　聯合發行股份有限公司
231新北市新店區寶橋路235巷6弄6號4F
電話：+886-2-2917-8022　傳真：+886-2-2915-6275

出版日期　2011年6月　BOD一版
定　　價　350元

國家圖書館出版品預行編目

父母的歌謠：程寶林鄉情散文選 / 程寶林著. -- 一版. --
臺北市：釀出版， 2011.06
面； 公分. --（語言文學類 ; PG0554）
BOD版
ISBN 978-986-6095-15-3（平裝）

855 100006489

讀者回函卡

感謝您購買本書，為提升服務品質，請填妥以下資料，將讀者回函卡直接寄回或傳真本公司，收到您的寶貴意見後，我們會收藏記錄及檢討，謝謝！

如您需要了解本公司最新出版書目、購書優惠或企劃活動，歡迎您上網查詢或下載相關資料：http:// www.showwe.com.tw

您購買的書名：____________________

出生日期：________年________月________日

學歷：□高中（含）以下　□大專　□研究所（含）以上

職業：□製造業　□金融業　□資訊業　□軍警　□傳播業　□自由業

□服務業　□公務員　□教職　□學生　□家管　□其它____

購書地點：□網路書店　□實體書店　□書展　□郵購　□贈閱　□其他

您從何得知本書的消息？

□網路書店　□實體書店　□網路搜尋　□電子報　□書訊　□雜誌

□傳播媒體　□親友推薦　□網站推薦　□部落格　□其他________

您對本書的評價：（請填代號　1.非常滿意　2.滿意　3.尚可　4.再改進）

封面設計____　版面編排____　內容____　文／譯筆____　價格____

讀完書後您覺得：

□很有收穫　□有收穫　□收穫不多　□沒收穫

對我們的建議：____________________

____

____

____

請貼
郵票

11466
台北市內湖區瑞光路 76 巷 65 號 1 樓
秀威資訊科技股份有限公司 收
BOD 數位出版事業部

（請沿線對折寄回，謝謝！）

姓　名：__________ 年齡：______ 性別：□女 □男

郵遞區號：□□□□□

地　址：__________

聯絡電話：(日) __________ (夜) __________

E-mail：__________